Alper Canıgüz
Höllenblume

Alper Canıgüz

Höllenblume

Aus dem Türkischen von Monika Demirel

binooki

Die Originalausgabe erschien 2013 unter dem Titel
Alper Kamu: Cehennem Çiçeği

Deutsche Erstausgabe

www.binooki.com

1. Auflage 2015

Lektorat: Erhard Waldner
Satz: Erhard Waldner
Titelillustration: Murat Yılmaz
Umschlaggestaltung: Josephine Rank

Druck: CPI books GmbH, Leck
Printed in Germany
ISBN 978-3-943562-49-1

Für die Kenner des Canıgüz'schen Gesamtwerks sollte die eine oder andere Vokabel bekannt sein. Für Neulinge ist alles neu.

Abi	älterer Bruder, aber auch höfliches Beiwort für Männer, die älter sind als man selbst
Abla	ältere Schwester, aber auch höfliches Beiwort für Frauen, die älter sind als man selbst
Amca	Onkel, aber auch höfliches Beiwort für Herren, die deutlich älter sind als man selbst
Amin	Formel zum Gebetsschluss
Bey	männliche Anrede (im Türkischen steht der Vorname *vor* der Anrede)
Börek	Teigpastete
Efendi	Herr (im Türkischen steht der Name *vor* der Anrede)
Hanım	Anrede für »Frau«, steht im Türkischen *nach* dem Vornamen
Kardeşim	Bruder, hier: Anrede für einen engen Freund
Köfte	Hackfleischbällchen
Kuruş	Untereinheit der turkischen Lira; 100 Kuruş entsprechen einer Lira
Maşallah	Gott schütze ihn; wird auch als Ausruf der Begeisterung verwendet
puf böreği	in Öl gebratene Teigtaschen
Sucuk	türkische Knoblauchwurst
Sunzi	chinesischer General, Militärstratege und Philosoph (544–496 v. Chr.)
Teyze	Tante, aber auch höfliches Beiwort für Damen, die deutlich älter sind als man selbst
Yenge	Schwägerin oder eingeheiratete Tante; hier: Anrede für die Frau/Freundin des Freundes
Yengeciğim	Koseform von Yenge

Zur Aussprache des Türkischen

c wie dsch in Dschungel
ç wie tsch in Kutsche
ğ weiches, nicht hörbares g;
es verbindet den voranstehenden Vokal
mit dem nachfolgenden Buchstaben
ı kurzes i wie das e in Katze
s stimmloses s wie in Maus
ş wie sch in Schmaus
z stimmhaftes s wie in Hase

1. ein halber vater und seine treulose frau

Ihr wisst ja, Menschen werden geboren, sterben und werden dann groß.

Was mich betraf, so erlebte ich den Frühling meines fünften Lebensjahres mit Todesfällen, die das Schicksal mir zugedacht hatte. In meiner düsteren Welt des ewigen Novembers, in der es immer Donnerstag war und die Uhr stets drei Uhr nachmittags zeigte, saß ich zusammengekauert unter dem Esstisch und blätterte in einem bebilderten Buch über die Feinheiten des Harakiri. Meine liebe Mutter war wie gewohnt damit beschäftigt, die Wäsche zu waschen, und den hereindringenden Geräuschen nach zu urteilen zerfledderten die Katzen des Viertels gerade einen frisch gefangenen Vogel. Ihr seht schon, ein Tag mit der üblichen Portion Unheil. Da klingelte es. Mit ihrem unschlagbaren Talent, wenn es darum ging, eine nahende Katastrophe zu riechen, schleuderte meine Mutter die Waschschüssel zur Seite und hatte auch schon die Tür erreicht. Es war mein Vater. Er stand einfach nur da und sagte kein Wort. Eine Weile sahen sie einander schweigend an. Und ich sah sie schweigend an.

»Nebi Abi?«, fragte meine Mutter schließlich, woraufhin mein Vater heftig zu schluchzen begann. So erfuhr ich vom Ableben meines Onkels Nebi, der nicht wenig Sympathie bei mir genoss, weil er mir bei seinen seltenen Besuchen stets die höchste im Umlauf befindliche Banknote als Taschengeld zusteckte. Wer weiß, womoglich hätte ich ihn sogar innig geliebt, hätte ich nicht, kaum dass er unsere Wohnung verlassen hatte, besagten Geldschein meiner Mutter aushändigen müssen. Ich behaupte ja schließlich nicht, dass der Mensch der Gipfel der Schöpfung ist, oder?

Mit Müh und Not schaffte mein Vater es auf die Toilette. Fünf Minuten später kam er mit blutunterlaufenen Augen wieder heraus. Sein Haar und Gesicht waren klatschnass. Ich liebte ihn sehr. ›Hätte ich es ihm doch nur öfter gezeigt‹, dachte ich hin und wieder. Nachdem er einige Worte mit meiner Mutter gewechselt hatte, zog er sich sein Jackett über.

Ich ging zu ihm und sagte: »Mein Beleid, Papa.«

Er beugte sich zu mir hinunter und gab mir einen Kuss. Er sagte nichts. Andernfalls hätte er vielleicht wieder angefangen zu weinen.

»Wohin gehst du?«

»Nirgendwohin, mein Junge«, antwortete meine Mutter an seiner Stelle, wobei ich mit Bedauern feststellen muss, dass dies kaum unter der durchschnittlichen Logik dessen lag, was sie normalerweise so von sich gab.

Mein Vater schluckte zweimal.

»Ich gehe in die Wohnung deines Onkels«, sagte er. »Ich hole ein paar Sachen.«

»Ich komme mit«, erwiderte ich und zog mir meine Turnschuhe an.

Meine Mutter war drauf und dran, eine Tragödie zu inszenieren, doch mein Vater hielt sie mit Augenzwinkern und Blinzeln davon ab. Immerhin hatte ich ihn schon früher zu mitternächtlicher Stunde bis in die entlegensten Istanbuler Kneipen verfolgt, und er wusste nur zu gut, dass ich das, was ich mir in den Kopf gesetzt hatte, auch durchsetzen würde.

Bei unseren Ausflügen hatten mein Vater und ich auch ein paar Mal einen Abstecher zu meinem Onkel gemacht. Er wohnte in der schmuddeligsten Wohnung eines schmuddeligen Wohnhauses in einer der schmuddeligen Seitenstraßen Beyoğlus. Drinnen sah es noch schlimmer aus als draußen. Das gesamte Inventar beschränkte sich auf ein paar schäbige Möbelstücke und einen steinalten Schwarz-Weiß-Fernseher. Die ganze Bude war derart versifft, dass nur eine halbverhungerte Ratte es gewagt hätte, einen Fuß hineinzusetzen, und auch das erst, nachdem sie sich endgültig von ihren Lieben verabschiedet hatte. Die

Feuchtigkeit war so hoch, dass einem Asthmakranken nur ein einziger Atemzug genügt hätte, um in die ewigen Jagdgründe einzugehen. Dabei zählte mein Onkel nicht einmal zu den armen Leuten. Wohlhabend war er nicht, aber er bezog doch eine erkleckliche Rente und hätte durchaus ein geordneteres Dasein führen können. Warum hatte er sich für ein solches Hundeleben entschieden?

Aus Liebe, so meine Mutter. Als seine Frau Feriha, die Liebe seines Lebens, ihn vor ein paar Jahren verließ, begann er zusehends zu verbittern und verlottern.

Nach den Erzählungen meiner Mutter hatten mein Onkel und meine Tante während ihrer Ehe ein perfektes Leben geführt. Sie wohnten in Etiler in einer tollen Wohnung. Die war stets picobello. Meine Tante Feriha sei derart auf Sauberkeit bedacht gewesen, dass sie, wenn Gäste kamen, mit Läufern einen Pfad absteckte, auf dem sie zu gehen hatten, damit sie nicht mit ihren dreckigen Socken die Wohnung schmutzig machten. Nur innerhalb dieser streng abgesteckten Fläche sei es möglich gewesen, sich fortzubewegen. Wenn meine Tante Bereiche, deren Betreten verboten war, nicht mit Minen versehen hatte, dann nur, weil Blutflecken außerordentlich schwer zu entfernen gewesen wären. Dieses Feenmärchen aus Waschpulver, Bleichmittel und Fleckenlöser muss man wahrscheinlich auch ein wenig im Zusammenhang mit Mutterns Definition von einem herrlichen Leben sehen. Jedenfalls schafften es die beiden, soweit ich es verstand, etwa zehn Jahre zusammenzubleiben. Eines Tages soll es aus irgendeinem Grund zum Streit gekommen sein, und mein Onkel verließ die Wohnung, wobei er, O-Ton meiner Mutter, »deiner Tante alles überließ, obwohl sie ihn vor die Tür setzte«. Später heiratete Feriha einen neureichen Bauunternehmer von der Schwarzmeerküste. Und mein Onkel litt an gebrochenem Herzen.

An der Tür des Wohnhauses angekommen, in dem mein Onkel gelebt hatte – und gestorben war –, klingelte mein Vater beim Hauswart. Nach längerem Warten wurde der Türöffner betätigt; wir traten ein. Der Hauswart, klein, glatzköpfig und mit Schnauzer, sah uns angewidert an.

»Du bist wohl gekommen, um den Kram abzuholen«, meinte er mit unverhohlener Verachtung.

»Welchen Kram?«, entgegnete mein Vater. »Wir werden uns die Wohnung ansehen.«

Mit einem Seufzer Marke *Ach du grüne Neune!* betrat der Hauswart schweigend seine Behausung. Er ließ die Tür offen, was darauf hindeutete, dass er vorhatte, uns gleich wieder zu beehren. In der Tat stand er wenige Minuten später mit einem Schlüssel vor uns.

»Soo …«, zischte er und zeigte mit dem Kopf zur Treppe in die oberen Stockwerke. Während er uns gemächlich hinauftrieb, hatten wir die Gelegenheit zu erfahren, warum er eigentlich so wütend auf uns war.

»Zu Lebzeiten hat sich keiner um den Armen gekümmert. Kein Aas aus seiner Verwandtschaft ist vorbeigekommen. Wären wir nicht gewesen, wäre er längst tot. Naja, gern geschehn.«

Diese Sprüche gingen meinem Vater echt an die Nieren, das konnte ich an seinem Gesicht ablesen. Hätte der Hauswart noch weitergemacht, hätte ich ihm ordentlich den Marsch blasen müssen. Als er wortlos weiterging, hoffte ich bereits, die selbsternannte Stimme unseres leidenden Gewissens würde endlich die Klappe halten. Doch leider hob sich der Wichser die übelste Attacke bis zum Schluss auf. Er schaltete das Treppenhauslicht ein, schloss die Wohnungstür meines Onkels auf und zeigte mit seinen haarigen Fingern auf den Boden. Da war ein riesiger runder Fleck, der halb in die Wohnung reichte.

»Genau da ist er gestorben«, sagte er. »Das da ist Blut und Kotze. Ich hab den ganzen Tag geschrubbt, besser ging's nicht. Verblutet ist er, der Arme. Stirbt man heutzutage noch an Magenbluten? Wenn einer da gewesen wäre und ihn ins Krankenhaus gebracht hätte, wäre er durchgekommen, aber …«

Ich bemerkte das Wanken meines Vaters, als er die Wohnung betrat. Sein Gesicht war kalkweiß. Ich ging hinter ihm her und presste dann meine Hand gegen die Riesenwampe des Hauswarts, der noch jenseits der Schwelle stand. Mit einem solchen Schlag aus der Tiefe hatte der Mistkerl offenbar nicht gerechnet. Während er mich anglotzte, knallte ich ihm die Tür vor der Nase zu. Dann nahm ich die Hand des Mannes, dem ich meine jämmerliche Existenz auf dieser Welt zu verdanken hatte. »Alles okay, Papa?«

Mein Vater nickte mit gequältem Lächeln. Er holte tief Luft und ging ins Wohnzimmer. Ich folgte ihm. Die Vorhänge waren zugezogen, womöglich seit Jahren. Im Zimmer gab es zwei einander gegenüber stehende Sofas, ein leeres Bücherregal, einen Fernseher und davor einen Sessel. Nichts davon erzeugte in einem irgendein Gefühl. Vielleicht Lieblosigkeit, wenn das überhaupt ein Gefühl war. Vier Wände, die nichts bedeuteten als einen Zufluchtsort. Mir kam der Gedanke, dass mein Onkel diese Wohnung ganz bewusst vernachlässigt hatte. Dieses Leben zu verweigern half ihm vielleicht, sich seine Hoffnung zu bewahren, dass ein anderes immer noch möglich war oder sein könnte. Wer weiß?

Nachdem mein Vater, die Hände in den Taschen seines Regenmantels, sich umgesehen hatte, ging er schnellen Schrittes tiefer in die Wohnung hinein, wohl damit ich seine Tränen nicht mitbekam. Um ihn nicht zu stören, setzte ich mich in den Sessel vor dem Fernseher. Auf dem Beistelltisch gleich neben dem Sessel stand eine Wodkaflasche. Zwar neige ich in solchen Situationen meist dazu, eine Flasche als halb leer zu betrachten, aber da es sich um Alkohol handelte, konnte ich nicht umhin, mich auf den halb vollen Teil zu konzentrieren. Ich schraubte den Deckel ab und setzte mir den billigen Fusel an den Hals. Mein Mund brannte wie Feuer, aber frei nach der Devise *Wer steht schon gern auf einem Bein* nahm ich noch einen zweiten Schluck. Die Reste aus den Bierflaschen meines Vaters konsumierend, entwickelte ich mich wohl allmählich zum Gewohnheitstrinker.

Nachdem ich gemütlich gesüffelt hatte, stand ich auf und sah nach meinem Vater. Er war im Schlafzimmer und stöberte in den Kommodenschubladen. Ich ging weiter in den Flur. Dort stand als einziges Möbelstück ein riesiger alter zweitüriger Kleiderschrank. Ich riss die Türen sperrangelweit auf und staunte ein wenig bei dem Anblick, der sich mir bot. Jede Menge uralte, aber elegante Anzüge, Jacketts mit Wappen, Halstücher, ausgefallene Hemden ... Nicht unbedingt die Art von Kleidung, die man vom Inhaber einer solchen Wohnung erwarten würde. Jemand, der nur einen Blick in diesen Schrank warf, hätte zu der Überzeugung gelangen können, dass der Verblichene – möge dies nicht zu seinem Grab durchdringen – ein Zuhälter der alten Schule gewesen war. Offen gestanden gefielen mir einige der Hemden; allerdings hatte ich nicht die Hoffnung, eines Tages solche Körpermaße zu erreichen, weswegen ich beschloss, sie an Ort und Stelle zu belassen.

Das Material in dem Regal über der Kleiderstange jedoch war interessant. Ich kletterte auf die unteren Schubladen und inspizierte, was da oben so rumlag. Zuerst entdeckte ich alte, schwarz eingebundene Bücher. Ich drehte sie um und las die Titel auf den Buchrücken. Dann zählte ich sie eilig durch. Zehn Bände von Michel Zévacos Reihe *Les Pardaillans*, wahrscheinlich die türkische Erstausgabe, und dazu auch noch vollständig. Sie würden mein werden! Nachdem ich einen liebevollen Fluch auf die Seele meines Onkels losgelassen hatte, widmete ich mich dem Rest der Beute. Hinter einem Haufen alter Schallplatten und allerlei undefinierbarem Nippes streckte ich mich nach einer kleinen Tüte. Ich erwischte sie und sprang hinunter. Die Tüte war vollgestopft mit alten Fotografien meines Onkels. Und ein Ring lag darin. Der Ehering meines Onkels. Sicher war der Ring das einzige Erinnerungsstück, das ihm von Feriha, der Liebe seines Lebens, geblieben war.

Mittlerweile war mein Vater mit einem Stapel Zeitschriften neben mir aufgetaucht. Ich wollte ihn schon danach fragen, als ich bemerkte, dass es sich um Sexheftchen handelte. Offensichtlich wollte er nicht, dass man derlei Publikationen in der Wohnung meines Onkels fand. Wie fürsorglich mein Vater doch war! Ich zog eine der Plastiktüten hervor, die zwischen Kleiderschrank und Wand gequetscht waren, und hielt sie ihm hin.

»Pack sie da rein, wenn du willst.«

Bemüht, den Inhalt der Magazine vor meinen Augen zu verbergen, stopfte mein Vater sie in die Tüte.

»Was machen wir jetzt?«, fragte ich ihn.

»Ich rede mit dem Hauswart«, antwortete er achselzuckend. »Falls dein Onkel Schulden hat oder so, müssen wir das erledigen.«

»Und seine Sachen?«

»Die lassen wir dem Hauswart.«

»Das sind Fotos«, sagte ich und zeigte ihm die Tüte. »Wenn du erlaubst, würde ich sie gern mitnehmen.«

»Aber klar. Das ist eine gute Idee von dir.«

»Und das hier. Alte Platten und Bücher. Können wir die auch mitnehmen?«

»Können wir.«

So war das. Alles, was von einem Leben von fünfzig Jahren und ein paar Zerquetschten übrig blieb, passte in zwei elende Plastiktüten. Und eine stand kurz davor, in die nächstbeste Mülltonne zu wandern.

Beim Weggehen begegnete uns der Hauswart wieder mit der anfänglichen Eiseskälte, doch als er hörte, dass mein Vater ihm die übrigen Sachen überlassen würde, änderte er schlagartig sein Gebaren. Er begann zu faseln, wie normal es sei, bei all der Arbeit kaum noch Zeit für den anderen zu finden, und wie er selbst, Allah möge ihm vergeben, gelegentlich ausrastete und seine eigene Mutter verprügelte. Der gottverdammte Schweinehund.

Als wir in unser Viertel zurückkamen, hatten sich meine nichtsnutzigen Freunde vor dem Wohnhaus Güzelyayla versammelt. Ich wollte noch ein wenig draußen bleiben und schickte meinen Vater heim. Meine ganze Mannschaft war vertreten: Celal der Hänfling, Cemalettin und Burhan. Sie sind alle ein paar Jahre älter als ich, und wenn ich den einen oder anderen nicht schon mal verdroschen hätte, hätten sie mich ums Verrecken nicht in ihre Gruppe aufgenommen. Zum Glück waren sie alle nette Menschen, mit höchstem Respekt vor dem Gesetz des Dschungels.

Ich wunderte mich, dass ich meine Busenfreunde um diese Zeit nicht etwa beim Fußball oder Murmelnspielen oder bei Prügeleien antraf, sondern in einem Gespräch wie ganz normale Leute.

»Was gibt's?«, mischte ich mich in die Unterhaltung ein. »Hecken wir etwa irgendwelche Schlachtpläne aus?«

»Nein«, antwortete Burhan, der sich in militärischen Angelegenheiten sofort direkt angesprochen fühlte. »Im Moment herrscht mit allen unseren Nachbarn Waffenruhe. Aber man muss natürlich auf der Hut sein. Ich traue keinem einzigen dieser Hurensöhne. Insbesondere beim Paris-Viertel hege ich den Verdacht, dass sie einen Überfall vorbereiten. Wir dürfen unsere Truppenübungen also nicht vernachlässigen …«

Wenn ich ihn gelassen hätte, hätte der Depp noch bis morgens so weitergeredet. »Worum geht's denn?«

»Uff«, meinte Cemalettin und zog eine Grimasse. »Wieso stinkst du wie die Pest?«

»Ich hab was getrunken«, gab ich zurück. »Ich bin ein bisschen bedrückt.«

»Mach keine Show!«, meinte Cemalettin höhnisch. »Er hat was getrunken! Wem willst du denn das erzählen, Junge?«

»Ich sag die Wahrheit«, erwiderte ich und setzte eine traurige, aber standhafte Miene auf. »Wir haben meinen Onkel verloren.«

Über den Tod machen wir keine Scherze. Deswegen zogen sie das Thema auch nicht weiter in die Länge.

»Mein Beileid«, sagte Burhan.

»Mochtest du ihn denn?«, fragte der von Natur aus skeptische und rotznasige Cemalettin.

»Immer, wenn er zu uns kam, hat er mir einen Hunderter gegeben«, erwiderte ich.

»Großzügiger Typ.«

»Vielleicht hatte er auch bloß ein schlechtes Gewissen.«

»Scheibenkleister!«, wimmerte Celal der Hänfling mit weinerlicher Stimme; er hielt den Kopf zwischen den Händen und hatte das Gespräch bislang scheinbar unbeteiligt verfolgt.

»Nun lass endlich, Junge«, sagte Cemalettin zum Hänfling. »Was passiert ist, ist passiert. Du kriegst deine Tracht Prügel, daran lässt sich nix ändern.«

»Was hat er denn?«, fragte ich.

»Er hat das Mofa geschrottet«, antwortete Burhan.

»Was denn für 'n Mofa?«

»Na, das von meinem Vater vielleicht?«, heulte der Hänfling. »Ich hab's mir genommen, um ein bisschen rumzufahren.«

»Er ist damit gegen 'ne Mauer gebrettert, der Trottel«, brachte Cemalettin es auf den Punkt.

»Mein Vater wird mich ganz schön ficken«, meinte der Hänfling und brach endgültig in Tränen aus.

Cemalettin war nicht nur skeptisch und rotznasig, sondern auch ein radikaler Realist. »Ach was, das wird er doch lieber mit deiner Mutter machen.«

Wie ein reißender Wolf sprang der Hänfling auf und packte Cemalettin am Kragen. »Red ja nicht so über meine Mutter!«

»Was ist denn, Mann! Stimmt's etwa nicht?«

Im Handumdrehen nahm der Hänfling Cemalettin in den Schwitzkasten, riss ihn zu Boden und bearbeitete mit der freien Faust sein Gesicht. »Nimm das zurück, du Scheißkerl, nimm das sofort zurück!«

»Burhan«, sagte ich. »Sei so gut und bring die zwei auseinander.«

»Nicht nötig«, erwiderte Burhan und zeigte mit dem Kopf zur Straßenecke.

Er hatte recht.

»Hänfling«, warnte ich. »Dein Vater ist im Anmarsch.«

Panisch fuhr der Hänfling hoch und erblickte seinen Vater, der entschlossenen Schrittes auf uns zukam. Celal war drauf und dran, etwas zu sagen, doch er begriff sogleich trefflich, dass dies einer jener Momente war, in welchem, wie bereits der Dichter Orhan Veli festgestellt hatte, Worte nicht ausreichten, und so spurtete er in die entgegengesetzte Richtung los. Das Gelübde seines wie ein geölter Blitz an uns vorbeirasenden Vaters wiederum zeigte, dass Cemalettin mit seiner Feststellung ins Schwarze getroffen hatte: »Ich werde …!«

»Der Mistkerl lässt seine Rache an mir aus«, motzte Cemalettin und massierte sich den Hals.

»Er hat recht, Mann«, meinte Burhan. »Du darfst dich nicht beschweren. Du hast auf seine Mutter geflucht. Mütter sind heilig.«

»Was hat das denn damit zu tun? Was für ein Fluch denn? Als würde dein Vater deine Mutter …« Cemalettin war im Begriff, jenen größten Fehler ein zweites Mal zu begehen, doch genau im rechten Moment bemerkte er die psychopathische Metamorphose in Burhans Gesicht und änderte das Thema. »Hab ich ihm vielleicht gesagt, er soll das Mofa von seinem Vater nehmen und gegen die Wand fahren? Das ist alles nur wegen Mümtaz Abi passiert.«

»Ach, komm«, bemerkte ich. »Was hat das denn mit Mümtaz Abi zu tun?«

»Mensch, sein Vater hat ihm doch so'n *Düldül* gekauft«, lautete Cemalettins Einwurf, auf den ich mir nun gar keinen Reim machen konnte.

»Was denn für 'n *Düldül*?«

»'N total tolles Ding«, antwortete Cemalettin aufgeregt, um die Wirkung seines Fauxpas von eben schnellstens zu zerstreuen. »Knallrot, wie 'n Sportwagen.«

Cemalettins Schachzug erwies sich als erfolgreich und lenkte Burhans Interesse sogleich auf besagtes tolles Ding. Und er haute weiter ordentlich auf den Putz. »Auf'm Jahrmarkt gibt's doch die Autos, die immer zusammenknallen, so ähnlich, nur mit Rädern. Es hat ein Lenkrad und Pedale. Wenn du auf das eine trittst, fährt es, und wenn du auf das andere trittst, bleibt es stehen.«

»Wenn das so 'n tolles Ding ist, warum nennen sie es dann bitteschön *Düldül*?«, fragte ich.

»Ist halt so«, entgegnete Burhan. »Die Marke heißt so: *Düldül*. Sagt mein Vater.«

Ich hatte nicht die Absicht, noch länger in den Sünden seines Vater herumzustochern. »Ich hab immer noch nicht kapiert, was das mit Celals Mofa-Unfall zu tun hat.«

»Dafür bist du noch zu klein«, sagte die Triefnase großspurig.

»Du kennst doch Zuhal, die Tochter von Selim Amca«, beeilte er sich allerdings aus Angst vor meiner Erwiderung zu erklären. So viel Schiss haben sie vor mir.

»Und?« Ich war neugierig, wohin diese Erklärung führen würde, bei der mit jedem neuen Satz neue Unbekannte auftauchten.

»Mümtaz ist verknallt in sie. Und gibt mit seinem *Düldül* bei ihr an. Deswegen ist der Hänfling sauer auf ihn.«

»Großer Gott, und wieso?«

»Mannomann, du liest vielleicht fette Wälzer, aber bei manchen Sachen hast du null Ahnung«, meinte Cemalettin quietschfidel. »Warum wohl? Der Hänfling ist auch verschossen in Zuhal. Um Mümtaz Abi auszustechen, hat er das Mofa von seinem Vater gemopst. Und dann … Peng! Ist er gegen die Wand gedonnert, der Schwachkopf!«

»Herrjemine«, sagte ich und sparte dabei den Umstand aus, dass ich von diesen *manchen Sachen* so viel Ahnung hatte, dass es Cemalettin die Tränen in die Augen getrieben hätte. »Sieh mal einer an, was unsere Hosenpisserin Zuhal so alles anrichtet.«

»Was kann sie denn dafür?«, brauste Burhan auf, und da begriff ich, dass auch unser braver Soldat Schwejk verzückt war von der Nachbarstochter.

In dem Moment ging im Güzelyayla die Haustür auf, und ein schmächtiger kleiner Junge von zehn, elf Jahren kam heraus. Mit gesenktem Kopf schlüpfte er ohne uns anzusehen zwischen uns hindurch, überquerte die Straße und hockte sich vor Yakups Krämerladen auf den Bürgersteig.

»Wer ist das denn?«, fragte Burhan Cemalettin.

»Der ist neu«, antwortete Cemalettin, als redete er von einem Neuzugang im Knast oder im Puff, und wir waren die alte Garde in dem Drecksloch. Wer weiß, vielleicht lag er ja gar nicht so verkehrt.

»Sie sind letzten Monat in unser Haus eingezogen.« Dazu möchte ich anmerken, dass Cemalettins Vater nicht Besitzer des besagten Wohnhauses ist, sondern bloß der Hausmeister.

»Was? Die sind seit einem Monat hier, und wir haben ihn noch nicht gesehen, wie geht das denn?«, fragte Burhan. »Und warum kommt der Trottel nicht zu uns? Geht ohne einen Ton an uns vorbei und setzt sich da hin, als wollte er uns verscheißern.«

Die Hände zwischen die Beine geklemmt, den Kopf eingezogen, das Gesicht todtraurig, wirkte der Arme offen gestanden nicht wie jemand, der andere verscheißerte. Eher wie ein Opfer des Schicksals in den Romanen von Kemalettin Tuğcu.

Wahrscheinlich lag es an seiner Schüchternheit oder Ängstlichkeit, dass er den Kontakt mit uns mied. Nun, man durfte Burhan keinen Vorwurf machen. Empathie gehört nicht zu den vorrangigen Eigenschaften eines großen Führers.

»Weißt du, wie er heißt?«, fragte ich.

»Nummer sechs«, antwortete Cemalettin und zog den Rotz hoch.

Marx ist in der Tat ein großer Mann. So wie ein Glasarbeiter sich auf die Buddel und der Klärwerksarbeiter sich auf das Wasser in der Buddel konzentriert, so definierte Cemalettin, Thronfolger des Hausmeisters mit beschränkter Haftung des Güzelyayla-Palasts, die Identität der dort lebenden Menschen über ihre Haustürnummern.

»Ich gehe«, sagte Cemalettin genervt. »Ich muss die Abendrunde übernehmen.«

Cemalettins ältesten Bruder hatte man zum Militärdienst einberufen, Gazanfer, der Zweitälteste, saß seit einigen Monaten im Knast, weswegen Hauswartstätigkeiten wie das Schleppen des Krempels und Gelumpes der Hausbewohner oder das Müllruntertragen an unserem Freund hängenblieben.

»Lassen sie Gazanfer noch nicht raus?«, fragte Burhan.

»Nee. Diesmal ist's etwas schwierig. Der Mann, den er zusammengeschlagen hat, liegt immer noch auf der Intensivstation.« Gazanfer ist der Nummer-1-Psychopath in unserem Viertel und mein Todfeind. Einerseits tat es mir ein wenig leid um den Spezi im Krankenhaus, andererseits aber beruhigte es mich, wenn ich ehrlich sein will, zu wissen, dass der bekloppte Gazanfer eine Zeit lang von der Bildfläche verschwunden blieb.

»Sollen wir Nummer sechs mal willkommen heißen?«, fragte ich Burhan.

»Nein«, lautete Burhans Antwort. »Wer mich nicht grüßt, den heiße auch ich nicht willkommen. Ich gehe nach Hause.«

»Na, wenn das so ist«, erwiderte ich. »Ich seh mir den Knaben mal an.«

Nachdem ich Burhan verabschiedet hatte, blickte ich zuerst nach links, dann nach rechts, dann noch einmal nach links, ging los, blickte in der Mitte erneut nach rechts und erreichte, nun wissend, dass Gazanfer mich nicht überfahren würde, die andere Straßenseite. Ich hatte zwar erfahren, dass mein Erzfeind immer noch hinter schwedischen Gardinen saß, aber ihr wisst es selbst: Der Mensch ist ein Gewohnheitstier, und Vorsicht ist die Mutter der Porzellankiste. Ich holte beim Krämer Yakup zwei Limo, die ich selbstverständlich anschreiben ließ, und setzte mich neben Nummer sechs. Ich hielt ihm eine Flasche hin. Er sah mich aus leeren Augen an.

»Willkommen in unserem Viertel«, sagte ich. »Die erste Limo geht aufs Haus.«

Wortlos nahm er die Flasche. Ich stellte mich vor. »Und wie heißt du?«

»Ümit.«

Ümits Gemütszustand hatte so gar nichts von dem, was sein – Hoffnung verheißender – Name ausdrückte.

»Was bist du so nachdenklich? Sind deine Schiffe im Schwarzen Meer versunken?«, fragte ich, in Anlehnung an die schöne türkische Redewendung.

»Wir stammen aus Siirt«, antwortete Ümit trocken.

»Seid ihr neu nach Istanbul gezogen?«

»Nein, wir sind schon 'ne Weile hier.«

»Was arbeitet dein Vater?«, fragte ich, um unseren neuen Freund ein wenig besser kennenzulernen.

»Nichts. Mein Vater ist vor zwei Jahren bei einem Arbeitsunfall gestorben, und dann kamen wir halt hierher.«

»Mein Onkel ist auch gestorben«, erwiderte ich vollkommen deplatziert. »Gestern.«

Er hob den Kopf.

»War's ein Arbeitsunfall?«, fragte er wie zu sich selbst.

»Der Alkohol war's.«

»Möge er in Frieden ruhen.«

Eine Weile tranken wir schweigend unsere Limo.

»Und?«, fragte ich schließlich. »Wie findest du unser Viertel so?«

»Ich weiß nicht. Gut«, meinte er achselzuckend. »Die Jungs von eben, sind das deine Freunde?«

»So ist es. Du wirst sie noch kennenlernen.« Ümit schien nicht allzu erpicht, neue Freunde zu finden. Ich dachte, er würde sich heimischer fühlen, wenn er das Viertel etwas besser kennenlernte, und so erzählte ich ihm, dass die Ömer-Cemal-Bey-Straße aus touristischer und kultureller Sicht nicht gerade berauschend war, sich aufgrund ihrer strategischen Bedeutung jedoch in einer besonderen geopolitischen Lage befand. Ich erwähnte, dass wir mit unseren Nachbarn, der Grünweiler-Straße und der Walderdbeeren-Straße, wenigstens ein paar Mal im Monat Krieg führten und mit der Blatt-Straße bis auf kleinere Scharmützel während unserer häufigen Fußballspiele im Allgemeinen ganz gut auskamen. Außerdem gab ich Ümit den guten Rat, sich vom Paris-Viertel fernzuhalten, in dem einer nicht als heiratsfähig galt, wenn er nicht bis zu seinem zehnten Lebenjahr jemanden abgestochen hatte, und falls ihm irrtümlich einer von dort über die Füße liefe, er das Wörtchen »bitte« um alles in der Welt zu meiden hätte, weil es in jenem edlen Stadtteil als übelstes Schimpfwort gewertet wurde.

»Gibt's hier Krieg?« Mit einem Mal wirkte Ümit total besorgt.

»Im Moment nicht, aber es kann jederzeit losgehen«, sagte ich.

»Kein Grund zur Angst«, fügte ich hinzu, als ich sah, wie kreidebleich er geworden war.

Er sah mir direkt in die Augen. »Jeder hat Angst vor dem Krieg.«

Darauf erwiderte ich nichts. Man erkennt sofort, wenn einer weiß, wovon er spricht.

»Spielst du Fußball?«, fragte ich, um das Thema zu wechseln.

»Eigentlich nicht«, antwortete er unruhig. »Wie spät ist es?«

»Keine Ahnung. Es muss so gegen fünf sein. Was ist, wartest du auf jemanden?«

»Auf meine Mutter und meinen Onkel.«

»Wo sind sie denn?«

»Im Krankenhaus.«

»Du kannst bei uns warten, wenn niemand bei dir zu Hause ist«, schlug ich vor. »Wir können auch was essen.«

»Meine Schwestern sind daheim, ich kann nach Hause, wenn ich will.«

»Na dann ist ja gut. Ich verschwinde mal, meine Mutter scharrt nämlich demnächst mit den Hufen.«

»Wohnst du auch bei uns im Haus?«

»Nein«, sagte ich und zeigte auf unser Appartmenthaus. »Siehst du die hässliche Hütte da drüben, das Çelikel? Da wohnen wir.«

»Wieviele Geschwister seid ihr?«

Der Knabe fand offenbar Gefallen an so einem Schwätzchen zwischen Tür und Angel. Vermutlich wollte er nicht allein warten.

»Ich habe keine Geschwister«, gab ich zurück. »Ich bin Einzelkind.«

»Ich habe zwei ältere Schwestern«, erklärte er. »Und einen jüngeren Bruder. Mehmet. Er ist acht. Wie alt bist du?«

»Ich bin fünf.« Ich gab ihm keine Gelegenheit, das zu kommentieren. »Ich weiß, ich sehe nicht aus wie fünf. Das ist mein Fluch.«

Zum ersten Mal zeigte sich ein Lächeln auf Ümits Gesicht. »Du bist ein netter Junge. Willst du mein kleiner Bruder sein?«

»Wie meinen?«

»Wenn du willst, können wir sogar Blutsbrüder werden«, sagte er und, zack, hielt er ein Taschenmesser in der Hand. Ich fiel aus allen Wolken. Unweigerlich kam mir jenes unfehlbare Gesetz der Evolution in den Sinn: Jede Spezies ist gefährlicher, als sie aussieht.

»Ümit«, sagte ich, »lass es uns in unserer Beziehung doch ein wenig langsam angehen.«

»Ich mache keinen Unterschied zwischen meinem richtigen Bruder und dir. Du bist ein netter Junge.«

»Danke«, meinte ich. »Du scheinst auch ein prima Freund zu sein.«

Zugegeben, mir war ein wenig mulmig.

»Wie du meinst«, sagte er und klappte sein Taschenmesser wieder zu. Er nahm es mir wohl ein wenig übel, dass ich ihm nicht erlaubt hatte, mein Handgelenk zu zerschnippeln.

»Außerdem hast du doch schon einen kleinen Bruder, oder?«, sagte ich, um die Wogen ein wenig zu glätten.

»Mein Bruder ist tot.«

»Was? Mehmet ist tot?«

Er nickte. »Er ist gestern gestorben. Am selben Tag wie dein Onkel. Deshalb sind meine Mutter und ihr Bruder ja auch im Krankenhaus.«

Jetzt war ich endgültig von den Socken. Ich wurde sehr traurig und stammelte irgendwas von Beileid. Was hätte ich sonst sagen sollen? »Wie ist das passiert?«

Ümit trank seine Limo aus und stellte die leere Flasche neben sich. Er sah mir direkt ins Gesicht. »Ich habe ihn umgebracht.«

2. kriegstauben

Mein Onkel mit seinen Eltern, mein Onkel mit dem Verrückten Hüseyin – seinem älteren Bruder – und mit seinem kleinen Bruder – sprich: meinem Vater –, mein Onkel beim Militärdienst, mein Onkel im Büro, mein Onkel am Strand, mein Onkel in der Teestube, mein Onkel in einem Musiklokal mit einer Frau, mein Onkel in einem anderen Musiklokal mit einer anderen Frau, mein Onkel in hundert anderen Musiklokalen mit hundert anderen Frauen … Alle Fotos stammten aus den Zeiten vor und nach seiner Ehe. Bis auf die Bilder in seinen Dreißigern, auf denen sein Haar urplötzlich ergraut war, und den Ehering, der sich ebenfalls in der schmutzigen Tüte befunden hatte, gab es keinerlei Hinweise auf seine Ehe oder auf Feriha. Es stimmte also, was man sich erzählte: Er hatte sie wirklich sehr geliebt.

Während ich auf dem Teppich lag, die verbliebenen Fotografien meines Onkels studierte und dabei über Details sinnierte, die meinem Abschiedsbrief eine schicke Note geben würden, bemerkte ich, dass Hatice Abla das Geschirr gespült hatte und ins Zimmer gekommen war. Hatice Abla war eine Verwandte von Kerim Abi, dem Laufburschen in demselben Amt, in dem auch meine Eltern arbeiteten. Als das Gehalt meines Vaters für unseren Lebensunterhalt nicht mehr ausreichte und meine Mutter auch arbeiten musste, war die Frage, was sie mit mir anstellen sollten, ein ernstes Problem geworden. Im Kindergarten hatte ich nicht Fuß fassen können, und die Stunden allein zu Hause verbrachte ich offensichtlich auch nicht gerade mit sinnvollen Aktivitäten.

Eines Tages klagte Kerim Abi auf der Arbeit sein Leid über eine Verwandte, die aus dem Dorf gekommen war, denn die Familie hielt sich ohnehin nur mit Ach und Krach über Wasser und hatte nun auch noch einen weiteren Mund zu stopfen. Sofort sprang meine Mutter mit dem Angebot in die Bresche, der besagte Mund könnte doch mein Kindermädchen spielen. Natürlich unter der Bedingung, nebenbei auch noch zu putzen und zu kochen. Kerim war selig. Von dem Tag an kam Hatice Abla zu uns. Anfangs war ich offengestanden keineswegs himmelhoch jauchzend über die Sache mit dem Kindermädchen, aber mit der Zeit begann ich, Hatice Abla zu mögen. Soweit ich in unseren privaten Gesprächen erfuhr, hatte sie die Grundschule nach der zweiten Klasse verlassen und im vorigen Jahr – mit fünfzehn – mit dem Jagdgewehr ihres Vaters auf ihren Verlobten geschossen, dem sie bereits in der Wiege versprochen worden war und der sie, Originalton, »zu sehr bedrängt hatte«. An das Leben stellte sie keinerlei Erwartungen. Mit einem derart vertrauenerweckenden Lebenslauf war sie fraglos das ideale Kindermädchen für mich.

»Was ist das denn?«, fragte sie mit einem Seitenblick auf die auf dem Teppich verstreuten Fotos.

»Alte Aufnahmen von meinem Onkel«, sagte ich. »Von meinem verstorbenen Onkel.«

»Möge Allah ihm ewige Ruhe schenken«, erwiderte sie und setzte sich in den Sessel neben dem Beistelltisch, wie immer, bevor sie mit dem Kochen anfing. Sie verschnaufte ein wenig, zog den Aschenbecher zu sich heran, nahm eine Zigarette aus der Tekel-2000-Schachtel und steckte sie sich genussvoll zwischen die Lippen. Sie griff nach dem Feuerzeug und zündete die Zigarette an, ohne sie direkt in die Flamme zu halten. Nach diesem leidenschaftlichen Ritual zog sie den Rauch mit halb geschlossenen Augen so lustvoll ein, dass mein Herz hüpfte und ich mich nur mit Mühe bremsen konnte, um Hatice Abla nicht auf der Stelle zu sehr zu bedrängen oder selber eine Zigarette zu paffen.

»Eine ganz schlimme Angewohnheit ist das«, sagte ich.

»Bis zu fünf am Tag sollen nicht schädlich sein«, gab sie achselzuckend zurück.

»Und wie viele rauchst du?«

»Sieben.«

»Du rauchst also zwei zu viel.«

»Damit belohne ich mich«, meinte sie mit gleichgültigem, finsterem Lächeln. Einen Zug vom Tod nehmen. Das war ihre Belohnung. Ich war wohl drauf und dran, mich in sie zu verlieben.

»Was soll ich dir für heute Abend kochen?«

»Ist egal. Bloß keine Okraschoten.«

»Dann mache ich Blumenkohl«, sagte sie durch die Rauchschwaden hindurch. »Dazu koche ich Nudeln mit Käse.«

»Okay.«

Ich tat so, als widmete ich mich wieder den Fotos. Im Geiste aber war ich bei Hatice Abla. Ich spürte, dass sie mich beobachtete.

»Du magst deinen Vater sehr«, sagte sie.

»Er ist ein guter Mann.« Irgendwie schämte ich mich ein wenig.

»Aber du ähnelst viel mehr deiner Mutter.«

»Das Bild täuscht«, erwiderte ich. Mit einem Mal war ich wütend. Ich erlebte ein Wechselbad der Gefühle. Vor den Frauen musste man sich fürchten.

»Du hast denselben Mund und dieselbe Nase wie deine Mutter. Deine Augen allerdings erinnern an deinen Vater.«

Machte sie sich über mich lustig?

»Mein Vater hat blaue Augen«, sagte ich. »Meine sind braun.«

Sie rauchte ihre Zigarette runter bis zum Filter und vergrub sie im Aschenbecher. Wieder dieses düstere Lächeln. »Das Bild täuscht.«

Bestimmt machte sie sich lustig über mich.

Ich packte die Aufnahmen und den Ehering meines Onkels zusammen und stopfte alles in die Tüte. »Ich geh ein bisschen raus.«

»Lass uns zusammen gehen. Ich muss einkaufen«, sagte sie und stand auf. »Warte, ich mache mich fertig.«

Und nun das. Das Kopftuch umbinden. Besser gesagt, es in meinem Beisein ablegen und es dann, wenn andere sie sehen konnten, wieder umbinden. Das tat sie natürlich nur, weil ich noch ein Kind war, aber das war mir egal. Ich fand es total aufreizend. Daran hindert einen auch nicht das Wissen, dass wir in einer männerdominierten Welt leben.

Nachdem ich Hatice Abla zum Supermarkt gebracht hatte, ging ich auf direktem Weg zum Güzelyayla. Ich fragte mich, was Ümit machte. Zwei Tage waren seit unserem merkwürdigen Kennenlernen vergangen, und weil ich gestern zur Beerdigung meines Onkels musste, hatte ich noch nicht in Erfahrung bringen können, ob unser neuer Freund tatsächlich ein Held der Familiendramen auf Seite drei der Tageszeitung war oder einfach nur ein Riesenschwätzer. Ich spazierte durch das Erdgeschoss des Gebäudes und trat hinaus in den Hinterhof. Mein lieber Freund Cemalettin lebte mit seiner Familie – besser gesagt: seiner Sippe – in dem winzigen Haus, zu dem der an die Kohlekammern angrenzende Schuppen umfunktioniert worden war. Ich streckte meinen Kopf zur Tür rein und rief: »Cemo!«

Bei Cemalettins steht die Tür immer offen. Wahrscheinlich trugen sowohl die Gastfreundschaft der Menschen Anatoliens als auch die Tatsache, dass es im Haus nichts Wertvolles gab, das einen Diebstahl gelohnt hätte, dazu bei, diese schöne ländliche Tradition auch in der Stadt weiterzupflegen. Den Rotz hochziehend schlüpfte Cemalettin zwischen seinen zweiundzwanzig Geschwistern und Cousins und Cousinen, siebzehn Onkeln und Tanten und mindestens drei Müttern hervor, die sich in dem einzigen Raum des Hauses zusammengerottet hatten.

»Spielst du Murmeln?«, lautete die Frage, mit der Cemalettin mich empfing. Der Mistkerl konnte echt gut Murmeln spielen und hatte mich nicht selten übern Tisch gezogen.

»Ich hab keine Murmeln dabei«, antwortete ich. »Komm mit raus, ich will dich was fragen.«

Er verzog das Gesicht und trat lustlos in den Hinterhof. Es nervte ihn wohl, dass er seinem Murmelschatz, der sich, wie ich vermutete, inzwischen im vierstelligen Bereich bewegte, keine neuen hinzufügen konnte.

»Was ist?«, fragte er in einer Art, die signalisierte, dass ich ihm so leicht nichts würde entlocken können.

»Diese Nummer sechs. Was ist mit ihm los, hast du eine Ahnung?«

Cemalettin musterte mich argwöhnisch. »Was geht dich das an?«

»Cemo, komm schon, geh mir nicht auf den Geist.«

»Es gibt Beschwerden über sie«, verkündete Cemalettin stolz wie ein Gouverneur. Ich denke, es befriedigte ihn, dass sich die Obrigkeit mit anderen befasste als mit seiner Familie. Einführung in die Pädagogik der Unterdrückten.

»Was für Beschwerden?«

»Sie haben auf der Dachterrasse einen Taubenschlag gebaut, ohne den Hausverwalter zu fragen.«

Diese Angabe hatte nichts mit den Antworten zu tun, auf die ich aus war. »Hast du Ümit denn gestern auf der Straße gesehen?«

»Wir sind hier nicht in der Pampa«, setzte Damokles' Schnodder seine das Delikt betreffenden Ausführungen fort. »Sie werden den Taubenschlag wieder abbauen müssen, anders geht es nicht.«

Mir kam der Gedanke, dass Ümit mich wahrscheinlich auf den Arm genommen hatte. Das ärgerte mich ganz schön. Wie es aussah, war er vollkommen bekloppt. Dass ich ihm ankreidete, seinen Bruder nicht umgebracht zu haben, könnte man natürlich durchaus so interpretieren, dass ich nicht mehr alle Tassen im Schrank hatte. Nebenbei fuhr Cemalettin mit seiner Show fort. »Sobald sie das Begräbnis hinter sich haben, werden wir mit ihnen reden.«

»Was für 'n Begräbnis?«, fuhr ich hoch.

»Bei ihnen ist wohl ein Kind gestorben. Andauernd kommen haufenweise Leute.«

»Mann, Cemalettin«, sagte ich. »Du bist echt ein total komischer Kauz. Oder ein ganz normaler Ochse. Den Leuten ist ein Kind gestorben, und du machst dir Gedanken über einen Taubenschlag.«

»Hab ich das Kind vielleicht umgebracht?«, brauste Cemalettin auf. »Du bist selber ein Ochse.«

»Wer hat das Kind umgebracht?«

»He?«

Okay, zugegeben, das war eine seltsame Frage.

»Weißt du, woran es gestorben ist?«, korrigierte ich mich.

»Nein. Aber vielleicht an Meningitis.«

»Meningitis?«

»Ich weiß nicht, könnte aber doch sein. Gazanfer Abi kriegte das, als er klein war. Wir hätten ihn beinahe verloren.«

Zu sagen, dass ihr Verlust unser Gewinn gewesen wäre, brachte ich nicht übers Herz. Cemalettin liebte seinen großen Bruder. Vielleicht sollte ich ihm erzählen, dass Ümit ein mutmaßlicher Brudermörder war. So würden die beiden eine besondere Freundschaft schließen können und Cemalettin in Ermangelung seines großen Bruders Trost in der Unterstützung durch einen anderen Psychopathen finden. Vielleicht konnten sie sogar Blutsbrüder werden.

»Ist die Tür zur Dachterrasse offen?«, fragte ich.

»Sie ist zu«, sagte er, wobei er wie immer, wenn er log, Grimassen schnitt und sich in die Wangen biss.

»Los, wir sehen uns den Taubenschlag an«, sagte ich und begab mich zurück ins Wohnhaus.

»Junge, ich sag doch, es ist zu!«, brüllte er hinter mir her. »Ich geh nirgendwo mit dir hin! Wenn der Hausverwalter das sieht, gibt es Riesenärger, damit du Bescheid weißt.«

Ich begann die Treppen hochzurennen. Vor der Tür zur Wohnung Nummer sechs im zweiten Stock lag ein Sammelsurium an

Schuhen. Ich erwog kurz, unseren neuen Nachbarn einen spontanen Beileidsbesuch abzustatten, entschied ich mich dann aber dagegen und stieg hinauf bis zum Dach. Ich drückte die Tür auf, die direkt mit der obersten Stufe abschloss, und betrat die dreckigste, heruntergekommenste Terrasse auf der ganzen Welt. Rechts des Eingangs gab es einen kleinen Betonschuppen mit einem Vorhängeschloss und einem Blechdach, in dem die Leute wahrscheinlich ihr Gerümpel unterstellten, das wegzuwerfen sie nicht übers Herz brachten. Cemalettins unrechtmäßiger Taubenschlag klebte schräg gegenüber dem Schuppen auf dem Geländer, das in dreißig Zentimeter Höhe angebracht worden war, um Selbstmordkandidaten die Sache zu erleichtern. Zwischen Antennen, Wasserschläuchen, Stromkabeln und allerlei vermutlich radioaktivem Müll hindurch trat ich an den Taubenschlag.

Eine Handvoll abgemagerte Vögel saßen in dem zweistöckigen Taubenhaus mit der drahtüberzogenen Tür und pickten unaufhörlich in dem leeren Blechnapf. Die Besitzer hatten nach der Katastrophe, die sie erlebt hatten, offensichtlich keine Zeit gehabt, sich um die Tiere zu kümmern. Ich fragte mich schon, was Tauben futterten, da hörte ich, wie sich die Tür zur Terrasse knarrend öffnete. Ein siebzehn-, achtzehnjähriger Bursche. Er näherte sich mit einer Plastiktüte, ein breites Lächeln im Gesicht, und streckte die Finger durch die Drähte.

»Willst du sie streicheln?«

»Will ich nicht«, antwortete ich. Ich hatte Angst, dass mir die Biester, kaum, dass sie dem Käfig entkommen waren, die Augen aushacken würden, um sie zu verspeisen. »Habt ihr das gebaut?«

Er nickte. »Das werden mal Purzeltauben.«

Ich suchte in seinem Gesicht nach einer Ähnlichkeit, ob es sich bei ihm um einen Verwandten Ümits handeln könnte. Irgendetwas erinnerte an Ümit, doch im Unterschied zu ihm lächelte der Knabe ständig.

»Wenn sie noch ein bisschen hungern, werden sie ihre Purzelbäume in den ewigen Jagdgründen schlagen, ich will's nur gesagt haben.«

»Keine Sorge, es passiert nichts. Ich hab sie absichtlich nicht gefüttert.« Langsam öffnete er den Haken an der Käfigtür. Die Tür ging auf, und verschreckt zogen sich die Tauben zurück. Der mysteriöse Vogelfreund nahm ein paar Hirsekörner aus der Tüte und warf sie in den Futternapf. Unverzüglich stürzten sich die Tauben auf den Napf und begannen einen unerbittlichen Kampf um die wenigen Körner. Dabei machten sie so irre Bewegungen, dass am Ende der Napf umkippte und die Hirse durch die Gegend flog, bevor sie überhaupt etwas fressen konnten.

»Siehst du, wie sie miteinander ringen?«, meinte er zärtlich. »Das ist Hunger, selbst die Trägsten von ihnen treibt er an.«

»Sehr nett«, erwiderte ich. »Hast du vor, Taubenkämpfe zu organisieren?«

Eigentlich keine schlechte Idee. Ich war überzeugt, dass Leute liebend gern Geld zahlen würden, um zuzusehen, wie diese Symboltiere des Friedens einander zerfleischten.

»Aber nein«, sagte er lachend. »Das werden doch Purzeltauben. Aber bevor sie Purzelbäume schlagen können, müssen sie erst mal fliegen. Ich hab sie alle selbst gezüchtet. Als sie etwas größer waren, ließ ich sie fliegen, aber sie bewegten keine Feder. Sie hockten einfach nur im Käfig. Sie hatten sich natürlich daran gewöhnt, alles vorgesetzt zu bekommen, warum sollten sie da fliegen? Deswegen habe ich aufgehört, sie zu füttern. Mal sehen, ob sie dann immer noch einfach herumsitzen.«

Das klang alles ziemlich plausibel. Ein paar der Vögel hatten sogar angefangen, ihre Köpfe ein wenig aus dem Käfig herauszustrecken. Ich hatte Respekt vor diesem Burschen, der intuitiv die Methoden der operanten Konditionierung entdeckt hatte.

»Bist du ein Verwandter von Ümit?«, fragte ich ihn, nachdem ich mich vorgestellt hatte.

Einen Vogel zwischen den Händen, sah er mich interessiert an. »Ich heiße Yusuf. Ich bin Ümits Onkel. Woher kennst du ihn?«

»Ich hab ihn auf der Straße kennnengelernt und ein wenig mit ihm gequatscht. Geht es ihm gut?«

»Mit Gottes Hilfe wird es ihm gut gehen«, sagte Yusuf Abi und warf die Taube in die Luft. Der Vogel stob ein paar Meter in die Höhe, flog in Richtung Terrassentür und setzte sich schnell auf das Ziegeldach. Yusuf Abi ging hinter der Taube her, aber der Platz, an dem sie nun saß, war in unerreichbarer Höhe. Mit fuchtelnden Armbewegungen versuchte er den Vogel aufzuscheuchen, doch die Purzeltaube in spe machte keinerlei Anstalten zu fliegen, sondern begnügte sich mit ein paar Schritten nach links und nach rechts.

Yusuf Abi war wild entschlossen. Mit einem Satz hüpfte er auf das Geländer. Nur die geringste falsche Bewegung, und schwuppdiwupp würde er aus dreißig Meter Höhe auf die Erde knallen. Er reckte ein Bein aufs Dach und zog sich mit den Händen hoch. Ruhig ging er auf die Taube zu und bückte sich. Gerade als er sie packen wollte, flog sie auf und setzte sich, diesmal oben auf den Taubenschlag.

»Verdammte Scheiße!«, brüllte Yusuf Abi und sprang auf die Terrasse. Als er am Taubenschlag ankam, hatte die Taube, wie zu vermuten gewesen war, den Platz auf dem Dach längst wieder eingenommen.

»So geht das nicht«, sagte er und kratzte sich am Kopf.

»Abi«, rief ich und zeigte zum Himmel. Wie Yusuf Abi vorausgeahnt hatte, zogen die meisten Tauben dort ihre Kreise.

»Bravo, meine Küken!«

Die gelobten Vögel verschwanden in Windeseile aus dem Blick.

»Allerdings haben die scheinbar nicht die Absicht, zurückzukommen, Abi.«

Yusuf Abi kniff die Augen zusammen und blickte eine Zeit lang hinter den Vögeln her.

»Wenn du sie liebst, lässt du sie gehen«, meinte er. »Kommt sie zurück, ist sie dein, kommst sie nicht zurück, hat sie dir nie gehört.«

Dieser Grad an Romantik, den seine Tierliebe erreicht hatte, machte mich offen gestanden ein wenig sprachlos. Ich sah mich auf der Terrasse um. Bis auf das pfiffige Exemplar auf dem Dach gab es nur noch eine Taube, die die heruntergefallenen Hirsekörner zu finden versuchte. Yusuf Abi hob den Fressnapf auf und füllte Körner hinein. Die beiden Tauben hörten das rieselnde Geräusch und waren keine zwei Sekunden später am Käfig. Die Spatzenhirne waren in die Falle getappt. Yusuf Abi packte beide ganz fest.

»Ein Männchen und ein Weibchen«, sagte er vergnügt. Dann hielt er sie mir nacheinander hin, um sie mir vorzustellen. »Das ist Zeus, und das ist Hera. Sie werden die Ureltern der von mir gezüchteten Herrentaubenrasse.«

›Aha, jetzt ist alles klar‹, dachte ich. Das war es also, was ich so lange in meinem Leben vermisst hatte: ein in die Mythologie vernarrter nazistischer Zoophilist!

»Angenehm«, entgegnete ich. »Und ich bin Ödipus.«

»Unten im Käfig stehen Kästchen, sei so gut und hol mir mal zwei«, sagte Yusuf Abi.

Ich tat, worum er mich gebeten hatte. Yusuf Abi steckte die geweihten Vorreiter des Vierten Reichs in die Kistchen, dann schmiedete er seinen Vers weiter. »Gegangen sind sie nicht. Mal sehen, ob sie zurückkommen.«

Ich fragte ihn nicht, was er da redete, denn ich wollte keinesfalls den Spaß verpassen. Ich sah ihn auf die Tür zugehen und hängte mich ihm an die Fersen. Wir stiegen die Treppe hinunter und traten auf die Straße. Wir marschierten los. Gott weiß, wohin. Als wir die Grenzen unserer Straße überschritten und auf die Hauptstraße zugingen, hielt ich es nicht mehr aus.

»Mein herzliches Beileid.«

»Danke«, erwiderte er, ohne mich dabei anzusehen.

Ich begriff, dass er nicht darüber reden wollte, aber ich konnte meine Neugier einfach nicht mehr im Zaum halten. »Ümit hat letzte Woche ganz komische Sachen gesagt. Über den Tod seines Bruders.«

Yusuf Abi blieb abrupt stehen. »Ach, wirklich? Was denn?«

»Er hätte Mehmet … So hieß doch sein verstorbener Bruder, nicht wahr?«

»Stimmt.«

»So was wie: Er hätte Mehmet umgebracht. Er sah todtraurig aus. Nicht, dass ich ihm geglaubt hätte. Hast du eine Idee, warum er das gesagt hat?«

»Los«, meinte Yusuf Abi. »Die Ampel zeigt Grün.«

Gemeinsam überquerten wir die Hauptstraße und gingen eine Weile schweigend weiter.

»Ümit trifft keine Schuld«, erklärte er schließlich. »Es war ein Unfall.«

»Was für ein Unfall?«, versuchte ich mein Glück.

»Sie haben halt irgendwelchen Unsinn gemacht.«

Es mag vielleicht seltam erscheinen, aber diese Antwort wunderte mich gar nicht. Würdet ihr in unserem Viertel leben, dann wüsstet ihr, dass der Begriff »Unsinn machen« weniger mit Humor zu tun hat als vielmehr mit Brutalität. »Ist es beim Herumschubsen passiert?«

»So ungefähr«, antwortete er knapp.

»Und Ümit?«, fragte ich, ohne recht zu wissen, wonach ich fragte.

»Sie bringen ihn in ein, zwei Tagen nach Hause.«

»Wie? Woher denn?«

»Keine Ahnung. Eine Vorsichtsmaßnahme, sagte man uns.«

»Hält die Polizei ihn fest?«

»Wahrscheinlich«, meinte er achselzuckend und lenkte das Thema in eine völlig unerwartete Richtung. »War das deine große Schwester?«

»Hä? Wer?«

»Das Mädchen. Das mit dir in den Supermarkt gegangen ist.«

Sieh an! Während seine Familie Klagelieder sang, spannte er durch die Scheibe nach einem Mädchen.

»Ich habe keine Schwester«, fuhr ich ihn an. »Das war mein Kindermädchen.«

»Süßes Mädchen. Wie heißt sie?«

»Ich hab sie nicht gefragt.«

»Hatice«, sagte er und grinste wie ein Schwein. »Das hab ich vom Hausmeistersohn.«

»Bravo.«

»Was ist? Du bist doch nicht etwa sauer?«

»Warum sollte ich sauer sein?«, fauchte ich mit unverhohlener Wut. Eigentlich weiß ich meine Gefühle gut zu verbergen, aber zumeist halte ich es für erniedrigend.

»Am besten lade ich sie mal zu einem Reispudding ein.« Er dachte wohl, er könnte mich noch mehr auf die Palme bringen.

»Tu das«, erwiderte ich. »Außerdem muss ja auch jemand Hatice Abla vor den Bluträchern beschützen.«

»Was für Bluträcher?«, fragte er, mit einer Miene aus Staunen und Angst.

Nun war ich dran. In vollen Zügen würde ich es genießen. »Sie hat ihrem Verlobten mit einem Jagdgewehr das Hirn weggeblasen.«

»Echt jetzt?«

»In einem Puddingladen.«

»Mann, ich hätte dir fast geglaubt, ha!«, meinte Yusuf Abi und gab einen Lacher von sich. »Du bist ganz schön aufgeweckt.«

»Du kannst es glauben oder bleiben lassen.«

»Sie ist also mit einem Jagdgewehr in den Puddingladen gegangen?«

»Ja«, antwortete ich. »Nachdem er sie defloriert hatte, begann er mit anderen Mädchen rumzumachen. Da ist sie ausgeflippt, hat den Kerl in den Puddingladen bestellt und dann peng!«

»Nachdem er was gemacht hatte?«

»Nachdem er sie defloriert hatte«, wiederholte ich. »Also nachdem er sie entjungfert hatte. Hast du es immer noch nicht kapiert?«

»Recht hat sie, natürlich«, oder Ähnliches murmelte er vor sich hin, aber mit einem Mal ging's dem Vogelzuhälter beschissen. Ich erhöhte meinen Einsatz: »Wenn du willst, arrangiere ich ein Rendezvous für euch?«

»Nein«, wisperte Romeo, der Purzeltäuberich. »Vorher muss ich an andere Dinge denken. Ich brauche erst einmal eine Arbeit.«

Mit mir lässt man sich besser nicht auf Spielchen ein. Ich erledige meinen Gegner.

»Wie du willst«, sagte ich. »Wohin gehen wir eigentlich?«

Yusuf Efendi stand noch immer unter Schock.

»Was weiß ich?«, stotterte er kopfschüttelnd. »So weit weg, dass ich die Tauben fliegen lassen kann.«

»Du lässt sie fliegen? Die sollen sich doch vermehren ...«

»Ich will sehen, ob sie den Weg zurück finden«, erläuterte der Amateurornithologe. »Wenn du Rassevögel züchten willst, müssen die Eltern intelligent sein.«

Er erwartete also von Vögeln, die noch nicht vernünftig fliegen konnten, von sonstwoher zurück zur Terrasse zu finden. Das war unmöglich, selbst wenn Zeus und Hera die Einsteins unter den Tauben gewesen wären – aber ich hielt meinen Mund. Den Händen dieses Irren zu entkommen war für die Tierchen in jeder Hinsicht von Vorteil.

»Na, wenn das so ist, dann lass uns noch ein wenig weitergehen«, sagte ich. Nun hatte auch ich ein Ziel, und den Rest des Weges würden wir meiner Route folgen.

Unter Brücken hindurch, über Bahnlinien hinweg und durch schlammige Abkürzungen erreichten wir schließlich den Ort, zu dem ich wollte. Yusuf Abi warf einen angesäuerten Blick auf das vor uns liegende braune Gebäude. »Das ist doch das Polizeipräsidium.«

»So ist es«, sagte ich. »Wenn wir die Vögel freigelassen haben, will ich einen Freund besuchen.«

»Du hast einen Freund im Präsidium?«

»Er ist einer von den Hochdekorierten«, sagte ich mit einem Augenzwinkern.

»Du bist echt ein merkwürdiger Junge.«

»Hat mir gerade noch gefehlt, dass du das auch noch sagst. Los, lass uns unsere Arbeit erledigen.«

Das sollte sich als recht schwierig erweisen. Dem Polizisten, der mit seiner Maschinenpistole vor dem Präsidium Wache hielt, kamen die Pappkistchen in Yusufs Hand wohl verdächtig vor, denn er rief: »Hey, ihr da! Kommt mal hier rüber. Was habt ihr hier zu schaffen?«

»Nichts«, antwortete Yusuf Abi. Er wandte sich dem Polizisten zu, um ihm die Kästchen zu zeigen, und das war natürlich ein Riesenfehler. Denn sogleich hatte der Polizist seine MP auf uns gerichtet und brüllte: »Stehenbleiben! Die Kisten auf den Boden!«

»Es ist nichts«, fuhr ich dazwischen. »Ich bin ein Kumpel von Onur Çalışkan. Ich möchte ihn besuchen.«

Aufgrund des Geschreis hatten sich noch einige weitere Polizisten am Tatort eingefunden.

»Was'n hier los?«, begann einer das Verhör und stopfte sich Popcorn, das er in der Hand hielt, in den Mund.

»Der sagt, er wäre hier, um den Kommissar zu besuchen«, erwiderte die Wache und zeigte auf mich. Mit seiner Maschinenpistole. Vermutlich wägte er ab, ob er meine Aussage gleich jetzt prüfen sollte oder erst, nachdem er mich erschossen hatte.

Da drang eine vertraute Stimme an mein Ohr. »Mensch, den Jungen kenne ich. Lass ihn durch!«

Es handelte sich um den Wachtmeister, der in einem früheren Mordfall, zu dem ich als Zeuge mit meinem Vater ins Präsidium bestellt worden war, meine erste Aussage aufgenommen hatte.*

---

* Siehe Alper Canıgüz: Söhne und siechende Seelen.

»Wie geht's, wie steht's, Adem Abi? Alles im Lot?«, sagte ich ihm zum Gruß.

Der Wachpolizist schien mit allen Wassern gewaschen zu sein.

»Was ist in den Kästen?«, fragte er, immer noch die Waffe auf uns gerichtet.

»Tauben«, entgegnete Yusuf Abi. Auf die Gefahr hin, vom Kugelhagel durchsiebt zu werden, öffnete er die Kistchen. Anstatt davonzufliegen, hüpften die Vögel leider auf die Erde und begannen dort ziellos herumzuirren.

Die Tauben waren zwar eine herbe Enttäuschung für Yusuf Abi, bei den Polizisten jedoch schlugen sie ein wie eine Bombe. Also, im übertragenen Sinne. Die Ordnungshüter waren beruhigt und begannen, mit den Vögeln zu spielen. Allen voran der Wachpolizist, bekundete jeder nach seiner Façon Zeus und Hera seine Liebe.

»Hehehe, soll ich euch abknallen?«

»Na, ihr zwei Süßen!«

»Na, ihr Augensterne!«

»Na, ihr Bordsteinschwalben!«

Einer von ihnen bemerkte, dass Yusuf Abi eine Hand voll Hirsekörner aus der Tasche genommen hatte.

»Scht«, rief er. »Gib mal her, ich werde sie füttern.«

Widerstrebend gehorchte Yusuf Abi ein weiteres Mal. Die Polizisten schnappten sich die Körner und fütterten die Tauben um die Wette. Wenn man ehrlich sein will, boten sie so, umgeben von den Tauben, eine prima Momentaufnahme für Plakate, um die Polizei als unseren Freund und Helfer in Szene zu setzen. Dass sie Zeus und Hera auch noch bewundernd hinterherwinkten, als diese gut gesättigt aufflogen und langsam aus den Augen verschwanden, war der goldene Schuss dieser psychedelischen Sequenz.

3. opfer der wollust

Nachdem wir Yusuf Abi verabschiedet hatten, ging ich in Begleitung von Wachtmeister Adem ins Büro von Kommissar Onur Çalışkan im zweiten Stock. Leider war mein alter Spezi nicht an seinem Platz.

»Er war da. Wahrscheinlich hat er was zu tun. Er kommt gleich. Setz dich.« Mit diesen einfachen, auch dem Volk verständlichen Sätzen führte Wachtmeister Adem mich in den Raum. Obwohl ich um die hohe Wahrscheinlichkeit wusste, vergebens bis zum Morgen warten zu müssen, gefiel mir die Vorstellung, allein im Büro eines hochrangigen Bullen zu sein, und so setzte ich mich in einen der beiden Sessel vor Onur Çalışkans Schreibtisch.

»Adem Abi«, rief ich, gerade als er das Zimmer verlassen wollte. »Sei doch so gut und bring mir 'ne Zeitung oder Zeitschrift, wenn ihr was dahabt.«

Er starrte mich mit offener Kinnlade an. Dann fasste er sich wieder.

»Ach nee«, sagte er, »soll ich dir auch noch 'nen Tee bringen lassen?«

»Ja, gern. Nicht zu stark, bitte. Du weißt ja, ich bin noch klein; nicht, dass er mir am Ende nicht bekommt.«

Mit einem tiefen Seufzer ging der Hüter des Gesetzes hinaus und schloss die Tür hinter sich. Ich war mir nicht sicher, ob Wachtmeister Adem meinen Befehlen Folge leisten würde, daher begann ich die Akten auf dem Tisch nach etwas zu durchforsten, womit ich mir die Zeit vertreiben konnte. Geheime Dokumente waren ohnehin meine Leidenschaft. Da weckte auch schon eine Akte wegen des merkwürdigen Namens auf dem Deckel mein Interesse: Pamuk Nine. Oder schrieb unser Onur Çalışkan in seiner Freizeit etwa Kinderbücher, und die Heldin war, wie der

Name verhieß, eine schlohweiße Oma? Ich schlug die Akte auf. Indizien, Aussagen, Dienststempel und Unterschrift. Alles wies darauf hin, dass es sich um die Polizeiakte eines ganz normalen Tötungsdelikts handelte.

Die mutmaßliche Täterin Pamuk Nine (58) war Hausfrau, Witwe, Mutter von vier Kindern, hatte sieben Enkelkinder und lebte bei einem ihrer Söhne. Bei dem Opfer, Hasan Çorbacı (63), handelte es sich um einen Busfahrer, verheiratet und dreifacher Vater. Laut eigener Aussage war Pamuk Nine am Donnerstag, ../../20.., nach Einkäufen im Basar von Kadıköy in den Stadtbus Nummer … von Kadıköy nach Ünalan gestiegen, um nach Hause zu fahren. Sowohl aus Müdigkeit nach dem Einkaufen als auch aufgrund ihres Alters, Übergewichts und Bluthochdrucks war Pamuk Nine im Bus eingeschlafen. Als sie ihre Augen wieder aufschlug, sah sie, dass der Bus an einem unbekannten, gottverlassenen Ort parkte. (Einer Notiz zufolge handelte es sich hierbei um den Belgrader Wald.) Ohne dass sie begriff, wie ihr geschah, zerrte Hasan Çorbacı sie aus dem Bus und warf sie unter einem Baum zu Boden. In dem Tumult bekam Pamuk Nine einen großen Stein zu fassen und zog ihn dem Vergewaltiger über den Kopf. Als sie bemerkte, dass der Mann tot war, rief sie umgehend die Polizei an und informierte sie über den Sachverhalt.

Nachdem ich die Aussage gelesen hatte, betrachtete ich die beigefügten Aufnahmen. Pamuk Nine sah bedauernswert aus, ihre Augen waren vom Weinen aufgequollen. Der Zustand der Leiche, die in etwa fünfzig, sechzig Metern Distanz zum Bus unter einem Baum lag, war, wie sich vermuten ließ, tausendmal schlimmer. Das Einzige, was die Angehörigen des auf den Tatortfotos mit bis zu den Knien heruntergelassener Hose leblos daliegenden mickrigen Mannes vielleicht trösten konnte, war sein bis zur Unkenntlichkeit blutverschmiertes Gesicht. Laut Obduktionsbericht wies Hasan Çorbacı Frakturen des Stirnknochens und der Nase auf, die Todesursache lautete auf akute Hirnblutung. Was die Tatverdächtige bei sich geführt hatte, war ebenfalls fotografiert und dem Bericht beigefügt worden: eine Handtasche mit Bargeld in Höhe von zehn Lira und fünfundsiebzig Kuruş sowie eine Einkaufstüte mit einem halben Kilo Tomaten und zwei Karotten. Nachdem Pamuk Nine ihre Aussage gemacht hatte, war sie dem Haftrichter vorgeführt und Haftbefehl erteilt worden.

»Nanu, wer beehrt mich denn da?«, hörte ich eine Stimme hinter mir sagen. Es war der gutaussehende junge Kommissar Onur Çalışkan. Er ging an mir vorbei und setzte sich an seinen Schreibtisch. Normalerweise hatte er mehr Jubelworte für mich übrig, aber ich hatte den Armen vor einer Weile in einem wichtigen Mordfall ziemlich verwirrt und vor einem der unbeugsamsten Staatsanwälte unserer türkischen Republik ganz schön in die Bredouille gebracht.* Er war also immer noch ein wenig eingeschnappt. Aber irgendwie würde ich ihn schon um den kleinen Finger wickeln.

»Nun, was verschafft mir die Ehre?«, fragte der Bursche und lehnte sich in seinem Bürostuhl zurück.

»Ich wollte mich nach Ihrem Befinden erkundigen«, antwortete ich, klappte die Akte zu und warf sie auf den Tisch.

»Du interessierst dich also für mich, und das soll alles sein, ja?« Er gab sich sarkastisch, sein Blick war misstrauisch.

»Nein«, gab ich zurück. »Das ist nicht alles. Ich frage mich, ob ihr euch nicht schämt, auf der Kundgebung zum ersten Mai mit Schäferhunden und Tränengas auf Leute loszugehen, die eure Eltern sein könnten.«

Hatte ich ihn nicht um den kleinen Finger wickeln wollen?

Onur Çalışkans Gesicht lief dunkelrot an.

»Ich … niemals … sieh mal …«, stammelte er vor sich hin.

»Okay, okay«, sagte ich. »Ich weiß, dass Sie keine Schuld tragen, Sie sind nur ein Befehlsempfänger. Ich bin sicher, wenn es in Ihrer Hand läge, wäre die Welt ein viel besserer Ort.«

---

* Siehe Alper Canıgüz: Söhne und siechende Seelen.

Zum Glück war er meine Macken gewohnt, daher hielt er sich nicht lange damit auf.

»Wie geht's deinen Eltern?«, fragte er, um das Thema zu wechseln.

»Meine Mutter wünscht Ihnen ein langes Leben, und bei meinem Vater weiß ich es nicht so genau. Um ehrlich zu sein – ich bin hergekommen, um mir Informationen zu besorgen.«

Onur Çalışkan kniff die Augen zusammen. »Welche Art von Informationen?«

»Ich wollte fragen, wie man auf die Polizeischule kommt.«

Ich kann gar nicht sagen, wie er sich freute. Fast alle Typen in Uniform gehen dieser Nummer sofort auf den Leim. Sie glauben doch tatsächlich, dass alle versessen darauf sind, in Einheitsklamotten rumzurennen, da könnte ich echt die Krätze kriegen. Bis auf Kapitäne. Aus unerfindlichem Grund habe ich einen seltsamen Respekt vor ihnen. Vielleicht, weil ich keinen einzigen echten Kapitän kenne. Wie dem auch sei.

Onur Çalışkan erklärte mir lang und breit, ich müsste erst einmal die Grundschule absolvieren, als ich ihm das Wort abschnitt. »Meine Güte. Sie glauben aber auch alles. Das war ein Witz.«

Zum Glück schmollte Onur Çalışkan nicht mit mir. Weit gefehlt, er brach in lautes Gelächter aus.

Ich weiß nicht, warum ich ihn derart quäle. Dabei behandelt er mich so gut. Vielleicht, weil ich denke, dass er sich im Recht sieht, mich schlecht behandeln zu können, wann immer es ihm beliebt. Ober weil ich verdammt geisteskrank bin.

»Bestimmt würdest du ein prima Polizist werden.«

»Ich weiß. Genau davor fürchte ich mich ja«, erwiderte ich. »Unter uns gesagt: Mein größtes Vergnügen ist, in meiner Freizeit im Park die Blumen zu zertreten.«

»Vielleicht ändert sich eines Tages deine Meinung«, entgegnete Onur Çalışkan überaus verbindlich. »Nun, was willst du von mir?«

»Ein Freund ist in einen Mord verwickelt, darüber wollte ich sprechen.«

Onur Çalışkan sah mich mit leerem Blick an, dann lachte er wieder. »Also, Junge, eines Tages bringst du mich noch um. Einen Augenblick lang hätte ich dir wieder fast geglaubt ...«

»Ich sage die Wahrheit. Er heißt Ümit und ist ein paar Jahre älter als ich. Er hat seinen kleinen Bruder getötet.«

»Hm«, meinte der Kommissar und kratzte sich am Kinn. »Stimmt, ein solcher Fall ist uns angezeigt worden. Woher kennst du diesen Ümit?«

»Sie sind neu in unser Viertel gezogen.«

»Hm ...«

»Und? Haltet ihr ihn hier fest?«

»Aber nein, Jungchen, wie soll das gehen? Das Jugendamt hat ihn vorsorglich in Obhut genommen. Je nach Sachlage kommt er vor ein Jugendgericht.«

»Welche Sachlage?«

»Laut Ausweis ist er noch unter zwölf und daher nicht strafmündig. Nach der Knochenalterbestimmung wird entschieden.«

»Und dann?«

»Wahrscheinlich wird ein Sozialarbeiter bestimmt. Also ins Gefängnis kommt er nicht.«

»Es war sowieso ein Unfall«, sagte ich. Ich kann nicht sagen, ob ich erleichtert war oder mich noch miserabler fühlte.

»Hat er das erzählt?«

»Sein Onkel. Er soll mit seinem kleinen Bruder herumgealbert haben.«

Onur Çalışkans Miene schien anzudeuten, dass meine Worte die Realität mitnichten widerspiegelten.

»Das war natürlich eher ein dummer Scherz.«

»Er hat seinen kleinen Bruder erwürgt«, sagte der Kommissar.

Das war eine schockierende Information. »Vielleicht haben sie sich geprügelt, und er hat es etwas übertrieben. So was kann vorkommen.«

»Sein Bruder war bettlägerig. Er war von der Hüfte abwärts gelähmt.«

»Ümit hat seinen gelähmten Bruder erwürgt?«

Onur Çalışkan bestätigte mit einem Nicken. »Der Hals des armen Jungen war dunkelviolett. Nicht nur sein Hals, sein ganzer Körper war übersät mit blauen Flecken.«

Mein Herz hatte wie wild zu klopfen begonnen. »Und warum?«

»Ümit wollte nicht, dass er leidet.« Ja. Diese Erklärung beruhigte mein Gemüt. Ümits Tat war kein brutaler Mord, sondern ein gnadenvoller Akt der Euthanasie. Nun, wenn das Leben doch nur so einfach wäre.

»Das erklärt allerdings nicht, warum sein ganzer Körper derart viele Verletzungen aufwies. Man hat ihn vor seinem Tod ziemlich misshandelt.«

Ich wollte schon widersprechen. Ich schwieg. Er hatte recht. Ich schluckte meine Tränen hinunter.

»Und warum?«, wiederholte ich wimmernd.

»Ich weiß nicht. Warum hat Kain Abel getötet?«

Ich war völlig durcheinander. Wieder zog jenes mir so vertraute Unwohlsein vom Magen in den Rücken und von der Wirbelsäule in mein Gehirn. Wenn im Anfang das Wort war, wie manche behaupteten – dachte ich wegen des religiösen Bezugs, den Onur Çalışkan hergestellt hatte –, dann war es vielleicht weniger ein Wort als vielmehr ein Ausruf: ein wilder Aufschrei des Leids.

Ich war fertig hier. Ich stand auf und ging zur Tür.

»Alles okay mit dir?«, fragte Onur Çalışkan und erhob sich hinter mir.

Ich nickte und öffnete die Tür. Bevor ich hinausging, drehte ich mich noch einmal zu meinem Polizeifreund um. »Da ist noch etwas.«

»Und was?«

»Lasst die Oma frei. Sie ist unschuldig.«

»Hä?«

Ich deutete mit dem Finger auf die Akte auf seinem Tisch. »Pamuk Nine. Lasst sie gehen.«

Es dauerte einen kurzen Moment, bis Onur Çalışkan den gedanklichen Weg von einer Akte zur anderen gefunden hatte. Schließlich begriff er, was ich meinte.

»Ah, du meinst den Mord an dem Busfahrer.« Er lächelte verständnisvoll. »Auch wenn es sich um Notwehr handelt, ist ein Tötungsdelikt eine ernste Angelegenheit. Die Tatverdächtige muss bis zum Ende des Verfahrens in Haft bleiben.«

»Das weiß ich selber«, blaffte ich ihn an. Hielt der mich vielleicht für blöd, dieser Möchtegernsuperbulle? »Pamuk Nine hat niemanden umgebracht.«

»Sie hat den Mord gestanden«, sagte Onur Çalışkan. Er lächelte noch immer, doch das würde sich bald ändern. »Denkst du, sie nimmt die Schuld eines anderen auf sich? Am Tatort befanden sich keinerlei Indizien für eine weitere Person.«

Er wollte wohl nicht verstehen. Ich ging an den Tisch zurück, schlug die Akte auf und breitete die Aufnahmen vor ihm aus.

»Schauen Sie mal«, forderte ich ihn auf. »Was sehen Sie?«

»…«

»Tomaten«, sagte ich. »Drei Stück. Und zwei Karotten.«

Onur Çalışkan kratzte sich am Kopf. Er versuchte nachzudenken, aber er wusste nicht, worüber er nachdenken sollte.

Ich fuhr fort. »Denken Sie, dass die Frau zum Basar geht, um nur das einzukaufen?«

»Hm …«

»Frauen, die weniger als zwanzig Lira in ihrer Tasche haben, gehen sowieso nicht zum Basar, sondern auf den Wochenmarkt«, referierte ich weiter. »Fahren wir fort. Sehen Sie sich an, wo der Bus parkt und wo der Mord verübt wurde. Ich frage Sie: Kann ein solcher Hungerhaken eine hundert Kilo schwere Frau dorthin geschleppt haben? Hinzu kommt, dass sie keinerlei

Schürf- oder sonstige Wunden aufweist. *Maşallah*, sie hat makellose Hände und Arme.«

»Er könnte ihr gedroht haben.«

»Wer hat der Polizei den Tatort mitgeteilt?«

»Die Tatverdächtige … Also Pamuk Nine.«

»Sie soll doch an einem völlig unbekannten Ort aufgewacht sein?«

»Vielleicht hat sie ihn später wiedererkannt. Hat auf der Suche nach Hilfe ein Schild entdeckt oder …«

Allmählich riss mir der Geduldsfaden. »Was halten Sie von den Kopfverletzungen des Opfers?«

»Ziemlich übel«, faselte Onur Çalışkan.

»Auf der Stirn und mitten im Gesicht?«

»Das heißt?« Mittlerweile hörte er mir neugierig zu.

»Sein Gesicht ist platt wie eine Flunder. Wenn Pamuk Nine während der Vergewaltigung mit einem Stein auf ihn eingeschlagen hätte, dann müssten sich die Knochenbrüche im Bereich der Schläfe oder am Hinterkopf befinden. Natürlich nur, wenn der Fahrer sich nicht zu einer Fantasie aufgeschwungen hat, die Frau auf seinen Schoß zu setzen …«

Hilflos legte Onur Çalışkan ein Foto weg und nahm ein anderes in die Hand.

»Ich verstehe nicht.« Endlich hatte er etwas Richtiges gesagt.

»Nun …«

Er wollte erfahren, welches Geheimnis hinter dem Fall steckte, aber wahrscheinlich war es unter seiner Würde, einen Dreikäsehoch zu fragen.

»Ich will es so erklären, lieber Watson«, meinte ich. »Meiner Meinung nach waren Pamuk Nine und dieser Mann, wie hieß er doch gleich, ach ja, Hasan Çorbacı, ein Liebespaar.«

»Jetzt mach aber mal 'nen Punkt!«

»Doch. An jenem Tag fuhren sie für ein kleines Stelldichein in den Belgrader Wald. Das Herz des armen Mannes spielte nicht mit, er starb, als sie gerade in Aktion waren. Daraufhin verständigte Pamuk Nine die Polizei, vielleicht, weil sie nicht wusste, wie sie nach Hause kommen sollte, oder vielleicht, weil sie es nicht übers Herz brachte, den Mann, den sie liebte, dort liegen zu lassen.«

»Und die Knochenbrüche?«

»Post mortem«, erwiderte ich. »Will heißen, sie wurden ihm nach dem Tod zugefügt«, erläuterte ich, weil er den Fachbegriff womöglich nicht kannte.

»Warum sollte Pamuk Nine so etwas tun?«

»Was gibt es daran nicht zu verstehen? Damit man die Sache für Mord hält. Sehen Sie sich die zwei armen Seelen doch an, wie alt sie sind, sie haben Kinder und Enkelkinder. Wenn das herauskommt, dass sie außereheliche Beziehungen haben. Vor allem für Pamuk Nine ist es doch tausend Mal besser, wenn man sie für eine Mörderin hält anstatt für eine, die ein Techtelmechtel mit einem verheirateten Mann hat.«

Onur Çalışkan wusste nicht mehr, ob er Männlein oder Weiblein war, und murmelte unverständliche Dinge vor sich hin. Ich beschloss, ihn mit seinen Überlegungen allein zu lassen.

»Warten Sie erst einmal ab«, sagte ich, bevor ich das Büro des Meisterschnüfflers verließ. »Ich glaube, der detaillierte Autopsiebericht wird meine Theorie untermauern.«

* * *

Während ich meiner Mutter half, den Tisch fürs Abendessen zu decken, lag mein Vater wie stets am Ende seines Arbeitstages als ehrenhafter Staatsdiener erschöpft im Wohnzimmer auf dem Sofa, den Kopf unter einem riesigen Kissen vergraben. Doch so was kann meine Mutter nicht bremsen. Krachend knallte sie die Wasserkaraffe auf den Tisch.

»Feriha hat angerufen.«

Mein Vater zog das Kissen leicht zur Seite. »Was will sie?«

»Nebis Grab besuchen.«

»Soll sie doch, was geht uns das an?«

»Sie meinte, sie würde das Grab auf dem Friedhof nicht finden, und hat gefragt, ob wir sie hinbringen könnten.«

Mein Vater murmelte einen unverständlichen, höchstwahrscheinlich sittenwidrigen Kommentar und rückte sich das Kissen wieder aufs Gesicht.

»Sie ist untröstlich, weil sie nicht zur Beerdigung kommen konnte«, fuhr meine Mutter fort. »Sie hat sich beschwert, wir hätten sie nicht informiert.«

»Wirklich eine Schande, was wir da gemacht haben«, meinte mein Vater mit einem Mal bekümmert, während er das Kissen auf seinen Bauch zog.

»Was heißt denn Schande? Sie hat ihn verlassen und sein Leben zerstört, und wir sollen auch noch Rechenschaft ablegen. Ob sie meinen Schwager in all den Jahren wohl ein einziges Mal angerufen hat, um zu fragen, wie's ihm geht?«

Wann immer das Gespräch auf Feriha kam, spürte ich bei meiner Mutter eine seltsame Wut, wobei eine innere Stimme mir sagte, dass dies nicht nur etwas mit meinem Onkel zu tun hatte.

»Vielleicht hat sie ihn doch gefragt?«, warf ich meine Angel aus.

»Der Teufel soll sie holen!«, lautete denn auch die wohlverdiente Antwort meiner Mutter. »Das unfruchtbare Weib!«

Ach du heiliger Strohsack! Ich begriff nicht recht, was Unfruchtbarkeit nun damit zu tun hatte.

»Zu deiner Geburt schenkte sie uns eine Halb-Lira-Goldmünze. Später stellten wir fest, dass das, was sie dir angesteckt hatte, nichts als ein ordinäres Stück Blech war. Als wollte sie uns zum Narren halten. Sie selber wurde einfach nicht schwanger. Der reine Neid war das. Jahrelang hab ich das elende Ding aufgehoben, um es ihr zurückzuschenken, falls sie eines Tages selbst ein Kind kriegen sollte. Das Blech liegt immer noch in meiner Schublade. Aber der liebe Gott hat es mir nicht vergönnt.«

»Lass das doch jetzt«, sagte mein Vater und setzte sich auf. »Ich rufe Feriha Abla mal an. Wie lautet ihre Nummer?«

»Sie hat sie mir nicht gegeben. ›Mein Mann ist gekommen, ich rufe wieder an‹, und, zack, aufgelegt. Na egal, ich lasse mir nicht die Laune vermiesen. Ich hab das Essen warm gemacht, kommt an den Tisch und setzt euch.«

Es passiert nicht oft, dass ich sprachlos bin. Nichtsdestotrotz entfuhr mir nur ein einziges Wort, als meine Mutter mir meinen Teller vorsetzte: »Okraschoten.«

»Okraschoten«, bestätigte meine Mutter dankenswerterweise. »Hat deine Hatice Abla sehr gut gekocht. Los, lass es nicht kalt werden.«

Okraschoten, hä? Und das mir, hä? Als hätte ich Hatice Abla auf ihre Frage, was sie denn kochen solle, nicht gesagt, alles, nur keine Okraschoten, als hätte sie mir zum Abendessen nicht Blumenkohl und Nudeln mit Käse versprochen, als würden wir uns nicht lieben … Ich strengte mich an, nicht die Contenance zu verlieren, und überlegte, was das zu bedeuten hatte. Was versuchte Hatice Abla mir zu sagen? Dass ich aus ihren Händen nicht einmal Gift abweisen dürfte, wenn ich sie wirklich liebte? Dass man Frauen niemals trauen konnte? Dass sie der Chef war? Oder war das nur einer ihrer Späße? Ich fand einfach keine Antwort auf alle diese Fragen. Schweigend tunkte ich mein Brot in die Lektion fürs Leben mit Hackfleisch.

Nach dem Essen bat ich meine Eltern um Erlaubnis, mich in mein Zimmer zurückziehen zu dürfen. Eine Weile lag ich auf dem Diwan und versuchte in meinem Buch zu lesen, aber ich konnte mich nicht konzentrieren. Daraufhin beschloss ich, meinen Lieblingsplatz unter dem Diwan aufzusuchen. Ich legte mich mit dem Rücken auf den kalten Boden und starrte an die Holzlatten. Ich träumte, dass ich heldenhaft gegen einen durchgeknallten Diktator kämpfte, der sich die ganze Welt zu unterwerfen versuchte; dass ich in naher Zukunft der unbestreitbar beste Spieler und Torschützenkönig beim zwischenzeitlich weltbesten Fußballverein Beşiktaş wäre und dass ich Gazanfer nach Strich und Faden vermöbelte. Als das alles nichts nützte, stellte ich mir vor, wie ich als Dreißigjähriger das elende Leben eines Taugenichts führte, wie mich keine einzige Frau je geliebt hatte, wie ich nach einem Verkehrsunfall querschnittgelähmt war und wie ich mich aus dem Fenster stürzte. Es klappte einfach nicht. Die süßen Gedanken, die mich normalerweise auf Touren brachten, bauten mich irgendwie nicht auf. Ich hatte keine andere Wahl, als über dieses Scheißthema zu grübeln, das man Leben nannte.

Hatice Abla und ich, Onkel Nebi und Tante Feriha, Celal der Hänfling und Zuhal die Pissnelke, Romeo und Julia, Leyla und Mecnun, Pardaillan und Louise ... Offen gestanden gibt es für mich im Leben nichts Abstoßenderes als Männer, die mit ihren Liebesgeschichten protzen, dennoch war eines nicht zu übersehen: Ob Realität oder Fiktion – das ganze Leben schien sich nur um diese Lüge namens Liebe zu drehen. Zudem zeigte die Erfahrung, dass dieser Bockmist kein Vorbote des Glücks war, sondern eher eines Fiaskos. Aber warum strebte jeder nach Liebe? Und war das wirklich so? Ich dachte an meine Eltern. Sie liebten sich doch nicht. Ich hatte auch keinen Hinweis gefunden, dass sie es jemals getan hatten. Sie kamen halbwegs miteinander aus, auch wenn es hin und wieder Zoff gab. Sie rackerten und werkelten, sie schufteten und plagten sich den lieben langen Tag. Des Abends zogen sie sich in ihre Höhle zurück, um zu ruhen. Und wenn sie nicht schufteten und nicht ruhten, erzogen sie einen potentiellen Serienkiller. Sie waren das Unglücklichsein gewöhnt, und das Streben nach etwas Größerem kam ihnen nicht einmal in den Sinn.

»Der Schlag möge Feriha treffen!« Als ich zum ersten Mal diesen Satz aus dem Munde meiner Mutter vernahm, war es Mitternacht. Damals saß sie am offenen Fenster, aß Wassermelone und behielt den Nachhauseweg meines Vaters, der einfach nicht aus der Kneipe zurückkehrte, im Auge. Gelegentlich konnte sie die Tränen nicht zurückhalten und bekam einen Weinkrampf, wobei ihr der Melonensaft wie Blut aus den Mundwinkeln rann.

Ein anderes Detail jenes Tages, an das ich mich erinnere, war eine deftige Ohrfeige, die mir meine Mutter zuvor verpasst hatte, aber die ist für unser Thema nicht von Belang. Wobei, vielleicht war sie für jedes Thema von Belang, aber beides läuft sowieso auf dasselbe hinaus. Ich verstand nicht, wieso meine Mutter meine Tante verfluchte, wenn sie doch auf meinen Vater sauer war.

»Mamilein«, sagte ich damals. »Wieso verfluchst du meine Tante, wenn du auf Papa sauer bist?«

Vielleicht fragte ich auch nicht, und sie erklärte es mir trotzdem. »Verflucht sei der Tag, an dem sie mich mit deinem elenden Vater bekanntgemacht hat!«

Auf diese Weise erfuhr ich, dass Feriha der Grund für das Kennenlernen meiner Eltern war und in der Folge für Mutters Verderben. Nun, wenn auch meine Geburt das Resultat dieses verdammten Kennenlernens war, bedeutete dies, so dachte ich damals mit meinem kindlichen Verstand ein wenig traurig, dass ich meine Mutter ins Verderben stürzte. Jetzt denke ich natürlich nicht mehr so, mittlerweile bin ich groß. Ich sehe das ganz natürlich.

Später dann, an einem der seltenen Tage, an denen sie gut gelaunt war, erzählte mir meine geliebte Mutter ausführlich, wie sie sich kennengelernt hatten. Als sie noch ein, wie sie es ausdrückte, »Mädchen« war, lebte sie als Jüngste von zehn Geschwistern mit ihrer Familie im Piyalepaşa Bulvarı in Şişli, und nachdem alle anderen unter der Haube waren, blieb sie allein mit meiner Großmutter. Sie schmiss den Haushalt, kümmerte sich um ihre kranke Mutter und ging dazu auch noch arbeiten und brachte Geld nach Hause. Ein schönes Mädchen sei sie gewesen, und alle hätten sie immer mit ausländischen Filmschauspielerinnen verglichen. In jener Zeit begann sie als Verkäuferin in einer bei der High Society beliebten Luxus-Boutique zu arbeiten. Jeden Tag ging sie zu Fuß vom Piyale nach Beyoğlu und kehrte nachts, wenn Diebe und Strolche ihr Unwesen trieben, auf demselben Weg wieder zurück. Allerdings dauerte es nicht lange, bis sie die

Lorbeeren ihres Fleißes und ihrer Korrektheit erntete, denn ein, zwei Jahre später stieg sie zur Chefverkäuferin auf. Dank ihrer neuen Position kleidete sie nun die Berühmtheiten ein: die Ajdas und Gönül Yazars, die Devlet Devrims und wen nicht noch alles. Alle seien begeistert von ihr gewesen und hätten sie »Liebes«, »Schätzchen« und »Engelchen« genannt. Manche hätten sich sogar nicht bremsen können und all ihre schmutzige Wäsche vor ihr ausgebreitet.

Und Feriha, die am liebsten der Schlag treffen sollte, war eine von Mamas Kundinnen gewesen, schon damals angeblich ein wenig eingebildet und von sich selbst überzeugt. Ob aus Mitleid, weil meine Mutter, ein inzwischen dreißigjähriger Wonneproppen, noch immer unverheiratet war, oder aus einem anderen schändlichen Grund – jedenfalls erzählte Feriha ihr eines Tages vom jüngeren Bruder ihres Mannes. Ein sehr netter Mann sei er, ihr Schwager. Wenn man bedachte, dass er bereits sechsunddreißig war, könnte man ihn natürlich für einen Hagestolz halten, aber er sei ein ehrlicher Mann, habe ein paar Semester an der Universität studiert und einen guten Beamtenposten beim Staat. Wenn das Schicksal es so wollte, warum nicht, hatte meine Mutter gedacht. Ob er denn wenigstens gut aussähe? Was für eine Frage, er sei Paul Newman wie aus dem Gesicht geschnitten. Jede Frau weiß: Ein wie Paul Newman aussehender Staatsdiener, über dreißig, aber immer noch ledig, verheißt nichts Gutes. Deshalb fragte meine Mutter Tante Feriha, ob es noch etwas anderes gäbe, das sie über diesen Mann wissen sollte. Hm, es gäbe da eine Frau. Ehrlich gesagt eine nicht gerade vertrauenswürdige. Ihr Schwager hätte eine längere Beziehung mit ihr geführt, aber es gäbe nichts zu befürchten, denn die Sache sei längst aus und vorbei. Zudem hätte seine Familie sich nie für dieses Luder erwärmen können. Wenn das so war, entschied meine Mutter, würde sie mit ihm zum Essen ausgehen.

Als meine Mutter meinen – nennen wir ihn endlich beim Namen – Vater kennenlernte, konnte sie keine rechte Ähnlichkeit mit Paul Newman feststellen. Er erinnerte eher an einen blonden, blauäugigen Frank Sinatra. Im Verlauf des Essens erfuhr sie, dass die Familie meines Vaters aus Albanien stammte, und da bestand für sie kein Zweifel mehr: Vor ihr saß ein Einwanderer, einer dieser Umsiedler vom Balkan. Außer einem Schlückchen Rakı zu viel war meiner Mutter bei diesem ersten Rendezvous kein Schnitzer aufgefallen. Die beiden jungen Leute freundeten sich also an; auch die Familien waren einverstanden, und so segelten die beiden in den Hafen der Ehe. Ihr seht, alles verlief kurz und schmerzlos.

Ich war etwa drei Jahre alt, als ich begriff, dass meine Eltern außer der Alltagsroutine keinerlei Gemeinsamkeiten hatten. Mein Vater las viel, plauderte gern, war großzügig (konnte nicht mit Geld umgehen und warf es zum Fenster hinaus, so meine Mutter) und von sanftem Gemüt. Meine Mutter wiederum mochte zwar die Vorstellung, gern zu lesen, hatte aber in ihrem Leben, soweit ich es mitbekam, nur in ein paar Schnulzenromanen von Kerime Nadir geblättert und war eine streitsüchtige Frau mit Hang zum Melodramatischen, die jeden, den sie nicht kannte, als potentiellen Feind betrachtete. Während meine Eltern, diese zwei Menschen aus verschiedenen Welten, eine höfliche und distanzierte Kameradschaft führten, ging die legendäre Liebe zwischen Tante Feriha und Onkel Nebi in die Brüche.

Und nun wollte Feriha das Grab des Mannes besuchen, den sie auf dem Gewissen hatte. Offen gestanden war ich neugierig, wie die Frau aussah, die so vielen das Leben zur Hölle gemacht hatte. Ich kroch unter dem Diwan hervor und nahm mir noch einmal die Fotos vor, ob ich womöglich etwas übersehen hatte. Ich verstreute sie auf dem Teppich und betrachtete sie. So viele Grazien waren in das Leben meines Onkels getreten, und doch hatten sie jene Leere nicht füllen können, die diese Frau hinterlassen hatte, und ich suchte nach einer Spur. Ein Passfoto fiel mir ins Auge, das ich vorher nicht bemerkt hatte. Ich bekam Herzklopfen. Ich nahm es und sah es mir genau an. Wenn ich ehrlich sein will, hatte die Frau so gar nichts von den anmutigen Damen auf den anderen Aufnahmen. Sie war eine Frau mit düsterem Blick und harten Gesichtszügen, die viel gelitten hatte. Eine, die mit ihrer Liebe einen Mann in die Hölle führen konnte.

›Feriha‹, dachte ich innerlich bebend. »Jetzt hab ich dich!«

Mit zittrigen Fingern drehte ich das Passbild um und entdeckte einen mit Federhalter geschriebenen Satz: *Die einzige Frau, die ich jemals geliebt habe … Adalet.* Irgendetwas schien seltsam. Ich holte tief Luft und ließ meine Augen über die Möbel in meinem Zimmer schweifen. Kommode, Diwan, Bett, Bücherregal … Okay. Weder träumte ich noch lag ich im Koma. Ruhig las ich den Satz noch einmal.

Die einzige Frau, die ich jemals geliebt habe … Adalet.

Wie vom Teufel geritten hob ich meines Onkels Ehering, der in eine Ecke des Teppichs gerollt war, auf und las den in Schreibschrift eingravierten Namen: *Adalet.* Ich lachte in mich hinein. Das alles war also nur Geschwätz gewesen. Dass mein Onkel vor Liebesleid verging, dass er nie wieder lieben konnte, diese Geschichten von der unsterblichen Liebe … Er hatte also wieder geliebt, Adalet war die Liebe seines Lebens gewesen, und Romeo und Julia waren letzten Endes ein Märchen.

4. vandalenherz

»Das vergesse ich dir nie«, sagte ich zu Hatice Abla, die die Beine auf dem Sofa ausgestreckt hatte, eine Zigarette rauchte und nebenbei in einem Buch blätterte.

Sie hob den Kopf, sah mich an und überlegte kurz, dann lachte sie. »Die Okraschoten?«

»Die Okraschoten«, bestätigte ich und warf einen Blick auf den Buchdeckel. *Erbain*, ein Buch mit Gedichten von İsmet Özel aus seinen ersten vierzig Lebensjahren.

»Man sollte nicht nachtragend sein«, sagte sie und riss die Augen verführerisch weit auf.

»Wenn zu leben keine Illusion ist, muss man sich rächen«, erwiderte ich. Dann imitierte ich sie, indem ich die Augen ebenso weit aufriss. *»Rächt man sich nicht, können sogar Kinder plötzlich erwachsen werden.«*

So gelang es mir zum ersten Mal, ihr lautes Gelächter zu entlocken.

»Ein Kind, das İsmet Özel liest!«, sagte sie. »Wer hätte das gedacht?«

»Als hätte er tonnenweise Fans unter Mädchen aus dem Dorf, die ihren Wiegenverlobten um ein Haar umgebracht hätten.«

Hatice Abla nahm die Beine vom Sofa und setzte sich aufrecht hin. Das war bedauerlich, denn vorher hatte ich einen besseren Blick auf ihre Beine gehabt. Aber ich sagte natürlich nichts. Ich wollte nicht, dass sie mich für einen Lustmolch hielt beziehungsweise herausfände, dass ich einer war. Nun zierte eine liebevolle Miene ihr Gesicht. »Warst du sehr böse auf mich?«

»Nein, aber ab sofort werde ich bei dir vorsichtiger sein.«

Unser Flirt mit offenem Ausgang wurde vom grellen Schrillen unseres vorsintflutlichen Wählscheibentelefons unterbrochen.

Mein Fiasko in spe bewegte sich zwar auf das Geräusch zu, doch ich stoppte sie mit einer Geste und hob den Hörer ab. »Hallo?«

Die Antwort ertönte nach entschlossenem Abwarten. »Ich bin's, Feriha. Mit wem spreche ich?«

Ich war nervös.

»Ich hab dich was gefragt, oder hast du deine Zunge verschluckt?«, brauste meine Tante auf, nachdem sie zwei Sekunden meines Schweigens ertragen hatte.

Beinahe hätte ich den Hörer aufgeknallt. Ich spürte nämlich, dass sie mich anschnauzen würde, egal, was ich sagte. Andererseits, ihr kennt mich ja, neige ich stark zu Masochismus.

»Ich bin Ihr Neffe«, erwiderte ich so höflich und gekünstelt wie möglich. »Meine Eltern sind auf der Arbeit. Wenn Sie wollen, kann ich Ihnen ihre Büro- oder Handynummern geben.«

»Mein Neffe, was?« Ihre Stimme klang spöttisch, ja sogar geringschätzig. »Du bist also der Bengel, den deine Mutter erwähnt hat.«

»Ja, genau«, entgegnete ich. »Und Sie müssen die Hexe sein, die meine Mutter erwähnt hat.«

Niemals gewähre ich irgendjemandem mehr als eine Runde Vorsprung.

»Hört, hört, du hast ein ganz schön loses Mundwerk!« Sie klang nicht verärgert, sondern vergnügt. Ich hatte es mit einer narzisstischen Perversen ersten Grades zu tun, deren größte Freude darin bestand, andere zur Schnecke zu machen.

»Von Leuten wie deinen Eltern kann man ja auch nichts anderes erwarten«, fuhr sie fort. »Wie heißt es doch gleich? Der Apfel fällt nicht weit vom Stamm.«

»Was wollen Sie?«, schnitt ich ihr das Wort ab. Ich zitterte vor Wut, aber ich wollte sie mit dem, was ich noch so alles auf der Zunge hatte, nicht noch fröhlicher stimmen.

»Sag deinem Vater«, verkündete sie mit unheilvoller Stimme, »dass es Nebis Vermächtnis ist. Ich will Nebi einen Strauß Stiefmütterchen ans Grab bringen. Allein komme ich nicht hin, dein Vater soll mich abholen. Der arme Mann ist vor seinen Augen gestorben, und er hat keinen Finger gerührt. Das ist das Mindeste, was er tun kann.«

»Sind Sie wirklich sicher, dass Sie *Wer ist der Mörder?* spielen wollen?«

»Was?«

»Ich bringe Sie zum Grab meines Onkels«, entfuhr es mir. Ich konnte die Vorstellung nicht ertragen, dass diese widerliche Hexe meinen Vater noch trauriger machte.

Das Recht zu schweigen lag nun bei der Krawallschachtel, die doch bloß der Schlag treffen sollte. Hatice Abla hatte inzwischen bemerkt, dass irgendetwas Ungewöhnliches im Busch war, und trat neben mich. Fragend blickte sie mich an, und ich blickte antwortend zurück.

»Wie will ein Zwerg wie du mich zum Friedhof bringen?«, fragte Feriha schließlich.

»Sie müssen nur das Taxi bezahlen«, sagte ich. »Wenn Sie wünschen, könnte ich natürlich auch versuchen, die Münzen, die ich gespart habe, mit 'nem Teelöffel aus meiner Sparbüchse zu friemeln.«

Feriha brummelte irgendetwas Fieses und knallte den Hörer auf. Ich war drauf und dran, Hatice Abla zu erklären, wer Feriha war, als sie mit einer unerwarteten Frage aufwartete: »Stiebitzt du Geld aus deiner Sparbüchse?«

»Ich mag dich«, antwortete ich. Im Nu streifte ich meine Turnschuhe über und ging zur Tür. »Bis später.«

Ich hatte nicht den Mut, mich umzudrehen und ihr ins Gesicht zu sehen, aber ich wusste ganz genau, dass sie hinter mir herlachte.

Nun war ich zwar aus dem Haus gestürzt, war aber ratlos, was ich anstellen sollte. Wie immer in solchen Situationen trugen mich meine Füße in Richtung Güzelyayla. Leider sollte ich jedoch nur wenige Schritte zurücklegen können. Im Angesicht des roten Wunders, das am anderen Ende der Straße auftauchte, blieb ich wie angewurzelt stehen. Und so ging es nicht nur mir. Die Hunde bellten nicht mehr, der Wind hatte sich gelegt, selbst die Uhren waren stehengeblieben. Das Leben stand still, hing in der Luft wie ein Möwenschiss. Das Einzige, was sich im Universum bewegte, war das feuerrote Objekt meiner Begierde, das auf dem Bürgersteig geschmeidig auf mich zuglitt.

»*Düldül*!«, stöhnte ich sehnsuchtsvoll.

Dieses Wunder also hatte dem Hänfling dermaßen den Atem geraubt, dass er mit dem Mofa seines Vaters gegen die Mauer gefahren war. Ich konnte ihn verstehen. Exakt vor mir trat Mümtaz Abi in die Bremse und stoppte ihn, diesen Dolch mit dem roten Griff, der in mein Herz gedrungen war.

»Na, wie geht's, Alter?«, sagte er dann mit seiner fiesen kehligen Stimme. Mümtaz Abi war immerhin zwölf Jahre alt und nicht gerade der Typ, der sich nach meinem Befinden erkundigte. Der Mistkerl tat das absichtlich, um mit seinem *Düldül* anzugeben.

»Gut«, sagte ich und verbarg meinen Unmut. »Gratuliere.«

»Ach, dazu?«, meinte er herablassend und schlug mit seinen ehrlosen Händen aufs Lenkrad. »Gefällt dir mein Auto?«

»Nicht schlecht«, antwortete ich zu seinem Verdruss. »Wie stark ist der Motor?«

»Was für'n Motor, Mann? Willst du mich verarschen?«

»Nee, Abi, aber bei dem Wort Auto …«

Mümtaz Abi formte die Augen zu Schlitzen und starrte mich an. Zum Glück wertete er am Ende meine Antwort nicht als Wunsch nach einer Tracht Prügel, sondern als Dummheit.

»Es hat keinen Motor«, begann er zu erklären. »Es funktioniert mit Pedalen. Aber es hat drei Gänge.«

»Super«, erwiderte ich. »Drei Gänge an einem ein Meter langen Plastikauto.«

»Was verstehst du schon, Mann?«, fauchte Mümtaz Abi und griff nach dem Schalthebel.

»Gibst du es mir für 'ne Runde?«, fragte ich, auch wenn ich damit meinen Stolz mit Füßen trat.

»Ich geb's dir«, sagte Mümtaz Abi. Einen Augenblick lang dachte ich, ich würde vor Glück in Ohnmacht fallen. Doch dann steckte Mümtaz Abi seinen Daumen zwischen Zeige- und Mittelfinger und reckte mir die Feigenhand entgegen. »Ich geb dir das hier, willst du?«

Der Teufel flüsterte mir ein, dem Bastard die Fresse zu polieren. Vielleicht könnte ich ihm ein paar in die Zähne hauen und verschwinden, bevor er aus seinem verfickten *Düldül* herauskrabbeln konnte.

»Das macht man nicht, Mümtaz Abi«, sagte ich mit einem Schlucken. »Was ist schon dabei, wenn ich ein bisschen damit herumfahre ...«

»Wie willst du denn damit fahren, so winzig, wie du bist?«

»Ich bin doch schon damit gefahren«, log ich.

»Ach, echt?« Mittlerweile nahm er mich richtig auf den Arm.

»Mein Cousin hat auch so eins«, sagte ich. »Als er das Fahrradfahren nicht hinkriegte, haben sie ihm eins gekauft.«

Großer Gott, ich starb schier vor Neid.

»Verpiss dich, bring mich bloß nicht so weit, dass ich aussteigen muss!« Mit diesen Worten machte er sich vom Acker, der Blödmann. Ich erstickte in seinen Abgasen, wie der Automechaniker in Cem Karacas Rocksong – natürlich nur im übertragenen Sinn. So was wie 'nen Auspuff hatte die Karre nämlich nicht. Es war einfach nur ein Spielzeug. Eigentlich nichts, um so viel Wind drum zu machen.

Trotz allem musste die Enttäuschung wegen des *Düldül* so starke Gefühle in mir ausgelöst haben, dass ich an diesem Punkt, wie so viele Soziopathen, dachte, wenn ich mir schon selbst nicht helfen konnte, dann sollte ich doch wenigstens die Welt retten, und begab mich umgehend zu Ümits Wohnung. Diesmal würde ich mich der Konfrontation stellen. Erbarmungslos drückte ich auf die Klingel des Trauerhauses. Eine stämmige

Fünfzehnjährige mit rabenschwarzen Augen und Haaren und verheultem Gesicht öffnete die Tür. Ihr linker Arm war bis zum Ellbogen verbunden. Ihr Blick war leer, und sie hatte offensichtlich nicht die Absicht, irgendetwas zu sagen.

»Hallo«, meinte ich. »Ich bin ein Freund von Ümit. Ich wollte fragen, wie es ihm geht.«

»Was hast du hier zu suchen?« Ein bekanntes Gesicht tauchte hinter dem Mädchen auf. Unwillkürlich musste ich lächeln. Es war niemand anderes als Ümit.

»Ümit, ich bin dein Freund«, meinte ich und breitete meine Arme einladend aus. »Ich war neugierig, was du machst.«

Ich freute mich, dass der Bengel wohlbehalten zurück war.

So etwas wie ein Lächeln huschte über Ümits Gesicht.

»Komm rein«, bat er mich in die Wohnung. Das Mädchen, das mir die Tür geöffnet hatte, war in der Zwischenzeit auf seltsame Weise verschwunden.

»Wie geht's, wie steht's?«

»Pssst!«, brachte mich Ümit zum Schweigen. »Sei still.«

»Okay, okay«, erwiderte ich. »Ich wollte nur wissen, ob's dir gut geht.«

Ümit warf einen nervösen Blick zu der geschlossenen Doppeltür gegenüber des Eingangs und lenkte mich weiter in die Wohnung. »Komm hier her.«

»Was ist los?«, fragte ich und folgte seiner Einladung.

»Sie reden mit dem Mitarbeiter vom Jugendamt«, gab Ümit flüsternd zur Antwort. Ich begriff, dass ich nicht in die Einzelheiten gehen durfte, solange wir uns nicht weiter entfernt hatten. Wir gingen durch den langen, schmalen Flur und betraten ein kleines Hinterzimmer. Ein Teppich, in der Ecke eine Kommode, am Fenster ein Bett, quer dazu eine flache Matratze auf dem Boden und gleich neben der Tür ein Rollator, das war alles. Als ich auf den Rollator schaute, strich Ümit zärtlich mit der Hand darüber.

»Den hat vor einer Woche Onkel Yusuf für Mehmet gekauft. Damit er allein gehen kann.«

Die Worte erstarben in seiner Kehle. Er wischte sich die Tränen aus den Augen, setzte sich auf den Rand der Bodenmatratze und machte mir ein Zeichen, ihm gegenüber Platz zu nehmen. Während ich mich setzte, fiel mir auf, dass die Bettwäsche abgezogen war. Das musste Mehmets Bett gewesen sein. Und das Zimmer der Ort, an dem Ümit ihn getötet hatte.

»Ümit, worum geht es bei dem Gespräch mit dem Mitarbeiter vom Jugendamt?«

»Er wird einen Untersuchungsbericht über mich schreiben. Dazu spricht er mit meiner Familie, mit meinen Freunden.«

»Und was passiert, wenn er den Bericht vorlegt?«

»Je nachdem, wie er ausfällt, nehmen sie mich vielleicht vorsorglich in Obhut«, erwiderte Ümit so fügsam, wie er nur konnte.

Jugendamt, Untersuchungsbericht, vorsorgliche Obhut … Wie prima doch die staatlichen Besserungsmaßnahmen funktionierten. Welch aussagekräftige Begriffe ein Zehnjähriger, der sich bis dato mit gerade mal dreihundert Wörtern verständigt hatte, bereits hinzugelernt hatte.

»Wie, Ümit?« Ich ließ nicht locker. »Werden sie dich in den Knast werfen oder was?«

»Das weiß ich nicht«, antwortete er schicksalergeben mit gesenktem Kopf.

»Mit wem redet er denn gerade?«

»Mit Dilek Abla.«

»Ist das die, die mir aufgemacht hat?«

»Nein. Das war Safinaz Abla. Aber die spricht nicht viel.«

Obwohl ich wusste, dass es deplatziert war, musste ich mit einem Mal lachen. »Eine deiner großen Schwestern heißt Dilek und die andere Safinaz?«

Er nickte. »Als meine Großmutter väterlicherseits starb, nannten sie sie nach ihr.«

»Jetzt verstehe ich«, sagte ich. »Wer würde heutzutage seine Tochter noch Safinaz nennen?«

Ümit sah mich direkt an. »Die, die ihren Namen von der Oma hat, ist Dilek Abla.«

»Oh, pardon.« Besser das Thema wechseln. »Deine Schwester hat den Arm verbunden. Hatte sie einen Unfall?«

»Hm«, antwortete Ümit kurz und knapp.

»Ich habe deinen Onkel Yusuf kennengelernt, weißt du das?«, fragte ich, weil ihn das vielleicht interessieren konnte. »Er hat auf dem Dach einen Taubenschlag mit allen Schikanen gebaut.«

»Komm, hör auf«, ließ Ümit ein weiteres Mal meine Politik des Optimismus ins Leere laufen. »Ein Vogelflüsterer will er werden … Der ist doch total irre.«

Er hatte recht. Wenn ich ihm noch länger nach dem Mund redete, würde er mich endgültig für einen Heuchler halten. Also musste ich auch das Thema Yusuf ad acta legen.

»Wo ist eigentlich deine Mutter? Ich hätte ihr gern mein Beileid ausgesprochen.«

»Im Krankenhaus.«

Hatte ich diese Szene nicht schon einmal erlebt? »Aus welchem Grund?«

»Sie ist zusammengebrochen. Seit Mehmets Tod bricht sie andauernd zusammen. Diesmal haben sie sie dabehalten. Mein Onkel ist bei ihr.«

»Möge es ihr sehr bald wieder gut gehen, Ümit. Wie ist ihr Zustand?«

»Bestimmt schlecht«, sagte er mit säuerlicher Miene. Ich denke, er hatte recht. Die ganze Familie zog das Unglück förmlich an.

»Meine Mutter hat viele Krankheiten. Hohen Blutdruck, Zucker, das Herz.«

»Meine Mutter strotzt auch nicht gerade vor Gesundheit«, sagte ich, um zumindest in dieser Hinsicht ein wenig mit ihm zu leiden.

»Ist es auch das Herz?«

Ich überlegte kurz. »Dazu müsste sie eins haben, und darüber bin ich mir nicht so sicher.«

»Allah möge ihr bald Gesundheit schenken«, erwiderte Ümit und versuchte, ein Bein unter seinen Hintern zu ziehen. Mit schmerzverzerrter Miene nahm er schnell die alte Position wieder ein.

»Was ist?«

»Nichts.«

Da war doch was. Ich reckte mich vor und schob sein Hosenbein hoch. Sein Schienbein war blitzeblau.

»Ümit, was ist das denn!«

Wütend stieß er meine Hand weg und zog das Hosenbein wieder herunter.

»Ich sagte doch, es ist nichts!«

Mir schoss das Blut in den Kopf. »Hat man dir das im Präsidium angetan?«

»Herzlich willkommen«, unterbrach eine Stimme mein Verhör. Ich drehte mich nach der Stimme um. Ein schmächtiges Mädchen, dunkelblond so wie Ümit. Sie war kleiner, aber älter als Safinaz, also musste es Dilek sein. Dilek Ablas Augen blickten freundlicher drein, ihre Freundlichkeit war aber nicht die eines jungen Mädchens, sondern die einer hundertjährigen Frau, die keine Erwartungen mehr hatte.

»Danke«, antwortete ich. »Ich bin ein Freund von Ümit. Mein Beileid.«

»Vielen Dank«, entgegnete sie und wandte sich an ihren Bruder. »Verabschiede dich von İrfan Bey, er geht jetzt.«

»Ist İrfan Bey der Mann vom Jugendamt?«, fragte ich und schoss zur Tür, ohne die Antwort abzuwarten.

»Wo willst du hin? Hast du sie noch alle?«, brüllte Ümit hinter mir her.

Ich kriegte dieses Schlitzohr von einem Sozialarbeiter zu fassen, bevor er unter Safinaz Ablas Obhut das Haus verlassen konnte. »İrfan Bey!«

»Ja, bitte?« Der Sozialarbeiter war jünger und sein Blick freundlicher, als ich erwartet hatte.

Ümit war hinter mir hergeprescht, aber ich gab ihm keine Gelegenheit, etwas zu sagen.

»Sie schreiben einen Bericht über Ümit, nicht wahr?«, fragte ich.

»So ist es.«

»Wo wollen Sie denn hin, ohne mit mir gesprochen zu haben?«

»Wer bist du denn?«

»Ich bin sein Freund«, antwortete ich. »Ist das nicht das Procedere? Mit der Familie und den Freunden des Kindes zu reden?«

Wir hielten beide inne. Jeder wartete die Reaktion des anderen ab. Schließlich war es seltsamerweise Safinaz Abla, die die Stille unterbrach. »Ich habe Plätzchen gebacken.«

İrfan Bey blickte sie fragend an und bewegte seine Lippen, als wollte er etwas sagen, doch Safinaz Abla gab ihm dazu keine Chance.

»Es gibt auch Tee«, fügte sie schnell hinzu.

»Na, wenn das so ist«, meinte İrfan Bey, nachdem er sich am Kopf gekratzt hatte. Noch einmal zog er seine Schuhe aus und steuerte den Verhörraum an. »Dann komm mal mit.«

Ich schenkte Safinaz Abla ein dankbares Lächeln und folgte İrfan Bey. Es freute mich, dass ich mich ohne Worte mit allen Verrückten dieser Erde verstand, und es ängstigte mich auch ein wenig.

So betraten wir also gemeinsam mit İrfan Bey das provisorisch als Verhörraum benutzte Wohnzimmer und setzten uns nebeneinander auf zwei Stühle am Esstisch. Während er die Unterlagen noch einmal aus seiner Aktentasche zog und auf dem Tisch verteilte, servierte uns Dilek Abla Tee und Plätzchen. Und wenn ich mich nicht irrte, flirteten die beiden dabei unauffällig miteinander. Liebe lag in der Luft.

Als sie den Tee vor mir abstellte, entdeckte ich, dass ihr rechtes Handgelenk seltsam schief stand. Ich schaute weg, um sie nicht zu beschämen, aber Dilek Abla hatte meinen Blick bemerkt.

»Ich hab es mir gebrochen, als ich klein war, und dann ist es falsch zusammengewachsen«, erklärte sie lächelnd, wie um zu beweisen, dass sie mit diesem kleinen Makel im Reinen war. Dann wünschte sie uns frohes Schaffen und verließ das Zimmer. İrfan Beys Miene, als er hinter ihr hersah, drückte eine Mischung aus Mitleid, Bewunderung und Blödheit aus. Nun wisst auch ihr, was es mit der Liebe auf sich hat.

Nachdem das verliebte Herz im Hause des Toten die Büroartikel bereitgelegt hatte, nahm er fein säuberlich meine Daten wie Name, Nachname, Adresse et cetera auf. Danach schien er allerdings ein wenig ratlos, was er mich fragen sollte.

»Waren Sie das?«, begann ich unsere nette Plauderei.

Der Staatsdiener war platt. »Wie?«

»Seine Beine sind voller blauer Flecke. Offensichtlich hat man den armen Kerl ordentlich verprügelt. Ich frage, ob Sie das gemacht haben.«

»Ümit ist geschlagen worden?«

Sein Staunen schien echt. Aber dass er es übersehen hatte, würde ich ihm nicht verzeihen.

»Sie haben eine prima Untersuchung gemacht, ich gratuliere.«

»So etwas passiert bei uns nicht«, erwiderte er in einer Mischung aus Rebellion und Leugnung.

»Dann waren das die auf dem Präsidium«, bedrängte ich ihn weiter.

Mit verstörter Miene kratzte er sich am Kopf und machte sich eine Notiz. »Ich weiß es nicht … Aber ich werde Nachforschungen anstellen.«

»Das wäre gut«, sagte ich. »Wenn ich mich selbst darum kümmern muss, nehme ich euch alle auseinander. Ich habe Bekannte ganz oben.«

Eine Zeit lang musterte İrfan Bey mich schweigend. Er hatte sich in die Reflexion zurückgezogen, wie sie die meisten Erwachsenen befiel, gleich nachdem sie mich kennengelernt hatten. Er versuchte zu verstehen. War ich ein frühreifes Kind, ein unterentwickelter Zwerg oder einfach nur ein Albtraum? Er kam zu dem Schluss, dass diese gedankliche Reise ihn zu keinem Ergebnis führte, und begnügte sich mit einer banalen Frage: »Woher kennst du Ümit?«

»Aus unserem Viertel«, antwortete ich. »Dürfte ich erfahren, was Sie von Ümit halten?«

İrfan Bey verzog das Gesicht und rieb sich das Kinn. Für meine Begriffe kein gutes Zeichen.

»Ich weiß nicht«, wand er sich. »Er ist überaus verschlossen. Er erzählt kaum etwas. Solange er sich dem Dialog verweigert, kann ich ihm nicht helfen.«

»Es gibt unterschiedliche Wege, um einen Dialog zu beginnen«, sagte ich und zog unaufgefordert die Papiere, die vor dem Typ lagen, zu mir her. Ich war überzeugt: Würde ich das Gesprächsprotokoll lesen, würde ich sehr viel mehr verstehen als dieser Wirrkopf.

»Was machst du da!«, rief er und riss mir wütend die Zettel aus der Hand. Dann ließ er der Reihe nach Fragen auf mich herabprasseln. »Sag mal, was machen deine Eltern beruflich? Wie können sie einen Jungen in deinem Alter allein auf die Straße lassen? Oder bist du von zu Hause abgehauen?«

Unser Sozialarbeiter hatte sich anscheinend jede Menge von dem Reflex unseres Staates angeeignet, den Zorn auf Betroffene zu lenken, wenn er sich in die Enge getrieben fühlte.

»Beruhigen Sie sich«, meinte ich und steckte mir ein Plätzchen in den Mund. »Ich versuche nur zu helfen. Ümit ist ein guter Junge. Ich glaube nicht, dass er seinem Bruder absichtlich geschadet hätte.«

Ich weiß nicht, ob er es aus Gnade tat oder weil er sich dagegen sträubte, eine weitere Akte über ein Problemkind anzulegen;

İrfan Efendi verzichtete jedenfalls auf eine weitere Befragung meiner Person.

»Ich verstehe, du bist traurig wegen deinem Freund«, sagte er, nachdem er tief Luft geholt hatte. »Wir arbeiten alle für sein Wohlergehen. Aber es darf nicht zugelassen werden, dass so etwas noch einmal passiert.«

Es darf nicht zugelassen werden! Es kann nicht akzeptiert werden! Es wurde mitgeteilt! Die Geschichte unserer Republik besteht aus Passiven und versteckten Subjekten. İrfan Bey war ein netter Typ, aber von ihm etwas Nützliches zu erwarten wäre zu viel des Optimismus gewesen. Ich musste aus ihm herausquetschen, was es aus ihm herauszuquetschen gab, und selbst das Notwendige tun.

»Was sagt Ümit denn über den Tod seines Bruders?«, fragte ich, wobei ich nicht sicher war, ob ich eine Antwort bekommen würde.

»Was soll er sagen?«, entgegnete İrfan Bey achselzuckend. »›Ich hab ihm das Kissen auf den Kopf gedrückt, ich habe ihn umgebracht‹, sagt er.«

»Das Kissen?«, fuhr ich hoch. »Hatte Mehmet nicht Würgemale am Hals? Wie soll das gehen mit einem Kissen?«

»Als Ümit es mit den Händen nicht geschafft hat, hat er ein Kissen genommen. Oder umgekehrt. Was macht das für einen Unterschied?«

»Und was sagt er dazu, dass er seinen kleinen Bruder geschlagen hat?«

»Dazu sagt er nichts.« İrfan Bey trank seinen mittlerweile eiskalten Tee auf einen Zug aus und machte sich daran, seine Unterlagen einzusammeln. Er hatte eingesehen, dass er von mir nicht viel erfahren würde, und war es überdrüssig, wie ich mich in einem Meer aus Einzelheiten abstrampelte. Wenn man bedachte, dass der eigentliche Zweck dieses Gesprächs darin gelegen hatte, dass ich ihn befragte, war das auch nicht verwunderlich. »Der Junge hat seinen kleinen Bruder skrupellos ermordet.

Da hat es doch wenig Sinn, ihn auch noch zu fragen, warum er ihn geschlagen hat, oder?«

Einige Minuten später standen wir mit den Töchtern des Hauses an der Wohnungstür, um İrfan Bey zu verabschieden; nur Ümit war nirgends zu sehen. Ich bemerkte Safinaz Ablas fragende Augen, aber ich hatte keine Wahl, als ihrem Blick auszuweichen, da ich keine Antwort – besser gesagt: keine befriedigende Antwort – parat hatte. Am besten war, zusammen mit dem Sozialarbeiter die Wohnung zu verlassen. Noch bevor wir die Abschiedszeremonie beenden konnten, vernahmen wir auf der Treppe allerdings einiges Stöhnen, Seufzen und Krächzen. Gleich darauf tauchte Yusuf Abi auf den Stufen auf, am Arm das gesamte Gewicht einer vierzig-, fünfzig- oder sechzigjährigen Frau. Als sie mit Müh und Not an der Tür angekommen waren, schien die Frau bereit, ihren Geist aufzugeben.

Glücklicherweise kam es nicht so weit. Sie löste sich aus Yusuf Abis Arm und stürzte sich wie ein bengalischer Tiger auf İrfan Beys Hände. »Mein Jungeeeee …«

Ratlos täuschte İrfan Bey Unterstützung vor und führte sie herein.

»Meine Mutter«, bestätigte Safinaz Abla flüsternd und mit erstaunlicher Kaltblütigkeit meine Vermutung.

»Wie heißt deine Mutter?« flüsterte ich auf die gleiche Weise, ohne meinen Blick von der Frau abzuwenden.

»Fahriye.«

Dilek Abla versuchte, Fahriye Teyze aus İrfan Beys Armen zu übernehmen, aber die Dame hatte nicht die Absicht, den zärtlichen Schoß des Staates zu verlassen.

»Sagt es Ümit bloß nicht!«, schrie sie. »Ich hatte einen Herzinfarkt!«

»Mama, was redest du da!«, rief Dilek Abla aus. »Wann? Wie?«

»Mein Ümit darf es nicht hören!«, erwiderte die Frau wieder kreischend. »Mein Herz!«

Dilek Abla begriff, dass sie ihrer Mutter keine vernünftige Antwort entlocken konnte, und wandte sich an Yusuf Abi. »Onkel?«

Yusuf Abi deutete mit ein paar Augenbewegungen an, dass es keinen Grund zur Sorge gab. Ich denke, dass er recht hatte. Niemals würde man jemanden nach einem Herzinfarkt so mir nichts, dir nichts aus dem Krankenhaus entlassen. Höchstwahrscheinlich wollte sie mit dieser Szene İrfan Beys Gnade gewinnen. Und warum setzte sie Ümit in einer Lautstärke, die sogar das ganze Viertel in Aufruhr versetzte, über ihr gefaktes Leiden ins Bild?

So tauchte Ümit denn auch plötzlich aus dem Nichts auf, hängte sich an den Rockschoß seiner Mutter und heulte Rotz und Wasser. Mit dem einzigen Unterschied zu Fahriye Hanım, dass er wahrhaftig litt. »Mamilein! Mamilein! Geht es dir gut, liebste Mama? Werde wieder gesund!«

»Es geht mir gut, mein Junge, es geht mir gut. Mach dir keine Sorgen, es ist nichts«, wimmerte Fahriye Hanım so überzeugend wie die miserabelsten Schauspielerinnen in den miserabelsten Schmachtfetzen.

»Komm, Mama«, sagte Ümit. »Ich bring dich ins Bett.«

»Ich wünsche Ihnen gute Besserung«, warf İrfan Bey ein. »Ich sollte allmählich gehen.«

Dilek Abla sagte ihm als Einzige auf Wiedersehen und wandte sich, nachdem der Herr Beamte sich eiligst verzogen hatte, wieder ihrem Onkel zu. »Was hat sie?«

»Der Doktor sagte, sie hätte sich ein wenig aufgeregt«, erklärte Yusuf Abi. »Sie hatte leichtes Herzklopfen, nicht mehr.«

Weder Dilek noch Safinaz Abla schienen diese Situation befremdlich zu finden. Dann wandte sich Yusuf Abi zu mir und sah mich schief an. »Was machst'n du hier?«

»Ich bin gekommen, um zu fragen, ob Hera und Zeus wieder da sind.«

Unsere stählernen Blicke fochten eine Zeit lang miteinander.

»Letztlich werden sie zurückkommen«, gab mein Gegner schließlich lächelnd auf.

»Gut, dann gehe ich jetzt«, sagte ich und nickte Dilek Abla zum Gruß zu. »Danke für den Tee und die Plätzchen.«

Ich trat hinaus auf die Straße und atmete tief durch. Wie Mike Hammer schon sagte: Hier passierten merkwürdige Dinge. Die unlogisch waren. Meine innere Stimme sagte mir, dass ich nicht der Einzige war, der das fühlte, und dass außer mir aber niemand auch nur einen Finger krümmen würde. Vielleicht sollte ich auch nicht weiter herumstochern und den Dingen ihren Lauf lassen. Schließlich zeigte mir meine Lebenserfahrung, dass Wahrheiten meist mehr Schaden anrichteten als nützten. Andererseits kannte ich mich gut genug, um zu wissen, dass ich nicht Ruhe geben würde, bis ich das Rätsel gelöst hatte. Gott bewahre uns vor Schlimmerem.

Mit diesen Gedanken befand ich mich auf dem Heimweg, da entdeckte ich das rote *Düldül*, das auf der anderen Straßenseite parkte. Mümtaz Abi unterhielt sich etwas weiter vorne in einem Hauseingang mit der Nachbarstochter Zuhal. Mit einer Hand stützte er sich an die Tür, an der Zuhal lehnte, die andere Hand hatte er in die Seite gestemmt. Sie wirkten wie Miniaturausgaben von Kadir İnanır und Türkan Şoray. Wenn Liebe Arbeit war, bemühte Mümtaz Abi sich nach Leibeskräften, das Herz des Mädchens zu erobern, mit einem Haufen Gelaber und jeder Menge Faxen, und Zuhal belohnte ihn mit einem zaghaften Lächeln. Wer weiß? Irgendjemand vermochte beim Anblick dieses Bilds die womöglich unbeholfene, aber ganz bestimmt aufrichtige und reine Form der ersten Liebe zu erkennen. Ich für meinen Teil sah bloß den Hänfling, der in einer Ecke lauerte und die beiden mit eifersüchtigen Augen beobachtete.

5. die seele ist auf ärger aus

Wo der Feldweg aufhört, erstreckt sich vor mir ein gelbes Meer. Ich falle auf die Knie und betrachte mein Spiegelbild im Wasser. Dieses Gesicht ist mein Gesicht, diese Augen sind meine Augen. Meine Hände sind meine Hände ... Da begreife ich, dass ich immer ich bleiben werde. Mein Gott, welch Fluch ist das? Es nutzt nichts, mir die Haut abzuziehen, die Augen auszukratzen, die Zähne herauszureißen. Ich bin in mir gefangen. Wenn ich weine, sind es meine Tränen. Ich bin nicht in der Hölle, die Hölle ist in mir.

Da streichelt jemand meinen Kopf. Es ist die Berührung einer Frau.

»Ach, mein Kleiner, warum bist du so traurig?«, fragt die Frau. Ich hebe den Kopf und sehe sie an. Adalet. Du bist also endlich gekommen. Wie schön du bist, Adalet. Könnte ich doch nur eine einzige Sekunde wissen, wie es ist, du zu sein. Könntest du mich doch aus dieser lebenslangen Haft befreien. Könnte ich doch dein Augenfältchen sein, der graue Faden in deinem Haar, der Kummer in deinem Blick.

Sie fasst mich an den Händen und zieht mich hoch. »Hast du dich etwa verirrt?«

Ich nicke. »Ich habe mich verirrt.«

Wir drehen uns um und sehen nach hinten. Der Feldweg steigt sanft an. Eigentlich ist er nicht länger als fünf, sechs Meter. Aber wie ein Horizont macht jene winzige Anhöhe es unmöglich, weiter in die Ferne zu blicken.

»Komm«, sagt Adalet. »Lass uns zurückgehen.«

»Es ist zu spät, Adalet«, sage ich. »Wir können nicht mehr zurück.«

Wieder schaue ich auf das gelbe Meer. Etwas weiter vorne liegt eine kleine Insel. »Da will ich hin.«

»Na, dann lass uns dorthin gehen.« Ihre Stimme klingt vergnügt.

Misstrauisch betrachte ich das Meer. »Warum ist das Wasser gelb? Da ist etwas auf dem Grund.«

Adalet setzt einen Fuß ins Meer.

»Da ist nichts«, meint sie. »Nur Gras.«

Nur Gras. Das beruhigt mich. Auch ich tauche einen Fuß ins Wasser. Und ziehe ihn schmerzerfüllt zurück. Mein Fuß blutet. Ich bin nicht auf Gras getreten, sondern auf etwas Hartes, Scharfes. Ich tauche meinen Kopf unter Wasser und sehe nach, was es ist. Es sind tote Fische. Tausende goldglänzender, versteinerter Fischleichen, die kreuz und quer übereinander liegen.

»Adalet«, sage ich hilflos. »Ich kann nicht gehen, es tut mir weh.«

»Das Gras ist butterweich«, erwidert sie. »Es kann dir nicht weh tun.«

»Für dich ist das so, Adalet«, sage ich. »Leider sind das meine Füße.«

»Ach, Nebi«, lacht sie laut los. »Du bist wie ein Kind!«

Nebi. Als Adalet meinen Namen sagt, erinnere ich mich plötzlich, wer ich bin. Na klar. Mein Name ist Nebi. Der Geist ist schon seltsam. Einen Augenblick lang hielt ich mich irgendwie für jemand anderen. Die Digitalkamera beispielsweise, die mir um den Hals hängt, ist meine. Ich sehe mir die Aufnahmen im Speicher an. Da bin ich mit meinen Eltern, mit dem Verrückten Hüseyin – meinem großen Bruder – und meinem kleinen Bruder. Ich beim Militärdienst, ich im Büro, ich am Strand, ich im Kaffeehaus, ich in einem Musiklokal mit einer Frau, ich in einem anderen Musiklokal mit einer anderen Frau, ich in hundert anderen Musiklokalen mit hundert anderen Frauen … Ja, das sind meine Fotos. Das Gesicht, das sich im Wasser spiegelt, ist mein Gesicht, die riesigen Hände sind meine Hände, die Sünden, die an meiner Seele nagen, sind meine Sünden.

»Nebi!«, höre ich meine Geliebte noch einmal rufen. »Los, komm!«

Nun ist Adalet jung, höchstens zwanzig. Keine Augenfalten, kein grauer Faden im Haar, kein Kummer in ihrem Blick. Ihr Körper ist schlank, ihre Bewegungen sind unbeschwert, ihre Stimme klingt fröhlich. Noch einmal sehe ich mir den Speicher meines Fotoapparats an. Ich beobachte, wie jene Bilder eins nach dem anderen verschwinden, alle aus der Zeit nach Adalet, alle, auf denen Adalet nicht vorkommt. Jetzt bin auch ich jung, mein Herz ist federleicht. Gott hat mich erhört. Ich kann noch einmal von vorne beginnen. Gerade als ich einen Schritt auf sie zugehen möchte, hallt die Stimme eines Teufelchens in meinem Gehirn wider: »Es ist zu spät, Adalet. Wir können nicht mehr zurück.«

In dem Moment begreife ich, dass es einer jener Träume ist, die ich in ähnlicher Form schon viele Male gehabt habe. Gleich würde es Morgen werden, der Wecker klingeln, mein Magen brennen … Irgendwas Blödes würde passieren, und ich würde aufwachen. Während der Tag anbrach, würde meine Seele in ihre ewige Dunkelheit zurückkehren.

Wie ich sehe, hat Adalet es nicht bemerkt. Sie lebt noch immer in einer ganz anderen Zeit.

»Adalet«, sage ich zu ihr. »Liebst du mich?«

»Natürlich liebe ich dich.«

»Wirst du mich immer lieben? Auch noch nach vielen Jahren? Wenn schlimme Dinge passieren? Wenn ich dir sehr weh tue? Sogar wenn wir uns eines Tages trennen?«

»Hm«, meint sie mit gekräuselten Lippen. »Das werden wir dann sehen.«

Ich weiß, unsere Zeit wird knapp. Ich kann jede Sekunde aufwachen.

»Versprich mir etwas«, sage ich aufgeregt. »Erinnere dich zumindest daran, wie sehr du mich heute geliebt hast. Wenn du dich daran erinnerst, kannst du mich vielleicht auch dann wieder ein wenig lieben.«

Ich gehe ins Wasser und marschiere los. Die Fischleichen schneiden mir wie Rasierklingen in die Fußsohlen, aber ich gehe weiter. Während ich meine Hände nach Adalet ausstrecke, löst sich alles in Luft auf. Ich weiß, dass ich wach bin und der Traum zu Ende ist. Trotzdem öffne ich meine Augen nicht. Ich, mein Onkel Nebi, in einer Bruchbude verblutet aufgrund von Gewissensbissen, vergrabe mein Gesicht tief im Kissen und versuche mich an dem Schmerz festzuhalten, der von meinen brennenden Füßen in meinen Kopf aufsteigt.

* * *

Schweißgebadet schlug ich die Augen auf und sah meinen Vater am Bettrand sitzen. »Wach auf, mein Junge, wach endlich auf.«

»Papa?«

»Du hast schlecht geträumt.«

»Ich habe geträumt, ich sei mein Onkel.«

»Du hast von deinem Onkel geträumt?«

»Ich war selbst mein Onkel.«

Sanft legte er mir die Hand auf die Stirn. »Du glühst.«

Mein Körper war klatschnass, ich fühlte mich wirklich hundeelend.

»Wir müssen ins Krankenhaus.«

Ich schob den Fenstervorhang am Kopfende meines Betts beiseite. Draußen war es stockfinster. »Wie spät ist es?«

»Ungefähr drei Uhr«, sagte mein Vater und stand auf. »Ich wecke deine Mutter.«

»Warte, Papa«, bat ich und hielt ihn an der Hand fest. »Gib mir einen Löffel Fiebersaft, und dann warten wir ein wenig. Im Krankenhaus tun sie ja auch nichts anderes. Wenn das Fieber nicht runtergeht, dann fahren wir. Machen wir Mama nicht unnötig Sorgen.«

Mein Vater schien ein wenig ratlos. Ich rang mir ein Lächeln ab.

»Kinder kriegen oft plötzlich Fieber.«

Da lächelte auch mein Vater. Er drückte mir ein Küsschen auf die glühende Stirn.

»Komm, zieh den Schlafanzug aus, wir wechseln dein Unterhemd.«

Wenig später hatte ich meinen fiebersenkenden Saft getrunken, ein frisches Unterhemd übergezogen und lag im Bett, mit einem feuchten Tuch auf der Stirn und dem Fieberthermometer unter dem Arm. Mein Vater hatte die Nachttischlampe auf der Kommode eingeschaltet und saß neben mir auf dem Bett. Immer wieder legte er mir prüfend die Hand auf Hals und Wangen. Ich verlebte die glücklichsten Momente meines Lebens. Natürlich würden sie nicht von langer Dauer sein. Meine Gedanken wanderten wieder zu meinem Traum.

»Mein Onkel sah sehr unglücklich aus«, sagte ich zu meinem Vater, wohl auch ein wenig unter dem Einfluss des Fiebers, und bedauerte es sogleich, denn ich wusste, dass es ihn traurig machen würde. »In meinem Traum, meine ich.«

Mein Vater seufzte betrübt. »Es stimmt nicht, was der Hausmeister gesagt hat. Dass ich, ich meine, dass wir deinen Onkel allein gelassen hätten …«

»Lass nur, Papa«, meinte ich. Die Erinnerung an den Mistkerl machte mich stinkwütend. »Du musst nichts erklären.«

»Nebi hielt sich die Leute gern ein wenig auf Distanz. So was passiert manchmal. Ich wusste, dass er arge Magenprobleme hatte. X-mal habe ich ihn angefleht: ›Lass uns zum Arzt gehen‹, aber ich konnte ihn nicht überreden.«

Er führte die Geschichte nicht weiter aus. Sicher wollte er vermeiden, die Beherrschung zu verlieren und wieder in Tränen auszubrechen. Das war auch gut so. Kaum etwas ist schlimmer für ein Kind, als seine Mutter oder seinen Vater weinen zu sehen. Glaubt mir.

»Lass uns mal nach deiner Temperatur sehen«, sagte mein Vater und zog das Thermometer aus meiner Achselhöhle. »38,8. Aufstehen, wir gehen.«

»Ich habe den Saft doch gerade erst eingenommen«, erwiderte ich unbeeindruckt.

»Papa, hat mein Onkel eigentlich noch einmal geheiratet?«, fügte ich eilig hinzu, damit er mich nicht in seine Arme nahm und aus dem Bett riss.

»Nein«, antwortete mein Vater ohne nachzudenken. »Er war nur einmal verheiratet.«

Ich überlegte kurz. Ich war unentschlossen, ob ich Adalets Namen erwähnen sollte oder nicht. Vielleicht hatte mein Onkel dieses Geheimnis für sich behalten wollen. Doch ich platzte vor Neugier.

»Eine, mit der er Ringe ausgetauscht hat?«, fragte ich beharrlich.

»Ringe ausgetauscht?« Mein Vater hatte eine misstrauische Miene aufgesetzt. Offensichtlich kam es ihm merkwürdig vor, dass ich diesen Ausdruck verwendete anstatt des üblichen *sich verloben* oder *einander versprechen.* Mein Vater war ein ganz schöner Pfiffikus.

»Sagt man das nicht so?«, spielte ich sogleich den Dummen. »Ich hab es ein, zwei Mal von Mama gehört.«

»Stimmt«, erwiderte er lachend. »Nein, er hat außer Feriha niemanden geheiratet und sich auch mit keiner Frau verlobt. Er hatte ein paar Freundinnen, aber mit keiner ließ er es so weit kommen.«

So. Adalet war garantiert ein Geheimnis. Mein Onkel hatte ihre Existenz sogar vor denen verheimlicht, die ihm am nächsten standen. Ich hatte Mühe, meine Gedanken zu ordnen. Das Fieber ließ mich vollkommen verblöden. Das bewies auch meine folgende Frage: »Papa, gibt es so etwas wie Liebe?«

Wieder lachte mein Vater. Ich liebte es, ihn lachen zu sehen. »Was ist, du Schlingel? Oder hast du dich etwa in deine Hatice Abla verknallt?«

Ich sag's ja, mein Vater ist echt schlau. Nach wem er wohl schlägt?

Diesmal bediente ich mich nicht wie üblicherweise in solchen Situationen der Strategie des Abstreitens. Ich lächelte.

»Auch das geht vorbei«, murmelte ich. Da lachte mein Vater laut auf.

»Was denn?«, fauchte ich. »Geht es nicht vorbei? Geht Liebe nie zu Ende? Vielmehr, gibt es überhaupt so etwas wie Liebe?«

Je länger ich weiterredete, umso mehr lachte mein Vater. Ihm gefiel mein Gefasel, also fuhr ich fort. »Sag es mir wie ein Vater zu seinem Sohn: Gibt es Liebe oder gibt es sie nicht, ist an ihr was dran oder nicht, stinkt sie zum Himmel, was ist das für ein Scheiß?«

»Stell sie dir wie Gott vor«, sagte mein Vater, als sein Lachen ein wenig verebbt war, wobei ich eine solche Antwort nie von ihm erwartet hätte. »Wenn du an ihn glaubst, ist es unerheblich, ob er existiert oder nicht. Selbst der größte Leugner oder auch der Allerfrommste trägt einen winzigen Zweifel in sich. Und natürlich sind die Liebe und Gott unsterblich.«

Das nenne ich einen Vater. Mit leichtem Kopfnicken drückte ich ihm meine Anerkennung aus. Wie? Ihr habt doch nicht etwa erwartet, dass ich wie Ömercik in den Kinderfilmen aufspringe und meinem Vater Rotz und Wasser flennend um den Hals falle?

Wie dem auch sei. Nach einer neuerlichen Kontrolle kam mein Vater zu dem Schluss, dass meine Temperatur nicht genügend gefallen war. Er zog mich hastig an, machte sich fertig und weckte dann meine Mutter. Er wartete, bis sie ihre Nervenkrise absolviert hatte, und nahm mich auf den Arm. Gemeinsam traten wir auf die Straße, sprangen in ein Taxi und machten uns auf den Weg zum Numune-Krankenhaus. Etwa zehn Minuten später legten wir einen spektakulären Einzug in die Notaufnahme hin, ich diesmal auf dem Arm meiner Mutter und begleitet von ihren »Mein Kind hat einen Fieberanfall!«-Schreien. Obwohl ich beteuerte, ich hätte keinen Fieberanfall, sondern nur ein wenig erhöhte Temperatur, brachte sie mich zum Schweigen und fuhr fort mit ihrem Geplärr. Ihr Gezeter trug auch sogleich Früchte. Binnen Sekunden fand ich mich auf der Trage vor dem diensthabenden Arzt wieder. Der entpuppte sich als sehr junge und sehr schöne Frau. Was für mich super Eigenschaften waren, war für meine Mutter natürlich ein Quell des Grauens.

»Ist denn kein Facharzt da? Ein Kinderarzt?«, begann sie sich sogleich zu beschweren.

»Beruhigen Sie sich, meine Dame«, bremste die junge Ärztin, deren Namensschild sie als Begüm Gülüm auswies, mit sanftem, aber bestimmtem Gebaren meine Mutter aus. »Der Zustand Ihres Sohns ist stabil. Bei Bedarf wird der Facharzt informiert.«

Adäquater hätte sie sich bei jemandem wie meiner Mutter, deren Herz so heftig wie kein anderes für offizielle Verlautbarungen und Autoritätspersonen schlug, nicht verhalten können. Denn sofort änderte sich die Seelenlage meiner Mutter um einhundertundachtzig Grad, und Dankeschön auf Dankeschön regnete auf die junge Frau herab.

Während ich Doktor Begüm Hanıms Fragen, ob es mir hier wehtat oder dort brannte, allesamt verneinte, konnte ich die beinahe missbilligenden Blicke meiner Mutter spüren. Die Frau Doktor quittierte jeweils mit einem »Hmm«, machte mich obenherum frei, hörte mit ihrem Stethoskop meine Brust und meinen Rücken ab und drückte hier und da mit ihren Fingern auf meinen nackten Körper – was, wie ich zugeben muss, eine hocherotische Komponente hatte. Anatomie der kindlichen Perversion. Nach der manuellen Untersuchung steckte mir meine sexy, kluge und autoritäre Ärztin, die den Nachweis erbracht hatte, dass ich keinesfalls, wie meine Mutter behauptet hatte, kurz vor dem Ableben stand, ein Thermometer in den Mund. »Haben Sie dem Kind Medikamente gegeben, bevor Sie herkamen?«

»Ach, er hat geglüht, Frau Doktor. Wie Feuer, wie Feuer … Wasser lief ihm am ganzen Körper herunter. Der Junge bekam keine Luft«, lautete die Phrase meiner Mutter, die zwar drei der vier Grundelemente enthielt, aber keinesfalls die Frage der Ärztin beantwortete. Ich bemerkte, dass meine Mutter ohnehin nur mit Mühe den Mund gehalten hatte. Zum Glück trat mein Vater nach der Erledigung der Aufnahmeformalitäten ins Behandlungszimmer und teilte etwas näher am Thema bleibend mit, dass ich eine halbe Stunde zuvor eine Dosis fiebersenkenden Saft eingenommen hätte.

»Das Fieber ist gesunken«, sagte Begüm Gülüm. »Behalten wir ihn ein Weilchen unter Beobachtung. Je nach Situation entscheiden wir weiter.«

»Nicht nötig«, sagte ich halb nackt, halb Mann von meiner Liege aus. »Ist wohl nur 'ne Erkältung. Bis zum Morgen ist es vorbei. Am besten, wir gehen.«

Die Ärztin wandte mir ihre schönen, neugierigen Augen zu. Sie schien sich überzeugen zu wollen, dass ich es war, der da gerade gesprochen hatte.

»Warum hast du es so eilig, Schätzchen?«, fragte sie mit freundlicher Stimme. »Es ist doch nur ein Stündchen.«

»Das ist es nicht«, erwiderte ich. »Ich will nur die Notaufnahme nicht umsonst in Beschlag nehmen.«

Gülüm, meine Rose, lachte lieblich. »Du siehst aus, als wärest du ein tapferer Junge.«

»Und Sie sehen ein wenig aus wie Drew Barrymore.«

Begüm Gülüm war baff. Aber dieses Lächeln schien nicht mehr aus ihrem Gesicht zu weichen. Bevor ich die vollständige Reaktion auf mein geschicktes Manöver ernten konnte, vernahmen wir unglückseligerweise das Winseln meiner Mutter. »Sollten wir nicht wenigstens einen Bluttest machen lassen?«

Mehr schlecht als recht hatte mein Mütterchen den Schock überwunden, keine der herrlichen, von der staatlichen Krankenversicherung gratis gewährten Serviceleistungen wie Röntgen, Tomografie, EEG, MRT, Amputation, Gehirn-OP oder Lebertransplantation in Anspruch nehmen zu können, und wäre nun mit »wenigstens einem Bluttest« zufrieden gewesen.

Genau in dem Augenblick wurde unter herzzerreißendem Geschrei eine weitere Liege in die Notaufnahme gerollt. Während das aus Angehörigen und Krankenpflegern bestehende Pack den Raum in das Deck des Panzerkreuzers Potemkin verwandelte, sagte Begüm Hanım einer Krankenschwester, sie möge mich bitte in ein Bett in der Poliklinik verlegen. Mein Vater und die Krankenschwester schoben meine Liege in Richtung Tür, indessen prüfte meine Mutter mit kaltblütiger Akribie die Szenerie, wohl in der Absicht, neue Tricks zu lernen, wie man in einem Krankenhaus einen Riesenzirkus heraufbeschwören konnte. Dabei fiel mein Blick auf die neuen Gäste, und ich stellte fest, dass ich die meisten kannte. Bei dreien – einer Frau, die von einer Ohnmacht in die andere fiel, und ihren zwei Begleitpersonen – handelte es sich um niemand anderen als Fahriye Teyze sowie Yusuf Abi und Dilek Abla. Den dunklen, stämmigen Mann mit dem Schnauzbart, den ich, weil er keinen Pflegerkittel trug, für einen Verwandten hielt, sah ich zum ersten Mal.

Zwischen Kranken, Behinderten, Witwen und Waisen hindurch erreichten wir die Polikliniken und parkten schließlich in einem verfügbaren Zimmer. Die Schwester schaltete die Neonröhre ein und bat uns zu warten; die Ärztin würde sich gleich um uns kümmern. Dann begab sie sich wieder an die Front. Meine Eltern vergruben sich in dem Ecksofa und ich mich in meinen Gedanken. Wenn man bedachte, dass sie die arme Frau mitten in der Nacht an Armen und Beinen in die Notaufnahme geschleppt hatten, war die Diagnose »leichtes Herzklopfen« bezüglich Fahriye Teyzes Leiden offensichtlich nicht ganz richtig gewesen. Nun gut. Da sie sich nun in Doktor Begüms fähigen Händen befand, gab es nichts mehr zu befürchten. Was immer das Problem war – sie würde eine treffsichere Diagnose stellen, die notwendigen Maßnahmen ergreifen und verhindern, dass Ümit zum Waisenkind wurde. Ich vertraute ihr. Außerdem wusste ich, dass sie nicht nur eine hervorragende Ärztin war, sondern auch eine prima Kandidatin als Ehefrau und Mutter.

Nun, an Kinder dachte ich natürlich nicht, das nur nebenbei. Allein die Vorstellung, die Welt mit meinen kleinen Nachbildungen zu überschwemmen, war furchterregend. Wie gut, dass mein Vater dieses grässliche Neonlicht ausgeschaltet hatte.

Ich weiß nicht, was mich aus Bruder Schlafs Armen riss oder wie viel Zeit vergangen war, aber ich war froh, aufzuwachen. Denn als ich meine Augen aufschlug, blickte ich in das Engelsgesicht meiner Ärztin. Liebevoll strich sie mir über den Kopf. »Geht es dir gut?«

»Es geht mir gut.« Ich richtete mich in meinem Bett auf und kontrollierte das Zimmer. Meine Mutter war auf dem Sofa eingeschlafen und schnarchte sogar leise vor sich hin. Mein Vater war nirgends zu sehen. Wahrscheinlich war er eine Zigarette rauchen gegangen. Vielleicht hatte er auch beschlossen, uns zu verlassen, und war unterwegs nach Tahiti. Ich hoffte, dass er das getan hatte.

»Ich habe dir ein Rezept geschrieben«, sagte Begüm Gülüm. »Ihr müsst die Medikamente nicht gleich kaufen, es reicht, wenn du morgen mit der Einnahme beginnst. Aber schön einnehmen, einverstanden? Wenn du in einer Woche nicht gesund bist, kommst du wieder.«

»Werden Sie hier sein?«, fragte ich.

»Falls ich nicht da sein sollte, sind andere gute Ärzte da«, versuchte sie mich zu trösten, doch mir brach es das Herz. Könnte natürlich sein, dass sie begriffen hatte, dass ich bei ihrem Ja meine Medikamente nicht nehmen würde, nur um sie wiederzusehen.

Gerade wollte ich meine Mutter wecken, als ich mich noch einmal an die Ärztin wandte.

»Frau Doktor«, rief ich. Sie drehte sich zu mir um.

»Diese Frau«, sagte ich. »Die eingeliefert wurde, als man mich wegbrachte. Wie geht es ihr?«

»Wir haben sie bereits entlassen. Es besteht kein Grund zur Besorgnis.«

Mir entging nicht der Anflug von Verdrossenheit in ihrer Stimme. »Was hat sie denn?«

»Nichts Ernstes«, speiste sie mich ab.

»Ist es psychosomatisch?«, ließ ich die Bombe platzen.

Sie war kurz geneigt, zu antworten, zog aber schnell die Augenbrauen zusammen. »Woher kennst du solche Wörter?«

»Mein Cousin ist Psychiater«, erwiderte ich schulterzuckend. »Wir besuchen ihn manchmal, da stöbere ich in seinen Büchern.« Ich wies mit dem Kopf zu meiner Mutter. »Mit psychiatrischen Fällen habe ich außerdem Erfahrung aus erster Hand.«

Sie blickte zu meiner Mutter und lachte kurz, wandte sich dann aber wieder staunend zu mir. »Ein Kind wie dich habe ich noch nie gesehen.«

»Da muss man keine große Sache draus machen«, sagte ich. Mir war die Lust vergangen. »Lesen und Schreiben hat mir mein Vater zu Hause beigebracht. Seitdem lese ich halt alles, was mir in die Hände fällt. Ich habe keine Geschwister, meine Freunde sind Schwachköpfe, und meine Mutter hat 'nen Knall. Was würden Sie an meiner Stelle tun?«

Skeptisch verzog sie den Mund. »Viele Kinder lernen lesen und schreiben, bevor sie in die Schule gehen. Aber keines liest in seiner Freizeit Bücher über Psychiatrie.«

›Gut‹, dachte ich, ›du musst es ja wissen, wenn du dieses Spiel spielen willst.‹

»Okay«, sagte ich. »Eigentlich ist es so: Als Baby wurde ich von einem radioaktiven Intellektuellen gebissen. Und das ist eben aus mir geworden.«

Als wäre alle Energie aus ihr gewichen, sank meine Ärztin neben mir in den Stuhl. Ihre Arme und Beine waren kraftlos. Vielleicht fragte sie sich auch, ob ihr eine der Krankenschwestern oder einer ihrer witzigen Kollegen womöglich ein halluzinogenes Medikament ins Wasser gemixt haben könnte. Eigentlich musste ich ihr recht geben. Während eines albtraumartigen Nachtdiensts im Numune-Krankenhaus war eine Ärztin mit der größtmöglichen Katastrophe konfrontiert: mit mir. Aus leeren Augen und mit offenem Mund starrte sie mich an. Ich für meinen Teil ließ mich von der Welle mitreißen. »Sie glauben mir nicht. Sie gehen niemandem so leicht auf den Leim. Wenn das so ist, sage ich Ihnen die Wahrheit: Ich habe eine Reinkarnation erlebt. Sogar mehrere. In einem meiner früheren Leben war ich Henker in der Französischen Revolution, in einem Wächter im russischen Zarenreich und in einem anderen Militärrichter in der Türkei nach dem Putsch vom 12. März. Um meine Opfer genau kennenzulernen, habe ich alles gelesen, was sie so geschrieben haben, und dabei jede Menge gelernt. Wenn möglich, möchte ich in diesem Leben der Volksmiliz im Südosten beitreten.«

Ich war in Hochform. Gleiches konnte man von Begüm leider nicht behaupten. Ich streckte mich und berührte ihre Hand. »Ich scherze bloß.«

»Ja. Ja, klar«, sagte sie und schien sich wieder zu fassen. Sie lächelte gequält, und ich hätte meinen Kopf gewettet, dass sie keinesfalls sicher war, ob ich wirklich nur Witze machte.

»Erzählen Sie mir, was die Frau für ein Problem hat?«

»Es unterscheidet sich von einer psychosomatischen Störung«, begann sie hilflos. Dann räusperte sie sich und wandte sich ab. Ich konnte sie verstehen. Mich beim Reden anzusehen würde ihren Sinn für Realität ordentlich ins Wanken bringen.

»Es gibt da ein Krankheitsbild, das wir …« Sie warf mir einen Blick zu und buchstabierte auf bedauernswerte Weise: »… Münchhausen-Syndrom nennen.«

»Münchhausen-Syndrom«, wiederholte ich. »Interessant.«

»Weißt du, was das ist?«, fragte sie ängstlich.

»Nein, aber ich habe eine Idee«, sagte ich. »Das kommt wahrscheinlich von Baron Münchhausen, stimmt's?«

Meine liebste Begüm, meine Rose, ergab sich in ihr Schicksal.

»Ich weiß es nicht«, wimmerte sie.

Normalerweise bin ich kein Freund von Besserwisserei, aber ich konnte meinen Wunsch, sie zu beeindrucken, einfach nicht im Zaum halten. »Man nennt ihn auch den Lügenbaron. Ein deutscher Adliger, der im achtzehnten Jahrhundert lebte. Er kämpfte im Krieg gegen die Osmanen. Seine eigentliche Berühmtheit erlangte er durch die Anekdoten – besser gesagt: die grandiosen Lügengeschichten –, die er nach dem Krieg im Freundeskreis erzählte. Vergessen Sie allerdings das Wort Lüge. Die Fantasie, die in seinen Geschichten steckt, ist unvorstellbar … Alles okay bei Ihnen?«

»Doch, doch«, antwortete sie, aber wenn ich ehrlich sein will, machte sie nicht gerade den Eindruck.

»Es gibt tolle Kinderbücher über seine Geschichten«, sagte ich, um ihr zu zeigen, dass mein Wissen über ihn so unnormal nicht war. »Egal, ich will Ihnen nicht noch mehr auf die Nerven fallen. Meinten Sie also: den Kranken spielen, um Aufmerksamkeit zu kriegen?«

»Nicht ganz«, erwiderte sie, wobei mir nicht entging, dass sie zur Tür schielte. »Das mit der Aufmerksamkeit stimmt, aber meistens sind sie tatsächlich krank.«

»Ich verstehe nicht.«

»Sie machen sich selbst krank oder verletzen sich selbst.«

»Absichtlich?«

Einen Augenblick lang dachte ich, sie würde ihr schönes Haupt an meine Brust lehnen, doch sie begnügte sich mit einem zustimmenden Nicken. »Es gibt sogar Leute, die ihren Kindern etwas antun, nur um ins Krankenhaus gehen zu können.«

Mit einem Mal war ich hellwach. »Ihren Kindern!«

Die blauen Flecken auf Ümits Beinen, Safinaz Ablas Arm, Dilek Ablas Handgelenk, Mehmets Tod … Das alles hatte nun eine ganz andere Bedeutung. Allerlei Wahrscheinlichkeiten stürmten auf mein Gehirn ein, und ich zitterte wohl sogar.

»Ist alles in Ordnung?«, fragte Begüm Gülüm und strich sanft über mein Haar. Vielleicht tat sie das, um mich zu beruhigen, vielleicht auch, um unauffällig nachzusehen, ob sich zwischen meinen Haaren das Zeichen 666 verbarg.

Ich musste ihr unverzüglich sagen, dass der Sohn der besagten Münchhausen-Patientin vor Kurzem auf mysteriöse Weise getötet worden war und sie die Behörden informieren müsse. Doch dann gab ich, wohl weil ich meinen Vater gerade durch die Tür reinkommen sah, einen ganz anderen Spruch von mir. »Gehen wir einmal zusammen spazieren?«

Vermutlich überzeugte letztendlich dieses seltsame Angebot Begüm Gülüm davon, dass ich ein ganz normaler Junge war. Denn jetzt lachte sie. Wahrscheinlich war sie es gewohnt, dass alle ihre »kleinen« Patienten sich wie blöd in sie verliebten.

»Oh«, sagte sie neckisch und kokett. »Und wohin gehen wir?«

»Gehen wir ada ada?«

An dem Punkt brach Begüm Gülüm in solches Gelächter aus, dass der dunkle Schatten, der auf unserem gemeinsamen Schicksal lag, sich ganz gewiss verzogen hatte und sie, wäre ich nur zwölf, dreizehn Jahre älter gewesen, meinen Heiratsantrag hier und jetzt angenommen hätte.

Höchstens eine halbe Stunde später lag ich mit frischer Unterwäsche zu Hause in meinem Bett. Meine Mutter prüfte noch einmal meine Temperatur, gab mir einen Gute-Nacht-Kuss und verließ mein Zimmer. Eine Weile schloss ich die Augen und versuchte zu schlafen, doch vergebens. Die Gedanken stürmten auf mich ein und erdrückten mich. Ich lag unter einem Großangriff von Kindesmörderinnen, gebrochenen Erinnerungen und vergeudeten Leben. Ich ertrug es nicht und stand auf. Ich schaltete die Nachttischlampe ein, zog die Schublade auf und nahm Adalets Fotografie heraus. Ob sie wohl gewusst hatte, welche Gefühle mein Onkel für sie hegte? Wenn Feriha das Recht für sich in Anspruch nahm, einen Strauß Stiefmütterchen auf das Grab des Mannes zu legen, den sie verlassen hatte, dann hatte Adalet wohl mehr als nur das Recht, zu erfahren, dass sie die einzige Frau gewesen war, die dieser Mann je geliebt hatte. Falls sie noch lebte, musste ich sie finden und mich davon überzeugen, dass sie die Wahrheit kannte. Etwas anderes würde ich nicht zulassen. So wie ich es nicht zulassen würde, dass Ümit die Schuld seiner Mutter auf sich nahm.

Dann kam mir eine von Münchhausens ulkigen Geschichten in den Sinn. Eines Abends begegnet der Baron auf dem Heimweg einem riesigen Bären. Wie das Unglück es will, hat er all seine Munition verschossen. Er durchsucht seine Taschen und findet nur mehr zwei große Feuersteine. Den einen wirft er dem Bären ins weit aufgerissene Maul, und als sich das Tier schmerzerfüllt umdreht, steckt der Baron ihm den zweiten in den Hintern. Dieser zweite Stein wandert die Därme hinauf und schlägt im Magen mit dem ersten zusammen. Dies führt zu einer entsetzlichen Explosion, das Tier wird zerfetzt und unser Held kommt glimpflich davon. Ganz unter uns: Man könnte mich durchaus für einen Baron von Münchhausen ganz eigenen Kalibers halten. Meine nicht zu bändigenden Freunde aus dem Viertel versammeln sich manchmal nur zu gern um mich und lauschen meinen spontan erfundenen Geschichten. Wenngleich ich sagen muss, dass ich mich in jenem Moment weniger dem exzentrischen Helden nahe fühlte als vielmehr dem Bären, dem man je einen Feuerstein in Mund und Hintern gestopft hatte.

6. eine prise tod bringt würze ins leben

Nach zwei Tagen Bettruhe unter Aufsicht meiner Mutter, die sich die Tage frei genommen hatte, begannen die Flöhe in meinem Hintern endlich aktiv zu werden, was meine Mutter zu der Überzeugung brachte, sie könne mich nun wieder Hatice Ablas Obhut überlassen und zu ihrer lebenaussaugenden Pflicht in der Staatsbehörde zurückkehren. Ich freute mich, Hatice Abla wiederzusehen, die während meiner Krankheit frei gehabt hatte, doch ich schämte mich ein wenig, weil ich sie mit Begüm Gülüm betrogen hatte. Andererseits fühlte ich mich auch schuldig, weil ich in Ümits Fall untätig herumgelegen hatte. Wenn man Begüm Gülüms Ausführungen betrachtete, konnte Mehmet durchaus auch von seiner nach medizinischer Zuwendung lechzenden Mutter ermordet worden sein. Vielleicht nicht vorsätzlich, sondern während sie ihrem Sohn beiläufig ein paar nette Knochenbrüche und blaue Flecken verpasste. Sie war ein wenig zu weit gegangen, hatte den Jungen massakriert und dann auch noch verlangt, Ümit solle die Tat auf sich nehmen. Womöglich hatten sie diesen Plan sogar innerhalb der Familie ausgeheckt. Der Widerspruch zwischen den Indizien an Mehmets Leiche und Ümits Aussage ließ diese Erklärung recht vernünftig erscheinen. Offensichtlich würde der arme Ümit alles tun, um seine Mutter zu retten. Sollte ich mich angesichts einer derart perfekten Win-win-Situation in die Angelegenheit einmischen? Oder vielleicht abwarten, bis noch weitere Leichen aus der Familie auftauchten?

»Wie?«, fragte Hatice Abla, als sie mit einem Glas frisch gepresstem Orangensaft in mein Zimmer trat und mich angezogen vorfand. »Du bist schon aus dem Bett?«

»Ich bin wieder gesund«, antwortete ich. Und hängte auch gleich eine unsinnige Begründung an. »Meine ärztliche Versorgung war ausgezeichnet.«

»Deine Mutter hat strengstens gemahnt, dass du im Bett zu bleiben hast«, sagte Hatice Abla und stellte den Saft auf die Kommode. Aus ihrem spöttischen Ton hörte ich heraus, dass sie die Anweisung meiner Mutter zum Glück nicht allzu wichtig nahm. »Los, trink das, damit ich dir dein Antibiotikum geben kann.«

»Wusstest du, dass nach der Erfindung des Antibiotikums die Scheidungsraten sprunghaft gestiegen sind?«, platzte es aus mir heraus. Vielleicht war ich doch noch nicht so gesund, wie ich dachte.

»Ach, wirklich?«, meinte Hatice Abla und setzte sich auf den Bettrand.

»Ja, wirklich«, sagte ich und schluckte. Ich konnte mich nicht entscheiden, ob ich mich auch aufs Bett setzen sollte.

»Zu Zeiten, als die Ehe erfunden wurde, lag die Lebenserwartung des Menschen bei fünfundvierzig, fünzig Jahren. Dazu kam, dass alle mindestens sechzehn Stunden arbeiten mussten. Du kriegtest deinen Mann also höchstens ein, zwei Stunden zu Gesicht.«

Lächelnd hörte sie mir zu, neugierig, worauf ich hinauswollte. Ich war auch neugierig, worauf ich hinauswollte, aber ich konnte nicht lächeln. Genau genommen war ich ziemlich angespannt. Ich trank einen Schluck Orangensaft. »Mit der Zeit reduzierten sich die Arbeitsstunden, und als die Menschen dank Antibiotika länger lebten …«

»… kriegten sie allmählich die Nase voll von ihren Ehepartnern«, komplettierte mein scharfsinniges Kindermädchen, Schulabgängerin nach der zweiten Klasse, meinen Satz.

Ich stimmte ihr mit einem Kopfnicken zu. »Ganz genau.«

Hatice Abla stellte keine Fragen, aber ich spürte, dass das Thema nicht beendet war. Ich nahm noch einen großen Schluck von meinem Saft, sah mich um und tigerte ein bisschen umher. Als ich endlich eine logische Erklärung gefunden zu haben glaubte, warum um alles in der Welt ich dieses Thema begonnen hatte, setzte ich mich ebenfalls aufs Bett. »Man darf sich also nicht wundern, wenn der moderne Mann in manchen Bereichen auf der Suche ist.«

Kaum war dieser Satz heraus, wollte ich mich aus dem Fenster stürzen.

Gottlob musste ich nicht lange herumstammeln, denn es schellte an der Tür. Hatice Abla verließ mein Zimmer, um zu öffnen. Die Chance, dass sich mir der Erdboden auftat, damit ich darin verschwinden konnte, war nur allzu gering, weswegen ich erwog, mich wenigstens unter meinem Diwan zu verstecken. Hatice Abla wusste um die besondere Bedeutung dieses Orts und störte mich dankenswerterweise nicht, wenn ich dort lag. So hielt ich mich dort auf, bis sie abends ging, und am nächsten Tag begannen wir alles wieder von Neuem. Als Zeichen meiner guten Absicht trank ich meinen Orangensaft aus, obwohl er mir mächtig den Magen verätzte, und verzog mich unter den Diwan. Die Minuten vergingen, aber kein Ton von Hatice Abla. Okay, sie sollte mein Privatleben – besser gesagt: meine Privatschande – respektieren, aber ich hätte doch erwartet, dass sie hereinkommen und nach mir sehen oder, was weiß ich, das leere Glas mitnehmen würde oder so.

Ob Hatice Ablas Pflichtverletzung etwas mit dem Klingeln zu tun hatte? Vielleicht sollte ich gehen und nachschauen, aber offen gestanden hatte ich gar keine Lust. Meiner persönlichen Erfahrung nach waren sieben von acht Personen, die an unserer Tür klingelten, Leute, die ich nicht sehen wollte. Das verbleibende Achtel wiederum kam gemeinhin zu unpassender Zeit. Nachdem ich noch weitere fünf Minuten mit dem Ohr am Linoleumfußboden vergeblich auf Hatice Ablas Pantoffelgeklapper gewartet hatte, kam ich mit mir überein, dass es Zeit war, die Sache in die Hand zu nehmen. Okay, ich wollte unsere Beziehung auch ein wenig auf Eis legen, aber die Entscheidung musste von mir ausgehen. Ich war schließlich der Mann.

Geräuschlos krabbelte ich unter dem Diwan hervor, trat aus meinem Zimmer und blickte zur Wohnungstür. Da war niemand.

Ich musste weiter. Ich näherte mich der Wohnzimmertür und hörte, dass Hatice Abla mit jemandem sprach. Die Stimme der anderen Person kam mir irgendwie bekannt vor. Mit einem Mal spürte ich eine tonnenschwere Last auf meinem Herzen. Ich streckte meinen Kopf ins Wohnzimmer. Hatice Abla saß auf einem Stuhl. Der Mann, der sich gackernd in dem Sessel eingenistet hatte, in dem ich für gewöhnlich fernsah – sprich: der in *meinem* Sessel saß –, gehörte in meiner Statistik der An-unserer-Tür-Klingler natürlich zu den sieben Achteln. Für ihn hätte ich sogar ein neue Kategorie einführen können, nämlich die der *Wenn sie an deine Tür kommen, willst du sie so weit bringen, zu bedauern, dass sie geboren wurden.* Irgendwie hielt ich es nicht mehr für notwendig, mich zu verstecken, und baute mich vor ihnen auf.

»Herzlich willkommen, Yusuf Abi«, sagte ich. »Welcher Wind hat dich denn hierher geweht?«

Hatice Abla drehte den Kopf.

»Ah, da ist er ja«, meinte sie. Ihr Gesicht strahlte, wie ich sehen konnte. Ich war sehr gekränkt.

»Ich habe noch keine Antwort bekommen«, sagte ich beharrlich und versuchte gleichzeitig einen Plan zu entwickeln, wie ich ein Blutbad anrichten könnte, sollte ich wieder keine Antwort kriegen.

Yusuf Abi musste die Gefahr gewittert haben.

»Ich bin gekommen, um euch zum Picknick einzuladen«, sagte er und grinste dabei wieder über alle vier Backen. »Dich und deine Hatice Abla.«

»Ein Picknick?«, entgegnete ich. »Warum? Wir sind doch keine Bären!«

Ich weiß nicht, warum ich das sagte. Eigentlich ist allgemein bekannt, dass Bären nicht zum Picknick gehen. Sie fallen höchstens über die Plätze solcher verrückter Picknickfans her und verspeisen sie alle genüsslich. Womöglich war mein Gedanke auch nur Ausdruck eines unterbewussten Wunsches.

Yusuf Abi gab einen übertriebenen Lacher von sich. »Am Samstag fahren wir mit der ganzen Familie nach Polonezköy, Ümit möchte unbedingt, dass du mitkommst.«

»Dann will doch sicher auch Ümit, dass Hatice Abla mitkommt?«, fragte ich mit bedeutsamem Blick zu ihr.

»Nein, Yusuf will das«, konterte sie höchst abgebrüht und klatschte mir damit die ganze Bedeutsamkeit in meinen Augen ins Gesicht.

»›Seine Mutter lässt ihn doch nicht allein mitgehen‹, sagte ich, woraufhin Yusuf meinte: ›Na, dann komm doch auch mit.‹«

Ich legte mir schon ein paar sehr, sehr schmutzige Worte zurecht, als Hatice Abla mich schnappte und auf ihren Schoß setzte. Eine Weile stand mir die Kinnlade offen, bis ich begriff, dass mir nie in meinem Leben eine größere Beleidigung widerfahren war. Die Frau, die ich liebte, flirtete vor meinen Augen mit dieser Knalltüte, und während sie dies tat, saß ich schön brav auf ihrem Schoß! Und damit nicht genug – sie strich mir auch noch nett übers Haar, drückte mir einen Kuss auf die Wange und versetzte mir dann den tödlichen Schlag: »Hast du auch schön deinen O-Saft ausgetrunken?«

Das hatte ich.

Ich sah mein puterrotes Gesicht im Vitrinenspiegel. Alles in mir wollte sie wegstoßen und weglaufen, aber ich konnte mich weder bewegen noch kriegte ich irgendeinen Ton heraus. Es war sinnlos, die bittere Realität zu leugnen. Mich, den so viele Psychopathen nicht in die Knie hatten zwingen können, hatte dieses Dorfmädchen in null Komma nix in die Schranken gewiesen.

»Na, dann hole ich euch am Samstag um zehn Uhr hier ab. Ich sollte langsam aufbrechen«, sagte Yusuf Abi und erhob sich. »Ich geh dann mal.«

Hatice Abla setzte mich wie eine Pappmaché-Figur auf die Seite. Gemeinsam gingen sie zur Tür und tauschten dort heimliche Liebesbotschaften aus, wie etwa: »Freut mich sehr, Sie kennengelernt zu haben.« »Mich auch.« »Wir sehen uns am Samstag.« »Bis Samstag.«

Als Hatice Abla die Abschiedszeremonie beendet hatte und zurückkam, war ich vollends davon überzeugt, dass Yusuf Abi Klein-Mehmets wahrer Mörder war. Die Gewissheit beruhte weniger auf scharfer Beobachtung und unumstößlichen Beweisen als vielmehr auf einem Gefühl ähnlich der Übelkeit, aber schließlich sollte ein guter Detektiv allem voran auf seine Intuition vertrauen. Mein hinterhältiges und schönes Kindermädchen wollte mich wohl noch weiter peinigen, denn sie streckte ihre Beine auf dem Sofa aus und steckte sich eine Tekel 2000 zwischen die Lippen.

Sie musterte mich, während sie langsam ihre Zigarette rauchte. Und ich musterte sie, während sie langsam ihre Zigarette rauchte. Schließlich war sie es, die das Schweigen unterbrach: »Und?«

Sie erwartete von mir wohl eine Bewertung ihrer brutalen Vorführung.

»Was?«, fragte ich dennoch.

»Du hast doch etwas gesagt, bevor es klingelte. Irgendetwas über moderne Männer, glaube ich …«

Hatte sie nun auch noch die Absicht, mich zu verarschen? Ich war mir nicht sicher, ob ich das ertragen würde. Ich musste dringend vor die Tür. Ich ging aus dem Wohnzimmer und zog meine Turnschuhe an, die an der Wohnungstür standen.

»Hey«, rief sie hinter mir her. »Wo willst du hin?«

»Ich geh ein bisschen raus«, sagte ich. »Keine Sorge – bevor meine Eltern kommen, bin ich zurück.«

Keine Ahnung, ob sie Anstalten machte, mich zu hindern, oder ob sie noch etwas sagte, ich stürzte nämlich aus der Tür, die Treppe hinunter und auf die Straße. Zuerst tat mir der Wind gut, der mir ins Gesicht schlug, doch dann brach bleierne Müdigkeit über mich herein. Ich war noch nicht völlig genesen und hatte immer noch ein wenig Fieber. In meinem Zustand auf der Straße herumzulaufen war eigentlich alles andere als vernünftig. Ich war ohnehin von schwacher Konstitution, vor allem mit meinen Lungen war es nicht weit her. In jener Hinsicht ähnelte ich Marcel Proust. Oder meinem Großvater mütterlicherseits, der ein türkisches Bad betrieben hatte und in einem Sanatorium einem Lungenemphysem erlegen war. Wem ich in Wahrheit ähnlicher war, würde die Zukunft ans Licht bringen.

Nachdem ich mich rechts und links umgesehen hatte, hob ich den Kopf, um oben die Lage zu inspizieren. Kein freundliches Gesicht war zu sehen, und niemand, der sich bereit machte, vom Balkon zu springen. Um Unsinn zu treiben oder sich das Leben zu nehmen, war es noch zu früh. Während ich gelangweilt darüber nachdachte, ob ich wieder nach Hause gehen sollte oder zu Ümit, um die Bude etwas aufzumischen, hörte ich ein vertrautes Fiepsen. »Heeey!«

Ich wandte mich in die Richtung, aus der die Stimme ertönte, und sah Celal den Hänfling, der mit so etwas wie einer Obststeige in den Händen auf mich zukam.

»Warte doch mal!«, brüllte er. Im Gesicht trug er ein krankhaftes Lächeln, ähnlich dem unseres Krämers Yakup.

Als er bei mir war, betrachtete ich den Inhalt der Kiste, die er sich auch noch mit einer Schnur um den Hals gehängt hatte: Neben ein paar alten Comics, einem zerbrochenen Drehkreisel, einem platten Ball, einer Hand voll Kaugummis und jeder Menge anderem Krimskrams lag eine Plastikflasche mit abgeschnittenem Boden und gefüllt mit zerknüllten kleinen Zetteln. Ich war zu müde, um die Teilchen des Puzzles zusammenzufügen, daher fragte ich ohne Umschweife: »Was ist das, Celal?«

»Mein täglich Brot!«, verkündete Celal voller Stolz.

»Verkaufst du das etwa alles?«

»Muss doch sehr bitten! Ich verschenke es.«

»Ach du liebes bisschen.«

»Du ziehst eines von diesen Losen und erfährst, was du gewonnen hast.« Somit löste sich das Geheimnis um die Papierknäuel von selbst. Dennoch hatte ich größte Zweifel, dass das System so funktionierte.

»Kostet nur fünfzig Kuruş«, fügte der Hänfling schließlich hinzu, wodurch sich erwies, dass ich recht hatte.

Ich überlegte kurz. »Wäre es nicht besser, wenn du die Sachen zu fünfzig Kuruş zum Verkauf anbietest? Für diese Comics findest du doch sogar bestimmt einen Deppen, der mehr bezahlt als fünfzig Kuruş.«

Unter uns gesagt, der Depp war ich, aber das zeigte ich ihm natürlich nicht. Vor einer Handelsvereinbarung will ich doch nicht meine Position schwächen.

»Das ist halt mein Risiko«, sagte die Arschgeige achselzuckend, als würde er seit hundert Jahren nichts anderes tun als Handel zu betreiben. »Hast du noch nie was von Glücksbriefen gehört? Du lässt fünfzig Kuruş springen und ziehst ein Briefchen. Der Rest ist Glückssache!«

»Ich hab davon gehört«, erwiderte ich mit gekräuselten Lippen. »Nur, haben die nicht immer 'nen Hasen oder 'nen Vogel dabei? Die ziehen doch das Los für einen.«

»Bei uns gibt's keine Hasen oder Vögel«, wetterte der Hänfling ungeduldig. »Du bestimmst dein Schicksal selbst mit deinen eigenen Händen!«

Angesichts solch philosophischer Betrachtungen blieb mir nichts mehr zu sagen. Außerdem wollte ich aus unerfindlichem Grund unbedingt ein Glücksbriefchen ziehen, wobei ich das Gefühl nicht loswurde, dass an der Sache ein Haken war. Ob sich der fiese Hänfling wohl zu der Hinterfotzigkeit erdreistete, einfach mit meinem Geschenk abzuhauen? Nee, nee, er war zumindest so schlau, zu wissen, dass ich ihn letzten Endes zu fassen kriegen und es ihm heimzahlen würde.

»Eeh?«, quiekte der Hänfling. »Ziehst du jetzt ein Briefchen? Wenn nicht, dann verschwinde vor meinem Laden.«

»Hänfling«, sagte ich und durchforstete meine Hosentaschen. »Ich will dir ja nicht die Stimmung vermasseln, aber du hast doch keinen Laden. So bringst du es in ein paar Jahren höchstens zum fliegenden Händler.«

Es musste an meiner Ein-Lira-Münze gelegen haben, dass Celal sich eine Erwiderung verkniff. So ist das eben mit Geld, es öffnet alle Türen und verschließt jedes Mundwerk. Ich warf die Lira in das Kästchen und steckte meine Hand in die Flasche.

›Hoffentlich kommt kein Schrott dabei heraus‹, betete ich. Schließlich wählte ich ein Knäuel aus und faltete es auseinander. Eine Zeit lang versuchte ich zu lesen, was darauf stand, sah am Ende aber ein, dass ich die Realität akzeptieren musste.

»Celal, hier steht nix.«

»Ha, du hast 'ne Niete gezogen«, sagte er unverfroren. Er tat so, als sei er aufrichtig betrübt über mein Pech.

»Was soll das heißen, Mann, ich hab 'ne Niete gezogen?«

»Junge, es steht doch nicht auf allen was drauf«, meinte er aufbrausend. »Manche sind halt Nieten. Das ist eben dein Risiko!«

Der Scheißkerl hatte mich schlicht und ergreifend über den Tisch gezogen. Leider hatte ich nicht die Kraft, mich mit ihm zu streiten.

»Gib mir mein Wechselgeld«, brummte ich.

»Ich schwör dir, ich hab keins, das war das erste Geschäft des Tages.«

»Ach, echt? Und was machen wir jetzt?«

»Meine Schulden sind Ehrenschulden«, meinte der Hänfling trotzig. »Du kriegst natürlich deine fünfzig Kuruş. Aber wenn du willst …«

»Wenn ich was will?«

»Du kannst noch eins ziehen.«

»Ach nee! Steht vielleicht Schwachkopf auf meiner Stirn geschrieben? Gib mir sofort mein Geld!«

So sprach ich, aber eigentlich brannte ich darauf, mein Glück noch einmal zu versuchen.

»Du bist mein Freund«, sagte der Hänfling, wobei dies überhaupt kein gutes Zeichen war, versteht sich. »Ich tu dir einen Gefallen.«

»Was für einen Gefallen?«, fragte ich in einem Ton, der bedeutete, dass ich ihn in keinster Weise ernst nahm. Dabei wollte ich so sehr, dass er mich überzeugte.

»Ich lass dich für die fünfzig Kuruş sogar zweimal ziehen.«

Der Mistkerl hatte kapiert, wie die Logik des Handels funktioniert.

»Sag mir die Wahrheit, Hänfling«, meinte ich. »Wie viele davon sind Nieten?«

Celal blickte mich misstrauisch an, dann sah er sich um. Er seufzte tief auf. Die Nervosität sprach aus jeder seiner Poren. Er drängte sich dicht an mich heran.

»Das darfst du aber niemandem verraten, okay?«, flüsterte er.

Da die Straße wie leergefegt war, brauchten wir eigentlich nicht zu flüstern, doch anstatt ihn daran zu erinnern, willigte ich ein. Immerhin würde ich gleich ein Industriegeheimnis erfahren.

»Du musst schwören.«

»Fass dich kurz, Hänfling«, entgegnete ich. »Nun sag schon.«

»Die Hälfte.«

»Die Hälfte! Mann, du bist vielleicht ein Gauner, hä!«

»Pst, schrei nicht so!«

»Also gut«, beschloss ich abrupt. »Für fünfzig Kuruş ziehe ich noch zwei.«

»Wie du meinst«, sagte der Hänfling lammfromm.

Die Rechnung war klar. Meine Chancen standen fifty-fifty, und die Gefahr, dreimal eine Niete zu ziehen, war doch sehr gering. Ich verstand Leute nicht, die im Glücksspiel alles verloren. Es war doch bloß eine Frage der Mathematik. Also steckte ich meine Hand in die Plastikflasche und zog – zwei Nieten. Wortlos heftete ich meine Augen auf das Gesicht des Hänflings und wartete. Klar wich er meinem Blick aus.

»Schicksal«, sagte er schließlich. »Ich geh dann mal.«

Ich machte einen Schritt und baute mich vor ihm auf. »Hänfling, bist du sicher, dass nur die Hälfte der Zettel Nieten sind?«

»Ja«, meinte er barsch. »Was ist?«

»Dann möchte ich zehn Lira wetten, dass es kein einziges Glücksbriefchen gibt, auf dem etwas draufsteht.«

Er hielt kurz inne. Besorgnis machte sich auf seinem Gesicht breit. Es dauerte jedoch nicht lange, da hatte sich der Mistkerl einen Fluchtweg ausgedacht.

»Okay.« Er ließ sich nicht bluffen. »Dann will ich die zehn Lira sehen.«

»Ich hab sie gerade nicht dabei, aber morgen bringe ich sie dir«, erwiderte ich, obwohl ich genau wusste, dass mein Manöver ins Leere lief.

»Na, dann ziehst du deine Briefchen morgen«, konterte mein schlitzohriger Kumpan, und mit diesen Worten setzte er sich selbstzufrieden in Bewegung. So leicht sollte er mir allerdings nicht entkommen. Sofort hängte ich mich dem Kotzbrocken an die Fersen.

Eine Zeit lang gingen wir gemeinsam. Ihm missfiel meine Anwesenheit, aber er sprach auch nicht offen aus, dass ich verschwinden sollte.

Als wir schließlich nahe beim Güzelyayla waren – einem höchst vielversprechenden Ort, um weitere Trottel zu finden, die ihm auf den Leim gehen würden –, hielt er es nicht mehr aus und drehte sich wütend zu mir um. »Menschenskind, wieso verfolgst du mich?«

»Um mitzuerleben, wenn deine Kunden von Fortuna geküsst werden, mein lieber Celal«, antwortete ich. »Zu guter Letzt wird ja irgendeiner etwas gewinnen, nicht wahr? Da möchte ich gern dabei sein.«

»Na denn«, reagierte der Hänfling gelassen auf meinen Spielzug. »Wie du willst.«

Dann marschierte er mit schnellen Schritten weiter. Er hielt sich nicht einmal länger vor dem Güzelyayla auf. Er benahm sich wie jemand, der wusste, was er tat, und das – würdet ihr den Hänfling kennen, dächtet ihr auch so – war ausgesprochen beunruhigend.

»Hey«, rief ich und versuchte, ihm auf den Fersen zu bleiben. »Wo gehen wir eigentlich hin?«

Celals Lippen formten sich unmerklich zu einem dreckigen Grinsen. »Ins Paris-Viertel.«

Tatsächlich bewegten wir uns in dem von den Vereinten Nationen kontrollierten Gebiet zwischen unserer Straße und dem Paris-Viertel. »Du bist wohl total übergeschnappt, Celal?«

»Wieso denn? Lass dich nicht davon täuschen, dass sie so verarmt aussehen. Eigentlich sind sie es, die Geld haben. Sie sind nämlich allesamt Diebe.«

»Mein lieber Celal«, sagte ich, während ich die Gegend inspizierte. »Wir wissen doch beide, dass diese Lose durchweg Nieten sind und die Jungs, sobald sie das kapiert haben, dir die Hucke vollhauen werden.«

»Sie können mir gar nichts tun!«

Irgendetwas war wirklich komisch an ihm. Unser Freund war mitnichten der Inbegriff von Mut. In den Kriegen mit der Nachbarschaft spielte er vielmehr den Agent Provocateur, und wenn er die Völker dann gegeneinander aufgebracht hatte, beobachtete er in einer Ecke Sonnenblumenkerne knabbernd das Geschehen. Wieso nahm dieser Irre nun all seinen Mumm zusammen?

»Celal, jetzt sag mal, wie kamst du denn auf die Sache mit den Glücksbriefen? Warum machst du das?«

»Warum wohl? Um zu unserem Familieneinkommen beizutragen.«

Mit einem Mal wurde es dunkel, kalter Wind kam auf, die Vögel verstummten. Wir standen im Paris-Viertel. Ich schickte gerade ein Stoßgebet zu Gott – an dessen Tür ich immer nur in höchster Not anklopfe –, die Vierergruppe, die am Anfang der Straße linker Hand vor einem Wohnhaus hockte und vermutlich eine heiße Debatte um die Höhe des Wegegelds führte, möge uns nicht entdecken, da kreischte der verfluchte Hänfling: »Glücksbriefeee!«

Die fünfzehn-, sechzehnjährigen Jungs hörten auf zu reden und drehten ihre Köpfe zu uns hin. Ich betrachtete sie aus dem Augenwinkel. Mit spöttischen Blicken musterten sie uns, hatten aber scheinbar nicht die Absicht, sich mit uns abzugeben. Ich atmete kurz auf, bemerkte beim Anblick der Kinder, die weiter vorne, am Ende der Straße, im Schlamm Murmeln spielten und etwa drei, vier Jahre jünger waren als die Wegegeldmafia, jedoch schnell, dass es für Optimismus viel zu früh war. Die älteren Jungs verschonten uns nicht etwa, sondern gaben vielmehr dem Nachwuchs die Möglichkeit zum Jagdtraining.

Der Hänfling hatte die Murmelspieler ebenfalls bemerkt. In Anbetracht des forschen Schritts, mit dem er sich ihnen näherte, schien er allerdings die Herde kleiner Raubtiere als potentielle Kunden einzustufen. Seine Loskiste auf dem Arm, stellte er sich mir nichts, dir nichts zwischen den Jungen, der sich gerade zum Wurf bereit machte, und das Ziel – was sogar in unserem Viertel als Kapitalverbrechen gilt – und brüllte: »Will keiner ein Glücksbriefchen ziehen?«

Es ist eine bekannte Tatsache, dass unsere Sinnesorgane manches nicht wahrnehmen können, Stimuli etwa, die außerhalb unserer Reizschwellen liegen, wie Infrarot- und UV-Strahlen oder Schwingungen ober- oder unterhalb bestimmter Frequenzen. Mit anderen Worten: Diese Reize existieren für uns eigentlich nicht. Das Aufkreuzen zweier Dämlacks wie wir, die nach den Standards des Paris-Viertels in die Kategorie Milchbubis fielen, und die Störung ihres Spiels überschritten die Reizschwelle unserer Freunde anscheinend nicht, denn anstatt uns postwendend ordentlich zu vertrimmen, standen sie da wie die Ölgötzen und glotzten uns aus leeren Augen an. Eigentlich war das die ideale Gelegenheit, alsbald die Fliege zu machen, doch der Hänfling hatte sich scheinbar geschworen, an jenem Tag das Zeitliche zu segnen, und ließ mit der Störung ihres stummen Verharrens nicht lange auf sich warten.

»Wie geht's, İlker?«, fragte er einen kleinen Jungen mit krausem Haar sowie mit einem grünen Auge und einem, bei dem nur das Weiße zu sehen war. »Möchtest du einen Glücksbrief ziehen?«

Die Antwort erhielt der Hänfling allerdings nicht von İlker, sondern von dem Kameraden, der nach vereiteltem Murmelwurf das Recht für sich beanspruchte, uns den ersten Stein über die Schädel zu ziehen. »Was verkaufst'n da?«

In seiner Stimme schwang der ganz eigene Ton mit, den manche aus intensivem Umgang mit Stoffen zur Verdünnung von Farben auf Ölbasis oder zum Zusammenkleben zweier Objekte über deren ursprüngliche Bestimmung hinaus gewinnen. Während der Hänfling ihnen detailliert erläuterte, was er tat, suchte ich vergebens nach Fluchtmöglichkeiten. Seltsamerweise brach der von mir befürchtete Tumult einfach nicht aus. Unsere Brüder vom Paris-Viertel schienen vielmehr, so wie ich, gehöriges Interesse an den Glücksbriefen zu haben und stellten Frage auf Frage. Sie waren in ihre Unterhaltung vertieft, als mir auf der freien Fläche zwischen zwei Wohnhäusern ein Haufen Obstkisten ins Auge fiel. Vielleicht würden wir ihnen nicht entkommen können, hätten so aber zumindest die Chance, unseren Gegnern etwas auf dem Kopf zu zertrümmern. Ich ging los, setzte mich auf eine umgedrehte Obstkiste und wartete das Ergebnis der Verhandlungen ab.

Mein Blick fiel auf das Feld, auf dem die Jungs Murmeln spielten. Was sie mit den Murmeln zu treffen versuchten, waren nicht etwa andere, nebeneinander aufgereihte Murmeln, wie es bei unseren Spielen der Fall war, sondern Deckel von Limoflaschen, die sie mit Steinen platt wie Rasierklingen geklopft und aufrecht in den Schlamm gesteckt hatten. Inkompetente Augen hätten dies als einen Wertbewerb werten können, bei dem es um nichts ging, doch die Sache lag vollkommen anders. Wie Chips in Spielcasinos verfügten diese Deckel nämlich über einen Wert.

Mit der Verwendung von Limoflaschendeckeln anstatt von Murmeln konnten sie zum einen die Höhe des Werts selbst festlegen und sich zum anderen gegen Raubzüge älterer Kinder schützen. Die Jungs aus dem Paris-Viertel waren wirklich wahre Profis. Wenn ich wüsste, dass sie mich aufnehmen würden, würde ich keine Minute mit dem Beitritt zögern, aber ich weiß, ich bliebe für sie doch stets ein Fremder.

Endlich löste sich der Hänfling aus der Gruppe und kam zu mir.

»Eh?«, fragte ich. »Wie ist die Lage?«

Mein schwachsinniger Freund strahlte übers ganze Gesicht. »Sie sagen, wir sollen zwei Minuten warten; wenn sie fertig sind mit ihrem Spiel, kümmern sie sich um uns.«

Ich sah zu den Jungen hinüber. Tatsächlich schienen sie weiterzuspielen, meinen Adleraugen entging allerdings nicht, dass sie untereinander flüsterten.

»Hänfling«, sagte ich. »Das ist unsere letzte Chance. Lass uns verduften.«

»Warum denn? Gleich verdiene ich eine Menge Geld.«

»Glaubst du wirklich, dass du auch nur einen einzigen Kuruş kriegen wirst, Hänfling? Mann, die ziehen uns bei lebendigem Leib das Fell ab!«

»Keine Panik«, sagte der Hänfling. »Siehst du den Jungen da?«

Er zeigte mit dem Finger auf den einäugigen Knaben, mit dem er sich zuvor gegrüßt hatte.

»Den sehe ich. İlker hieß er doch, oder? Was ist mit ihm?«

»Der geht in meine Klasse. Keine Sorge, die tun uns nichts.«

»Was ist mit seinem Auge passiert?«

»Da ist doch Adnan, der Knabe, der uns gerade Angst einjagen wollte«, sagte er und zeigte auf den Jungen, der gefragt hatte, was wir verkauften. »Der hat İlkers Auge ausgestochen. Sie debattierten über irgendwas, und da ...«

Natürlich. Diskussionen waren es ja schließlich, mit denen man Gutes und Schönes erzielte.

»Exzellent«, meinte ich. »Sie scheinen sich endlich geeinigt zu haben.«

»Pst, hör mal«, drängte sich der Hänfling an mich heran. »Wenn du die Klappe hältst, gebe ich dir dein Geld zurück, abgemacht?«

»Ich werde dich ja wohl kaum verraten, Celal«, sagte ich. »Aber was du da treibst, ist Blödsinn. Es geht um dieses *Düldül*, stimmt's?«

Mit einem Mal nahm Celals Gesicht wieder die Züge eines normalen Menschen an. Das zeigte sich auch daran, dass sein für gewöhnlich kalkweißes Gesicht blutrot anlief.

»Was für 'n *Düldül* denn, Mann?«, stritt er sofort ab. »Muss doch sehr bitten!«

»Lass den Quatsch, Celal. Du denkst doch, dass Zuhal sich für dich interessiert, wenn du auch so ein *Düldül* hast. Deswegen versuchst du an Geld zu kommen. Lass dir allerdings gesagt sein, dass das ein höchst dämlicher Gedanke ist. Der uns übrigens auch gleich eine schöne Tracht Prügel einhandeln wird.«

»Menschenskind, was verstehst du schon!«, schrie der Hänfling, beließ es aber dabei. Denn genau in dem Moment hatte die Gruppe ihr Spiel beendet – ihren Plan ausgeheckt, wenn man mich fragt – und kam auf uns zu.

Allen voran stapfte Adnan und spuckte, nachdem er einen Blick auf Celals Kiste geworfen hatte, eine gehörige Portion Auswurf nicht allzu weit entfernt von meinen Füßen auf den Boden.

»Fünfzig Kuruş, hä?« Unaufgefordert nahm er einen Kaugummi aus der Kiste und steckte ihn sich in den Mund. Dann blätterte er einen der Comics durch. Daraufhin befingerten auch die anderen nach und nach des Hänflings »Gaben«. Ich hatte den Alpha-Bengel ausgemacht. Ob das Rudel panisch die Flucht ergreifen würde, wenn man den Anführer stürzte? Die Wahrscheinlichkeit war gering, dennoch packte ich die Obstkiste, auf der ich saß, fest an einer Ecke.

Der Hänfling nahm einem der Kinder den kaputten Ball aus der Hand und warf ihn wieder zu den anderen Sachen.

»Ja«, sagte er. »Fünfzig Kuruş pro Glücksbrief.«

Adnan glotzte uns eine Zeit lang an und schmiss dann einen Flaschendeckel in die Kiste.

»Jeder von denen ist fünf Lira wert«, erklärte er. »Ich ziehe zehn Stück.«

»Nix da, das ist Raub«, rebellierte der Hänfling, doch zu spät. Sein geliebter Klassenkamerad İlker hatte bereits in die Plastikflasche gegriffen und eine Hand voll Papierknäuel herausgezogen. Mein schwachsinniger Freund protestierte weiter, und ich behielt die Jungen im Visier, die nacheinander ihre Nieten öffneten.

»Die sind ja alle leer!«, schrie schließlich einer. Jetzt war die Kacke am Dampfen.

»Sieh mal einer an«, meinte Adnan erfreut. »Wollt ihr uns veräppeln, oder was?«

Und kaum, dass er den platten Fußball aus der Kiste genommen hatte, schlug er ihn Celal auf den Kopf.

»Was heißt denn veräppeln?«, stöhnte der Hänfling. Seine Stimme klang wie das Summen einer Biene, die in den Fängen einer fleischfressenden Pflanze zappelte. »Ich will auf der Stelle tot umfallen, so was hatte ich nicht vor!«

Wie es zu dem nächsten Hieb kam, verstanden wir beide nicht. Dieser winzige İlker kam pfeilschnell angeflogen und schlug mit der Faust gegen Celals Kinn. »Willst du mich verarschen, du Hundsfott?«

Ich bemerkte, dass der Kleinste mich angepeilt hatte, und als der Typ einen Schritt auf mich zu machte, sprang ich auf, verbog dem Penner das Handgelenk, packte ihn am Nacken und schleuderte ihn zwischen die Obstkisten. Ein mickeriger Sieg. Im Handumdrehen hatte mich einer von hinten fest in die Zange genommen. Eine Weile gelang es mir, einen weiteren Angreifer mit Fußtritten auf Distanz zu halten, doch schließlich schmissen sie mich mit dem Rücken auf den Boden. Gemeinsam stürzten sie sich auf mich. Während ich meinen Kopf vor ihren Schlägen zu schützen versuchte, konnte ich aus dem Augenwinkel sehen, dass Adnan und İlker mit dem Hänfling in gleicher Manier umsprangen.

Plötzlich hörten die Hiebe auf. Furchtsam spähte ich zwischen meinen Fingern hindurch. Was ging da vor sich? Einer der Jungs, die eben noch auf mir gelegen hatten, hing parallel zur Erde in der Luft und boxte ins Leere.

»Was ist hier los, Leute?«, hörte ich dann eine Stimme sagen. Ich richtete mich auf und sah mich prüfend um. Eine lange, schmale Silhouette hatte mit einer Hand einen meiner Gegner in die Luft gehoben, mit der anderen den zweiten am Kragen gepackt. Unser mysteriöser Retter warf die vergebens herumstrampelnden Kinder wie Säcke in eine Ecke und befreite dann den Hänfling aus Adnans und İlkers Fängen. Die »erfahrenen Rotzlöffel« sahen, dass der Zwischenfall immer größere Wogen schlug, und hatten uns sogleich umstellt. Zum Glück hielt unser Held auch für sie einen schönen Gruß parat: »Verpisst euch, Mann, sonst stech ich euch ab!«

Unser Retter, bei dem ich im ersten Moment geschworen hätte, dass er einer Mischung aus Alain Delon und Clint Eastwood ähnelte, nahm mit nachlassender Wirkung des Schocks zunehmend Gestalt vor meinen Augen an. Ich stand auf und schüttelte den Dreck ab. Dann drückte ich Gazanfer, meinem größten Widersacher im Universum und 1a-Psychopathen in unserer Runde, dessen Steckenpferd es war, uns Kleine zu peinigen, mit leichtem Nicken meinen Dank aus.

Unter Gazanfers Schutz überschritten wir die Grenze des Paris-Viertels, und kaum hatten wir einen Fuß in unser Viertel gesetzt, suchte der Hänfling das Weite. Soweit ich sehen konnte, ging er nicht nach Hause, sondern in Richtung Walderdbeeren-Straße. Das bedeutete, dass es in ein paar Tagen Krieg zwischen den Vierteln geben würde. Vor dem Güzelyayla angekommen, schlug Gazanfer den Heimweg ein.

»Ich wünsch dir alles Gute«, rief ich hinter ihm her. Gazanfer blieb stehen und sah mich verständnislos an.

»Ich habe gehört, dass du gesessen hast.«

»Danke.«

»Ich will dich was fragen, Gazanfer Abi«, sagte ich. Ich glaube, ich nannte ihn zum ersten Mal »Abi«. »Du kannst mich nicht sonderlich leiden. Wieso hast du mich vor diesen Jungs gerettet?«

»Du bist aus unserem Viertel«, antwortete Gazanfer schulterzuckend. »Wenn dich einer verprügelt, dann ich – und sonst keiner.«

Nach dieser wunderbaren Erklärung zog Gazanfer von dannen, und während ich hinter ihm hersah, dachte ich, wie sehr ich mich geirrt hatte.

Die vielen Stoßgebete ums nackte Überleben, die ich bei dem Aufruhr im Paris-Viertel von mir gegeben hatte, waren nicht etwa von Gott erhört worden, sondern wie immer vom Teufel.

7. von lamas und menschen

Es waren die Geschwister Dilek, Safinaz und Ümit sowie Yusuf Abi, Hatice Abla und meine Wenigkeit, deren Hintern während der eineinhalbstündigen Fahrt nach Polonezköy auf dem Boden des Lieferwagens durchgerüttelt wurden; wer allerdings permanent meckerte, war Fahriye Teyze, die vorne mit unserem Staatsvertreter İrfan Bey auf der bequemen Beifahrerbank thronte. Sie beschwerte sich über die Beengtheit, den Krach, den Staub, die Hitze (und bei eingeschalteter Klimaanlage über die Kälte) und verfluchte zwischendurch immer wieder ihre Familie, die ihr, wo sie doch so krank war, dieses unsinnige Picknick eingehandelt hatte. Chauffiert wurden wir von dem kräftigen Herrn, den ich bei Fahriye Teyzes letztem Münchhausen-Anfall zusammen mit Yusuf Abi und Dilek Abla im Krankenhaus gesehen hatte und der nach meiner neuesten Erkenntnis Abdullah hieß. Abdullah Amca war etwa fünfzig, fünfundfünfzig Jahre alt und von recht grobschlächtigem, ja sogar furchteinflößendem Äußeren. Seine Zähne, so konnte ich im Verlauf unserer unvergnüglichen Reise in den seltenen Momenten konstatieren, in denen er den Mund aufmachte, schimmerten in allen Farben des Regenbogens. Sein überaus kräftiges, krauses Haar war immer noch rabenschwarz, sein Schnauzbart jedoch schlohweiß. Er hatte tiefe Falten im Gesicht, seine Augen trugen den kummervollen Ausdruck der Menschen, die im Leben viel Leid hatten ertragen müssen. Soweit ich aus den Gesprächen heraushören konnte, gehörte unser Reisegefährt ihm. In welcher Verbindung zu dieser Familie der Durchgeknallten er stand, blieb mir jedoch noch im Verborgenen.

Kurz bevor sich einer von uns aufgrund der Hitze oder der Rüttelei übergab oder ohnmächtig wurde, verkündete Abdullah Amca die frohe Botschaft, wir seien am Ziel. Er parkte, und wir stürzten alle ins Freie, marschierten durch ein großes Tor, über dem die Aufschrift *Polonezköy Country Club* prangte, und blieben vor den Schaltern stehen. Während die volljährigen Männer der Gruppe hitzig debattierten und jeder sturer als der andere auf der Bezahlung von neun Tickets – davon zwei ermäßigt – beharrte, studierte ich die riesigen Schilder mit dem Grundriss der Location, die wir gleich betreten würden. Links des Wegs zum Picknickgelände, das zumeist Mittelschichtfamilien als Grillplatz diente, befanden sich kleine Restaurants, Kinderspielplätze und ein Freibad. Ein Bereich namens »Naturpark« auf der rechten Seite mit einem Zoo, einem Forst und sogar einem kleinen See schien mehr auf die Liebhaber der Natur zugeschnitten. Während ich eilig meine kognitive Karte vorbereitete, kaufte Abdullah Amca unter İrfan Beys und Yusuf Abis schwachen Protestschreien die Tickets und übernahm so das Sponsoring unseres Picknicks.

Als Fahriye Teyze hörte, dass die zweihundert Meter bis zum Picknickplatz per pedes zurückgelegt werden mussten, und vor sich hin brummte, dieser Ausflug sei garantiert organisiert worden, damit sie das Zeitliche segnete, wandte sich Yusuf Abi an Ümit und mich. »Ihr habt doch euer Badezeug dabei, oder?«

Wir beantworteten die Frage mit einem Ja.

»Fein«, sagte Yusuf Abi vergnügt. »Nach dem Essen gehen wir drei ins Freibad.«

»Wir vier«, ertönte die für uns alle völlig unerwartete Korrektur. »Ich habe auch meinen Badeanzug dabei.«

Hatice Abla. Natürlich.

Yusuf Abi zog eine säuerliche Miene. Zuerst entfleuchte eine Art Wimmern seinen Lippen, dann stammelte er: »Das Schwimmbad ist allerdings gemischt …«

»Eh, na und?«, erwiderte Hatice Abla eisig.

»Feudaler Arsch«, murmelte ich vergnügt in mich hinein.

»Was hast du gesagt?«, fragte mich Ümit.

»Nichts«, sagte ich. »Sieh mal, ein Lama!«

Mit leerem Blick starrte Ümit das Lama an, das mit seiner Nase die Drähte seines riesigen Geheges berührte. Ich packte den armen Teufel am Arm und zog ihn dorthin. »Komm, wir sehen es uns aus der Nähe an.«

»Hey, wohin wollt ihr?«, rief Hatice Abla hinter uns her.

»Geht nur«, erwiderte ich. »Wir sehen uns ein bisschen die Tiere an. Wir finden euch schon.«

Wir verließen den Asphaltweg und gingen den Grasweg hinunter. Ümit baute sich vor dem Lama auf und sah es an. Und das Lama sah ihn an.

»Geh nicht zu nah ran«, warnte ich. »Es kann spucken.«

Kaum hatte ich diesen Satz ausgesprochen, hatte Ümit dem Lama im Kampf ums nackte Überleben ins Gesicht gespuckt und den Rückzug eingeschlagen und stieß dabei einen brutalen Fluch auf das Tier und die Schöpfung aus. Ich denke, Ümit war von dem starken Glauben beseelt, dass jedes Lebewesen, das seinem Gegenüber potentiell Schaden zufügen konnte, von diesem Potential auch unbedingt Gebrauch machen würde.

Ich hakte Ümit unter, der gewillt schien, den Schlagabtausch mit dem mittlerweile zornig blökenden Tier fortzusetzen, und führte ihn weg.

»Komm, lass das, Bruder, man sollte bei einem Lama nicht gleich zum Lama werden.«

Wir gingen weiter ins Innere des Zoos.

»Dieser Abdullah Amca, was ist das für 'n Typ?«, fragte ich.

»Ein Freund der Familie halt. Er hat uns nach dem Tod meines Vaters sehr geholfen.«

Sein Tonfall und seine Miene waren ohne jede Emotion, aber mir entging nicht, dass er ein Quäntchen länger als notwendig nachgedacht hatte, bevor er mir antwortete. Ich wollte noch ein wenig nachbohren, doch da ertönte aus Ümits Kehle ein Freudenschrei. »Hey! Sieh mal, sieh dir das an!«

Neugierig, welche exotische Spezies ihn wohl derart in Aufruhr brachte, blickte ich in die Richtung, in die mein Freund zeigte. Schließlich war er während unseres Spaziergangs mit gleichgültigem, argwöhnischem, gelegentlich sogar grimmigem Blick an Tieren wie Känguru, Waschbär, Leguan, Python und Pelikan vorbeigegangen, die man in unseren Breiten so gut wie nie anzutreffen vermochte. Ich sah rechts, links, vor und hinter dem erstbesten Lebewesen nach, das mir ins Auge fiel. Aber nein, zweifelsohne war es dieses Tier, das die Aufmerksamkeit meines Kameraden erregte. Dennoch fühlte ich mich genötigt zu fragen: »Die Ziege?«

»Hm«, bestätigte Ümit. »Sieh dir dieses wunderschöne Geschöpf an …«

Er war derart ergriffen, dass ihm beinahe die Tränen kamen. Dann machte er einen Schritt auf das Tier zu, um wie jeder Verliebte mit der Geliebten auf Tuchfühlung zu gehen, doch leider erwiderte die Ziege seine Gefühle nicht, sondern nahm leicht erzürnt Reißaus. Frustriert ließ Ümit sich aufs Gras fallen. Ich setzte mich zu ihm. Um über Themen zu reden, die mir vorschwebten, erschien er mir allzu verdrossen. Zum Glück versetzte ein Hase, der etwas weiter vorne vergebens, jedoch mit wilder Entschlossenheit eine Schildkröte zu poppen versuchte, Ümit sogleich wieder in beste Laune. Ich wiederum fragte mich, ob La Fontaine beim Anblick dieses Panoramas seine entsprechende Fabel anders, beispielsweise spiritueller, angelegt hätte: Daran, dass der Hase schneller ist als die Schildkröte, ist nichts Verwunderliches; daran, dass es ihm einfach nicht gelingen will, sie zu bumsen, schon!

Ich packte den Stier bei den Hörnern und sagte: »Ümitchen, deine Mutter schlägt euch, stimmt's?«

»Was ist schon dabei?«, gab Ümit zurück. »Mütter lieben, und Mütter schlagen.«

In seiner Stimme lag keine Spur von Gekränktheit. Für ihn war das ganz offensichtlich eine Tatsache, wie die Auftriebskraft des Wassers, die man sinnvollerweise weder diskutierte noch in Frage stellte. Um ehrlich zu sein, meine Mutter verpasste mir auch hin und wieder eine Backpfeife, aber ihre Prügel verletzten weniger meine Haut oder meine Knochen, sondern vielmehr meine Ehre. Diese Kinder dagegen wirkten eher, als hätten sie einen Krieg hinter sich.

»Und Mehmet? Hat deine Mutter ihn auch geschlagen?«

»Was geht dich das an?«, fragte er und drehte sich zu mir. Er hatte aufgehört zu lachen.

»Hör mal, Ümit, du hast es vielleicht nicht bemerkt, aber wie es aussieht, sperren sie dich in eine Besserungsanstalt.«

»Was mischst du dich ein?«, fauchte er und sprang wütend auf die Füße. Seine Stimme klang aggressiv, seine Körpersprache war ziemlich drohend.

»Ich glaube nicht, dass du Mehmet umgebracht hast«, sagte ich und stellte mich direkt vor ihn. »Ich denke, deine Mutter war's, und du nimmst die Schuld auf dich, um sie zu schützen.«

»Mann, spinnst du?«, schrie Ümit und schubste mich kräftig an den Schultern. »Meine Mutter war an dem Tag gar nicht zu Hause. Ich sag doch, ich hab ihn umgebracht. Mit diesen Händen habe ich ihm das Kissen ins Gesicht gedrückt, kapierst du das nicht?«

Dann schlug er die Zähne in seinen Arm und begann zu weinen.

Ich ging zu ihm und legte ihm die Hand auf die Schulter. Innezuhalten hatte keinen Sinn mehr, ich musste es zu Ende bringen. »Und warum, Ümit?«

»Mein kleiner Bruder war schwer krank«, schluchzte er und zog den Rotz hoch. »Er wäre sowieso gestorben. Er hätte nur noch einige Jahre länger gelitten. Er wollte auch so schnell wie möglich erlöst werden. Deswegen hat er sich auch kein bisschen gewehrt, als ich ihn erstickte.«

Ich hatte nicht die Absicht, mich mit der Aussage zu begnügen, die er Onur Çalışkan gegenüber gemacht hatte. So skrupellos ich auch würde vorgehen müssen – ich wollte an diesem Tag doch so viel wie möglich aus ihm herausbekommen. »Wie kam es zu der Behinderung deines Bruders? Warst du das auch?«

»Jetzt hör mir mal gut zu«, sagte Ümit und streckte seinen Zeigefinger nach meiner Nase aus. »Ich habe Mehmet getötet. Wenn du mir nicht glaubst, dann geh zu Safinaz Abla und frag sie. Sie hat alles mit angesehen. Und sprich nie wieder mit mir, kapiert?«

Er stolperte davon zu den anderen. Schon jetzt hasste ich dieses ganze Picknick-Gedöns, aber da ich nicht in der Lage war, allein nach Hause zurückzukehren, musste auch ich mich der Gruppe anschließen. Um unser Miteinander auf ein Minimum zu reduzieren, vertrieb ich mir allerdings noch eine Weile die Zeit damit, die Tiere zu füttern, gegen Steine zu treten und Paare bei ihrer Ruderpartie über den See zu beobachten.

Nachdem ich meinte, genügend Zeit totgeschlagen zu haben, gesellte ich mich zu meinen Picknick-Kameraden und stellte fest, dass das Mahl größenteils bereits verputzt war. Nur noch vier Personen saßen an dem gigantischen Camping-Tisch, dessen Beine in die Erde gerammt waren.

Abdullah Amca, der auch für die Grillarbeiten verantwortlich zu zeichnen schien, saß am Kopfende und trank Rakı mit dem direkt neben ihm sitzenden İrfan Bey. Ihm gegenüber knabberten Dilek Abla und Ümit noch an ihren mit *Sucuk* belegten halben Weißbroten, wohl deshalb, weil sie zuletzt bedient worden waren. Der Rest der Truppe hatte sich an verschiedenen Plätzen im Grünen verstreut. Fahriye Hanım schlummerte im Schatten auf einer Decke, und Safinaz Abla spielte zu ihren Füßen mit Steinchen das Knöchelspiel. Yusuf Abi warf weit weg von allen anderen ein Taschenmesser gegen einen Baum, und jedes Mal, wenn das Ding im Stamm zu stecken kam, applaudierte Hatice Abla wie eine Bekloppte.

»Hallo!«, schrie ich, um einen fulminanten Auftritt hinzulegen.

Dabei beobachtete ich Hatice Abla aus dem Augenwinkel. Sie zeigte nicht die geringste Reaktion. Wobei, was hätte sie auch machen sollen?

Abdullah Amca nahm zwei Scheiben *Sucuk* vom Grill, legte sie in ein aufgeklapptes halbes Weißbrot, ergänzte mit Tomaten und Paprika und reichte mir meine Ration. »Nimm. Was willst du trinken? Wir haben Obstsaft und Milch …«

»Löwenmilch, wenn's geht«, erwiderte ich und griff nach der großen Rakı-Flasche auf dem Tisch. Doch leider war İrfan Bey schneller als ich und schnappte sie mir weg. »Hoppla!«

Eigentlich hätte ich darauf einiges zu erwidern gewusst, aber um mir nicht unnötigen Stress auf die Schultern zu laden, begnügte ich mich mit einem bösen Blick auf das wandelnde staatliche Besserungsprojekt. Ich nahm mir einen Fruchtsaft vom Tisch und ging zu Hatice Abla und Yusuf Abi. Hatice Abla stand mit dem Taschenmesser in der Hand in Wurfposition, und Yusuf Abi hielt sie an Hand und Arm, unter dem Vorwand, ihr die Wurftechnik beizubringen. Ich stellte meinen Saft auf die Erde und sagte: »Gib her, lass mich mal versuchen.«

Ich nahm Hatice Abla das Messer aus der Hand und schleuderte es mit aller Kraft von mir. Das Ding flog wenigstens drei Meter am Baum vorbei und verschwand irgendwo im Gras. Mosernd spurtete Yusuf Abi hinterher.

»Du hast nicht getroffen«, meinte Hatice Abla spöttisch.

Ich sah hinüber zu Yusuf Abi, der krakeelend nach seinem Prunkstück suchte.

»Ganz im Gegenteil«, sagte ich vergnügt. »Das ging voll in die Zwölf.«

Als ich Hatice Ablas herzliches Kichern hörte, freute ich mich wie ein Schneekönig. Ich hätte das Gespräch noch fortführen können, stattdessen drehte ich mich um und begab mich zurück an den Tisch. Sollte sie sich doch einerseits mein würdevolles Benehmen und andererseits die Suche dieses Riesenarschs im Vierfüßlerstand nach diesem Null-acht-fünfzehn-Taschenmesser vor Augen führen und begreifen, welchen Fehler sie gemacht hatte. Was soll ich sagen – jemanden wie mich wünscht man sich nicht mal zum Feind.

Es lag wohl an meinem wiedergewonnenen Selbstvertrauen, dass ich mich neben İrfan Bey setzte. Ich hatte es auf den Rakı abgesehen. Kippte ich mir bloß einen Doppelten hinter die Binde, sollte es nur noch ein Kinderspiel sein, den mysteriösen Schleier über dem Mord zu lüften. Und bei Gott, nach zwei Doppelten würde ich keinen einzigen politischen Mord im Land unaufgeklärt lassen. Ich machte mir Gedanken, wie ich diesen übereifrigen Wichtigtuer vom Tisch entfernen könnte, da brüllte Abdullah Amca ganz in meinem Sinne: »Mein Kind, geh und bring uns ein paar Eiswürfel.«

Auf diesen Befehl hin ließ Safinaz Abla von ihrem Spiel mit den Steinen ab, sprang auf und eilte zu dem Hang, an dem die Restaurants lagen.

War das die Gelegenheit?

»Es wäre gut, wenn Sie sie begleiteten«, sagte ich zu İrfan Bey. »In diesen Zeiten muss man gut auf Kinder aufpassen.«

Als würde mein Interesse nicht einem ganz anderen Getränk gelten, nahm ich einen großen Schluck von meinem Fruchtsaft.

Seinem Pflichtgefühl gehorchend war İrfan Bey drauf und dran, sich zu erheben, doch Abdullah Amca hielt ihn am Arm zurück. »Nicht nötig. Es ist doch nicht weit.«

»Auf dem See soll es Boote geben!«, fuhr Dilek Abla plötzlich dazwischen. Das war ein eindeutiges Angebot an İrfan Bey für eine Ruderpartie, doch – ob es an seiner Schüchterheit lag oder an seiner Blödheit, sei dahingestellt – er beließ es bei einem Lächeln und widmete sich wieder dem langweiligen Fußballblabla mit Abdullah Amca. Und Dilek Abla widmete sich wieder dem wütenden Zusammenfegen der Krümel mit dem Finger, um die Ameisen damit zu füttern.

Als Abdullah Amca einige Minuten später das Eis, das Safinaz Abla gebracht hatte, in die Rakı-Gläser füllte, blieb mir nichts anderes übrig, als diesem herrlichen Anblick zu frönen, bei dem mir das Wasser im Mund zusammenlief. Ich würde meine Untersuchungen ohne alkoholische Unterstützung fortsetzen müssen.

Ich lenkte meine Aufmerksamkeit auf die Hauptverdächtige, Fahriye Teyze, die in völliger Abgeschiedenheit von allem und jedem schnarchte. Konnte eine Mutter, die gerade mal vor einer Woche ihr Kind skrupellos getötet hatte, so friedlich schlafen? Vielleicht lag es aber auch an den achtunddreißig Tausend Tabletten, die sie geschluckt hatte. Ich versuchte, jenseits ihrer körperlichen Existenz in ihre Seele zu blicken, und stellte sie mir aus unerfindlichem Grund nackt vor. So unangenehm es auch sein mochte, dachte ich doch im Bewusstsein meiner Pflicht an ihren fetten Leib und ihre welken Brüste. Ich malte mir aus, wie sie sich mit ihrem mächtigen und irgendwie immer noch splitterfasernackten Körper auf Klein-Mehmet presste. Exakt in dem Augenblick bemerkte ich Ümits hasserfüllten Blick. Ich wurde knallrot vor Scham. Ich hatte zwar keinerlei Hintergedanken, aber es war doch höchst schändlich, sich die Mutter eines Freundes in dieser Form vorzustellen. Aus diesem Grund ließ ich auch von seiner Mutter ab und widmete mich stattdessen seiner Schwester.

Ich stand eilig auf und ging zu Safinaz Abla, die wieder auf der Decke saß und sich auf ihr Steinspiel konzentrierte. »Wollen wir zusammen spielen?«

»Klar, können wir«, antwortete Safinaz Abla mit strahlendem Lächeln. Sie sammelte die Steine zusammen und legte sie vor mich hin. »Los, fang du an.«

Noch immer spürte ich Ümits Blicke auf mir, vermied jedoch, sie mir zu Herzen zu nehmen, und begann, die Steine nacheinander mit derselben Hand hochzuwerfen und aufzufangen.

»Wird dein Arm besser?«, bemühte ich mich um einen sanften Einstieg.

Safinaz Abla strich leicht mit der Hand über die Bandage. »Oh ja, es tut kaum noch weh.«

»Wie, sagtest du noch mal, kam es zu der Verletzung?«, fragte ich unter Verwendung eines der ältesten Polizeitricks.

»Ich habe zu Hause eine Tür an der Glasscheibe aufgedrückt. Wahrscheinlich ein wenig zu fest, die Scheibe ging zu Bruch. Sie haben es mit jeder Menge Stichen genäht. Ein Unfall eben.«

Ich war raus aus der Spielrunde und gab ihr die Steine.

»Hm«, sagte ich und setzte eine nachdenkliche Miene auf. »Wann war das?«

»Letzte Woche …«

»Vor oder nach Mehmets Tod?«

Zack, landete der Stein, den Safinaz Abla gerade hochgeworfen hatte, auf dem Boden. Aufmerksam sah sie mich an.

»Vorher«, antwortete sie schließlich. »Ja, ich erinnere mich. Es passierte einen Tag vorher.«

»Da ist noch etwas, das mich interessieren würde …«

»Du bist dran«, schnitt Safinaz Abla mir das Wort ab und zeigte auf die Steine. Offensichtlich war es mir gelungen, mich auch bei ihr unbeliebt zu machen.

»Safinaz Abla«, sagte ich. »Du willst doch nicht, dass sie Ümit ins Erziehungsheim stecken, oder? Lass mich ihm helfen.«

»Ich habe noch nie ein so komisches Kind gesehen wie dich«, meinte sie und musterte mich eindringlich. Mir war, als steckte in ihrem Blick auch ein wenig Bewunderung. Sie sah sich um und rückte behutsam an mich heran. »Und wie willst du Ümit helfen?«

»Am Tag, an dem der Vorfall passierte …«, sagte ich und wählte dabei meine Worte vorsichtig aus. »Ümit sagte aus, dass du Mehmet aus seinen Händen befreit hättest.«

»Stimmt.«

Ich konnte nicht erkennen, ob sie log oder nicht. Mit Ja/nein-Fragen würde ich nicht weit kommen. »Erzählst du mir haargenau, was sich an dem Tag zugetragen hat?«

Safinaz Abla seufzte tief auf.

»Meine Mutter und meine große Schwester waren ins Krankenhaus gefahren«, begann sie, wobei das offengestanden nicht der Einstieg war, den ich mir gewünscht hatte.

»Dein Onkel?«, fuhr ich mit einem Funken Hoffnung dazwischen.

»Der kümmerte sich mit Ümit auf dem Dach um die Vögel.«

»Und dann?«

»Ümit kam runter, weil er Hunger hatte. Ich ging in die Küche, um *puf böreği* zu machen. Als ich wieder aus der Küche kam und Ümit nicht finden konnte, sah ich in seinem Zimmer nach. Da war er auch nicht. Und dann hörte ich das Wimmern aus Mehmets Zimmer. Ich ging hinein und sah ... ihn über unseren Bruder gebeugt. Wie er ihn erstickte ...«

Ohne Rücksicht auf die Tatsache, dass sie losheulen würde, wenn man sie nur antippte, erhöhte ich voller Eifer den Druck. »Wie? Mit den Händen, mit dem Kissen?«

»Worauf willst du hinaus?«, fragte sie mit zittriger Stimme.

»Ich will die Wahrheit wissen«, erwiderte ich. »Was Ümit erzählt hat, ist völlig unlogisch. Ich glaube nicht, dass er Mehmet umgebracht hat.«

»Aber er war es. Ich habe es mit eigenen Augen gesehen. Er hat es sogar ...« Jammernd vergrub sie ihren Kopf in ihrem Arm. »Allah, vergib ...«

»Sogar was?«

»Meinetwegen«, stöhnte sie mit tränenerfüllten Augen. »Er hat ihn meinetwegen umgebracht.«

Das haben wir's. Noch eine Geständige. Außer dem wahren Täter schienen alle bereit, diesen Mord auf sich zu nehmen. Ich holte tief Luft. »Was heißt das, Safinaz Abla? Erklärst du mir das bitte ganz ruhig?«

Safinaz Abla zog die Nase hoch und blickte sich um. Dann rückte sie noch dichter an mich heran. »An dem Tag ging es Mehmet sehr schlecht. ›Wäre ich doch bloß tot und erlöst‹, sagte der arme Kleine irgendwann. Ich spürte, wie es mir das Herz zerriss. Als Ümit vom Dach herunterkam, weinte ich in der Küche vor mich hin. ›Warum weinst du?‹, fragte er, und ich erzählte es ihm.«

»Dass Mehmet gesagt hat, er wolle sterben?«

Safinaz Abla nickte heftig mit dem Kopf. »Hat Ümit dir das nicht erzählt?«

»Hat er nicht.«

Mit einem Mal wurde sie kreidebleich im Gesicht. Ihre Hände, ihre Beine, ihre Lippen zitterten wie Espenlaub. Zunächst schrieb ich dies dem grauenhaften Gefühl zu, diesen Augenblick noch einmal zu durchleben, doch im nächsten Moment fiel mir auf, dass sie nicht mich, sondern etwas hinter mir ansah. Ich schaute mich um und blickte in Fahriye Teyzes eiskalte, grausame Augen.

»Heeey!«, rief da eine Stimme. »Los, wir gehen ins Schwimmbad!«

Das war Yusuf Abi. Das Schwimmbad war mir so was von wurscht, aber um mein Leben zu schützen, musste ich alsbald von hier verschwinden. Ich sprang hoch und stand auch schon neben Yusuf Abi und Hatice Abla.

»Du bist erst seit Kurzem wieder gesund«, sagte Hatice Abla. »Nicht, dass du dich erkältest!«

»Ich habe nicht die Absicht, zu schwimmen«, entgegnete ich. »Ich werde mich bloß in die Sonne legen.«

»Ümit!«, brüllte Yusuf Abi. »Nun komm schon!«

»Geht ihr«, meinte Ümit. »Ich komme nicht mit.«

»Allah, Allah!«, moserte Yusuf Abi. »Du warst doch so wild aufs Schwimmen, was ist nun los?«

»Nichts ist los! Ich will halt nicht mehr, was dagegen?«, fauchte Ümit zurück.

»Gut, mach halt, was du willst«, lautete Yusuf Abis schöne und pädagogisch wertvolle Antwort. Dann warf er sich die Tasche mit den Handtüchern über den Rücken. »Los, dann gehen wir eben.«

Der Sommer hatte zwar noch nicht begonnen, aber unter der Wirkung der globalen Erwärmung rannte jeder Hinz und Kunz ins Freibad. Schwimmende, sonnenbadende, mampfende, dicke oder dünne, unbehaarte oder solche mit Affenbehaarung, hellhäutige oder rabenschwarze Körper schienen der Beweis dafür zu sein, dass das, was man »normal« nannte, nur eine theoretische Kategorie bildete. Und die Stimmen erst! Haltloses Gelächter der Jugendlichen, die mindestens zehn Punkte ihres allenfalls durchschnittlichen IQ in den Umkleidekabinen gelassen hatten, qualvolles Gekreische von Kindern, die man mit einem Schwimmring um den Bauch ins Wasser geworfen hatte, und das dazugehörende Geschrei und Gebrüll ihrer Eltern, die sie vergeblich zu ermutigen versuchten, sowie das vom Beckenrand aufsteigende Knallen der Steine auf dem Backgammon-Brett und Handy-Klingeltöne entfesselten eine Sinfonie des Grauens. Rechnet dazu bitte noch die Showmänner, die bei jedem Sprung vom Sprungbrett auf jemanden drauffielen oder die Leute am Beckenrand klatschnass spritzten, plus das Gegröle der sie anfeuernden Fangemeinde. Voilà, dieses Panorama ist es, das einen Massenmörder, dem noch der Mut und die nötige Reife fehlen, seine Gefühle zu akzeptieren, dazu bringt, sein wahres Ich anzunehmen.

Unsere Hintern in Badehosen, saßen Yusuf Abi und ich auf einem Liegestuhl, beäugten möglichst so, dass der andere es nicht mitbekam, die Umkleidekabinen für Frauen und warteten sehnsüchtig auf Hatice Abla.

»Du gehst also nicht ins Wasser, hä?«, fragte Yusuf Abi. »Oder kannst du etwa nicht schwimmen?«

»Ich war doch gerade erst krank. Meine Mutter hat Hatice Abla das Versprechen abgenommen, dass ich nicht ins Wasser gehe«, erwiderte ich und umschiffte dabei die Frage nach meinen Schwimmkünsten. Und um ein Nachhaken zu vermeiden, ging ich sofort zum Gegenangriff über. »Was hört man von deinen Vögeln? Sind sie zurückgekommen?«

»Hera ist zurück«, antwortete Yusuf Abi stolz wie Oskar.

»Irgendwelche Fortschritte bei den Purzelbäumen?«

»Nee, sobald ich ihr Futter gebe, haut sie ab, das Miststück. Nach einer Weile kommt sie dann wieder …«

»Heey!«, hörten wir Hatice Abla rufen, die winkend auf uns zukam. Sie steckte in einem recht gewagten Bikini, hatte eine breitrandige Sonnenbrille aufgesetzt und trug eine kleine Tasche über der Schulter. In der Tat ein atemberaubender Anblick. Keine Ahnung, ob es daran lag, dass er die zukünftige Mutter seiner Kinder in diesem Outfit sah oder ob er sich unwohl dabei fühlte, so mit ihr gesehen zu werden – jedenfalls stand unser begriffsstutziger Yusuf Abi auf und stürzte sich mit einem Platsch ins Wasser.

Ein wahrer Volltreffer, um ehrlich zu sein. Hatice Abla setzte sich nämlich auf seinen Platz.

»Steht dir ausgezeichnet«, sagte ich.

»Danke«, erwiderte sie und nahm eine Flasche Sonnencreme aus ihrer Tasche. »Dreh dich mal um, ich creme dir den Rücken ein, damit du keinen Sonnenbrand kriegst.«

Als ihre Hand meinen Rücken berührte, musste ich mich räuspern. Ich war wohl ein wenig erregt. In derselben Woche zuerst mit Begüm Gülüm und dann mit Hatice Abla auf Tuchfühlung zu gehen war ein merkwürdiges Gefühl.

»Ich hatte offen gesagt nicht erwartet, dass du Bikinis und so was trägst«, sagte ich und war gottfroh, weil meine Stimme dabei nicht gezittert hatte.

»Wieso? Woran fehlt's mir denn?« Wieder sprach sie in diesem spöttischen Ton.

»Nicht, weil es dir an irgendwas fehlt«, entgegnete ich und hüstelte noch zweimal. Unterdessen rieb sie mir den Rücken ein und spürte bestimmt, wie mein Herz pochte. »Was weiß ich? Du ziehst dich geschlossener an. Kopftuch und so.«

»Das mache ich doch nicht, weil ich es mag.«

»Hm … Warum denn sonst?«

»Wegen des Drucks in der Nachbarschaft.«

»Ich hätte nie gedacht, dass du derartigem Druck nachgibst«, sagte ich. In Anbetracht meiner stressigen Lage hatte ich das sehr schön formuliert.

»Du hast mich falsch verstanden, mein Herz«, sagte Hatice Abla und beendete die Eincremeaktion. »*Ich* mache Druck in der Nachbarschaft.«

Mittlerweile war ich daran gewöhnt, dass sie mich immer wieder in die falsche Ecke lockte, ja ich fürchte sogar, dass es mir zu gefallen anfing. Meine Augen blieben an Yusuf Abi hängen, der einen Stil schwamm, als prügelte er gnadenlos auf das Wasser ein.

»Er ist ganz schön begeistert von dir«, sagte ich unter Verwendung eines Abwehrmechanismus, den die Psychologen *Projektion* nennen.

»Ein Kind eben«, murmelte Hatice Abla und lächelte in sich hinein. Ich war mir echt nicht sicher, ob sie damit mich oder den ausgewachsenen Esel im Pool meinte. Sie zog eine Tekel 2000 aus ihrer Tasche, zündete sie an und pustete den Rauch in die Luft. »Und, wie laufen deine Nachforschungen?«

Darüber wusste sie also auch Bescheid. »Hast du das von *dem Kind*?«

»Die Leute reden«, sagte meine genusssüchtige Geliebte. »Du sollst Fragen gestellt haben.«

»Ich habe Zweifel bezüglich des Todes von Ümits kleinem Bruder«, erklärte ich, auch auf die Gefahr hin, dass sie mich auf den Arm nahm. Hatice Abla reagierte allerdings für mich unerwartet ernst. »Irgendwas stimmt mit dieser Familie wirklich nicht. Du könntest recht haben.«

Wer hätte mir nach diesen Worten noch trotzen können? Würde ich nicht alle Geheimnisse eines nach dem anderen aufdecken und die schmutzige Wäsche aller Dreckskerle ans Licht zerren? Doch dann schöpfte ich Verdacht. Die kleine Hexe hatte doch nicht etwa die Antworten auf die Fragen gefunden, für die ich mich so brennend interessierte?

»Was denkst du?«

»Liebe und Geld«, erwiderte sie, nachdem sie einen tiefen Zug genommen hatte, der wenigstens zwei Zentimeter ihrer Zigarette zu Asche verwandelte. Was gäbe es diesem Bild noch Passenderes hinzuzufügen? Ich begriff allerdings den Zusammenhang nicht.

»Die meisten Morde haben mit einem von beiden zu tun«, fuhr sie fort. »Ich denke nicht, dass irgendjemand einen finanziellen Vorteil aus dem Tod des armen Jungen zieht. Bleibt also die Liebe.«

Ich muss schon sagen, ihre Pose war zwar überaus imposant, doch was sie sagte, hatte kaum Sinn. Enttäuscht, zu sehen, dass Hatice Abla wie jeder normale Mensch auch Blödsinn reden konnte, fragte ich: »Was nun? Der Kleine ist also das Opfer eines Mordes aus Liebe?«

»Aus Liebe ... Aus irgendetwas im Zusammenhang mit Liebe. Das sind zwei verschiedene Dinge.« Mit diesen Worten, die mir wieder Stoff zum Grübeln gaben, erhob sich der Da Vinci Code meines Lebens. »Ich schlage vor, dass du über Herzensangelegenheiten nachdenkst.«

Der abrupte Anstieg des Größenunterschieds zwischen uns bereitete mir Unbehagen, weswegen ich mich ebenfalls erhob. Ich hatte zwar einen unpassenden Spruch hinsichtlich ihrer Beziehung zu Yusuf Abi auf der Zunge, konnte mich aber im letzten Augenblick bremsen.

»Ich vermute, dass İrfan Bey in Bälde mit seinen Eltern zur Brautschau bei Dilek Ablas Familie aufkreuzt, wenn du das meinst?«

»Ich meine nicht nur die beiden.« Jetzt verstand ich besser, wie es Leuten ging, wenn sie mir gegenüber in die Position geraten waren, *etwas nicht ganz zu begreifen*. Ratlos wartete ich auf ihre erhellenden Worte.

»Zwischen Abdullah Bey und Fahriye Hanım läuft auch was.«

Ich zweifelte keine Sekunde an der Richtigkeit ihrer Aussage. Sie hatte garantiert recht. Es war sogar mehr als offensichtlich. Kommt es einem aber nicht immer so vor, wenn die Lösung des

Rätsels einem vor Augen liegt? Was konnte dieses Detail mit Klein-Mehmets Tod zu tun haben? Mir fiel ein, dass ich gelesen hatte, dass Mäuse-Weibchen nach dem Tod ihrer Partner ihre eigenen Jungen totbeißen, um neue Männchen anzulocken.

»Komm, lass uns kleine Mäuse machen, die zur Hälfte deine Gene tragen«, lautet ihre Botschaft an die neuen potentiellen Partner. Wirklich abstoßend.

»Abdullah Bey soll ein Freund der Familie sein«, stammelte ich töricht vor mich hin. »Das hat Ümit erzählt.«

»Eigentlich ist er ein alter Freund von Fahriye Hanıms Ehemann. Das weiß ich von Yusuf.« Abdullah Amca hatte also ein Auge auf die Liebste seines Freundes geworfen. So was kommt vor. Man darf die Menschen nicht verurteilen. Ich war ohnehin nicht sicher, inwieweit dieser Hinweis nach dem, was Safinaz Abla über Mehmets Tod erzählt hatte, von Bedeutung war. »Ich hole mir einen Tee, willst du auch etwas?«

Ich schüttelte den Kopf. Während Hatice Abla zur Teestube ging, begab ich mich ans eine Ende des Pools und sah einer unsympathischen Gruppe bei ihren dämlichen Wasserspielchen zu. Nicht nur sie, alle im Becken erschienen mir mit einem Mal wie Mäuse. Sie fraßen, soffen und paarten sich und taten alles nur Erdenkliche, um dieses sinnlose Treiben bis in alle Ewigkeit fortzusetzen. Viel mehr konnte ich in diesen Gipfeln der Schöpfung leider nicht erkennen. Außerdem drängte sich mir ein Gedanke auf: Wenn die menschliche Existenz etwas derart Heiliges war, wieso waren es dann in der Mehrzahl Schwerverbrecher, die Geschichte schrieben? War womöglich der Zeitpunkt gekommen, den Plan meines Selbstmords – den ich unter dem Vorwand, noch etwas mehr Mathe zu lernen, ewig hinausgezögert hatte – in die Tat umzusetzen? Natürlich würde so etwas meine Eltern zutiefst betrüben. Vielleicht sollte ich meinem Freitod als Mord tarnen oder, besser noch, als Unfall?

Genau in solche – nicht unbedingt vernünftige – Gedanken war ich versunken, als ich durch einen aus dem Nichts kommenden Hieb mein Gleichgewicht verlor. Zuerst schlug mein Kopf auf das Wasser auf, dann sank ich wie ein Stein in die Tiefe. Nach einem kurzen Anflug von Panik versuchte ich mich vom Boden abzudrücken, doch einer der an der Oberfläche Zappelnden trat mir in den Rücken und dann gleich noch einer. Mein Mund klappte auf und zu wie eine dieser kleinen Schatztruhen, die man in Aquarien stellt, meine Lungen füllten sich mit Wasser. Ich wollte strampeln, doch meine Arme und Beine waren wie eingeschlafen. Ich war drauf und dran, in dieser Pfütze zu ertrinken. Wurden da plötzlich meine Gebete erhört? Mein kleiner Körper wollte schon aufgeben, da sah ich einen Schatten, der das Wasser zerschnitt wie ein Projektil. Ein kräftiger Arm packte mich um den Bauch und hob mich über Wasser. Irgendwer zog mich schnell an den Rand. Vergeblich versuchte ich Luft zu holen, da erblickte ich über mir das schöne, sorgenvolle Gesicht meiner Retterin: Hatice Abla. In welcher Zeit hatte sie Tee geholt und war zurückgekehrt? Oder hatte sie gespürt, dass mir etwas zugestoßen war? Verknüpfte uns womöglich ein telepathisches und romantisches Band? Sollte sie nicht besser aufhören, die um mich versammelte Menge anzuschreien, und stattdessen mit der Mund-zu-Mund-Beatmung beginnen?

Hätten meine verdammten Lungen nur noch ein paar Sekunden Geduld bewiesen und das angesammelte Wasser nicht unter entsetzlichem Husten ausgespuckt, hätten sich unsere Lippen womöglich getroffen.

»Der Mann ist ertruuunkeeen!«, schrien manche Leute durcheinander. Andere wiederum korrigierten: »Maaann, es ist ein Kind!«

Als ich keinerlei Zweifel mehr hatte, dass ich überleben würde, sprang ich sogleich auf die Füße. An die Stelle meiner autoerotischen Todesfantasien war nunmehr Scham gerückt. Ich bahnte mir einen Weg durch die Menge. Ich wollte allen zeigen, dass es mir gut ging. Leider endete diese Kraftdemonstration damit, dass ich mich in die Blumen erbrach. Hatice Abla verscheuchte die

Leute mit nicht unbedingt höflichen Worten und eilte zu mir. Sie hängte mir ein Handtuch über die Schultern und umarmte mich. Ich vergrub meinen Kopf im nassen Bauch meiner Lebensretterin. Ich weiß nicht, ob es als Undankbarkeit gelten könnte, aber ich hätte dort ohne zu zögern mein Leben hergegeben.

Jemand fasste mich an der Schulter und drehte mich um. Voller Sorge fragte er immer wieder, wie es mir ginge.

»İrfan Bey«, sagte ich. »Wo kommen Sie denn her?«

»Wir wollten nach euch sehen. Los, anziehen, wir fahren ins Krankenhaus.«

»Das ist nicht notwendig«, erwiderte ich. Mein Blick glitt hinüber zu Dilek Abla, die etwas weiter vorne Rotz und Wasser heulte. War es möglich, dass sie so schnell und so heftig auf das reagierte, was mir widerfahren war?

»Was hat sie denn?«, fragte ich.

Ich weiß nicht, ob İrfan Bey zu der Überzeugung gelangt war, dass ich die Gefahr überstanden hatte, oder ob er meinte, Dilek Ablas Tränen seien das akutere Problem. Er ging jedenfalls zu ihr, ohne mir zu antworten, und redete auf sie ein, doch das führte nur dazu, dass sie noch herzzerreißender weinte.

Mittlerweile war Yusuf Abi am Ort des Geschehens eingetroffen und stellte Fragen auf dem ihm eigenen Niveau: »Was'n los? Ist einer abgesoffen? Wer is'n abgenippelt?«

»Erzähl das bitte nicht meiner Mutter«, meinte ich zu Hatice Abla.

Meine Spinnen-Instinkte lenkten mich zu Dilek Abla und İrfan Bey. Gerade als er die Verfolgung des wegrennenden Mädchens aufnehmen wollte, klebte ich mich dem Sozialarbeiter ans Hosenbein. »Was geht hier vor?«

İrfan Bey stotterte irgendetwas vor sich hin, begriff aber letztlich, dass er meinen eisernen Krallen nicht entgehen würde, ohne eine vernünftige Erklärung abzugeben.

»Ich werde empfehlen, Ümit unter Beobachtung zu stellen. Deswegen weint sie.«

»Warum?«, schrie ich. »Ümit ist unschuldig. Er kann keiner Fliege was zuleide tun. Ihr redet alle Quatsch!«

»Dein Freund da, der keiner Fliege etwas zuleide tun kann«, sagte İrfan Bey und wies mit dem Finger zum Pool. Ich wandte mich um, und mein Blick begegnete dem Ümits, der am Beckenrand saß, die Füße im Wasser, und mithilfe eines Strohhalms sein Erfrischungsgetränk schlürfte.

»Er war es, der dich ins Wasser geschubst hat.«

8. alte freunde, neue feinde

Hatice Abla brachte mich abends nach Hause und verschwieg meiner Mutter tatsächlich, was mir tagsüber unglückseligerweise passiert war. Vielleicht respektierte sie meine Wünsche, vielleicht fürchtete sie auch, es könnte herauskommen, dass das Kind, das man ihr anvertraut hatte, beinahe in die ewigen Jagdgründe eingegangen wäre. Nun, der Grund war egal – Hauptsache, meine Mutter konnte deswegen nicht herumzetern.

Das Erste, was mir auffiel, als ich mein trautes Heim betrat, war die perfekt gedeckte Rakı-Tafel im Wohnzimmer.

»Was gibt's?«, fragte ich meine Mutter. »Geben wir ein Festmahl?«

»Die Freunde von deinem Vater und deinem Onkel kommen«, murrte meine Mutter.

»Um ihr Beileid auszusprechen?«

»Ob es ein Beileidsbesuch ist oder ob sie sich einen hinter die Binde kippen wollen, weiß Gott allein.«

Die Angelegenheit passte ihr gar nicht, doch als gute Ehefrau hatte sie mit Rücksicht auf die noch frische Trauer ihres Mannes alle Vorbereitungen für unsere Gäste getroffen. Ich konnte mir die Mannschaft ungefähr vorstellen, und soweit ich sie kannte, waren die Zweifel meiner Mutter nicht ganz unberechtigt. Die Lebensphilosophie der besagten Freunde ließ sich wie folgt auf den Punkt bringen: Lasst euch nicht lumpen, hoch mit den Humpen!

»Wo ist Papa?«

»Er ist heute Morgen nach Beşiktaş gefahren. Bestimmt kreuzt er gleich mit diesen Strolchen auf«, antwortete sie und pflanzte sich in den Sessel vor dem Fernseher. Sie sah sich einen Film an. Das war schon seltsam, denn ihr Interesse am Kino konzentrierte sich weniger auf die Filme als vielmehr auf das Privatleben der Schauspieler. Wie es aussah, lagen Mutterns Nerven blank.

Besser nicht auf Konfrontationskurs gehen, lautete meine Devise. Ich streckte mich auf dem Sofa aus und sah mir mit ihr gemeinsam den Film an, einen alten türkischen Streifen. Ein typisches Melodrama über die Liebesgeschichte zwischen einem mittellosen jungen Mann und einem reichen Mädchen und allerlei Intrigen wie Bestechung, Erpressung und Verleumdung, die die Familie des Mädchens anzettelt, um die beiden auseinanderzubringen, was aber letzten Endes trotz jeder Menge Blessuren nicht fruchtet.

Mit tränenfeuchten Augen beteiligte sich meine Mutter hin und wieder am Filmgeschehen mit Wünschen und Vorschlägen Marke *zur Hölle soll er fahren, der Schlag soll ihn treffen, verhungern soll er …* Auf den ersten Blick war daran nichts Befremdliches, denn genau diesen Effekt will man mit derlei Filmen ja erzielen. Nach einer Weile musste ich allerdings verwundert feststellen, dass es der »Gute« war, den meine Mutter derart verfluchte. Der reiche, hinterhältige Fabrikant mit Einstecktuch stellte dem jungen Burschen einen wer weiß wie hohen Scheck aus, damit er die Finger von seiner Tochter ließe, und meine Mutter wetterte gegen den jugendlichen Helden, der dem Alten den Scheck ins Gesicht schmiss. Meine Mutter tat das übrigens nicht um des Meckerns willen. Sie war wirklich völlig verrückt. Meine Mutter unterstützte den Mann, den sogar zuschauende reiche, hinterhältige Fabrikanten mit Einstecktuch hassten. Verstand sie den Film falsch oder wusste sie, dass auch in diesen Geschichten Liebe nicht satt machte, oder hatte sie ein unerschütterliches Vertrauen in wohlhabende, mächtige Männer? Oder in solche mit Einstecktüchern? Alles Fragen, die uns Normalsterbliche überfordern. Eines wusste ich sicher: Hätte Aristoteles meine Mutter gekannt, hätte er die Prinzipien des Dramas neu geschrieben und nach einigen fruchtlosen Versuchen das Projekt höchstwahrscheinlich ganz aufgegeben.

Zum Glück klingelte es, bevor die Liebenden wieder zu einander finden konnten, und meine Mutter musste sich vom

Fernseher trennen, ohne die bevorstehende Katastrophe mitzukriegen. Sofort schaltete ich die Glotze aus und rannte hinter ihr her an die Tür, um unsere Gäste zu begrüßen. Es waren der Amca Bey, den ich altermäßig über sechzig und unter hundert vermutet hätte, sowie die im Vergleich zu ihm zehn beziehungsweise fünfzig Jahre jüngeren Herren Holzkopf, Tevfik-Schätzchen und Metin Amca. Ihrem Zustand nach hatten sie schon vor einer ganzen Weile mit dem Trinken begonnen.

Mit dem Amca Bey, dem Holzkopf und Tevfik-Schätzchen hatte ich schon so manches Schwätzchen gehalten; Metin Amca hatte ich bei einigen Treffen mit meinem Onkel gesehen. Wie sagt man so schön? Metin Amca war einer, dem man im Gesicht ablesen konnte, dass er das Herz am rechten Fleck hatte. Er war von großer, schmaler Statur, blickte stets traurig und benahm sich schüchtern. Ich hatte öfter gehört, dass mein Vater und mein Onkel ihn einen »guten Jungen« nannten. Um zu verstehen, was für ein guter Mensch er war, brauchte ich die beiden allerdings nicht. Als er mich mit meinem Onkel einige Jahre zuvor zum ersten Mal sah, fühlte ich bis ins Mark, dass er mich auf den ersten Blick hasste, wie ein Engel, der die Anwesenheit des Teufels sofort spürt.

Während die angeheiterten Kumpanen mit einer Million Entschuldigungen für die Unannehmlichkeit eintraten, reagierte meine Mutter recht freundlich. »Aber ich bitte euch! Hier entlang bitte.«

Seht, auch daran war nichts Befremdliches. Doch leider wieder nur auf den ersten Blick. Meine Mutter dirigierte die Gäste nämlich nicht ins Wohnzimmer, sondern ins Bad. »Ich habe saubere Handtücher bereitgelegt. Wascht euch Hände und Gesicht!«

Der Einzige, der die Operation *Saubere Hände* meiner Mutter befolgte, war Metin Amca. Er ging ins Bad, die Übrigen reichten meiner Mutter ihre dreckigen Pfoten, sprachen ihr Beileid aus und traten an den Tisch im Wohnzimmer. Mein Vater und ich marschierten in Richtung Küche, um beim Auftragen der Speisen behilflich zu sein. Meine Mutter schien an jenem Tag besonders gewillt, nett zu meinem Vater zu sein, denn sie verkündete, Hilfe sei nicht nötig, und schickte ihn zu seinen Freunden. Daraufhin drückte mein Vater ihr einen Kuss auf die Wange, nahm nur den Eiskübel und begab sich zu den anderen. Ich freute mich wie ein Kind, meine Eltern so einträchtig, ja beinahe liebevoll miteinander zu sehen. Ich weiß, das »wie« ist überflüssig, nimmt man das biologische Alter als Maßstab.

Bis meine Mutter und ich die Tafel gedeckt und unsere Plätze eingenommen hatten, hatte die Runde natürlich längst damit begonnen, auf meinen Onkel anzustoßen und zu trinken. Als rangältestem und weisestem Säufer am Tisch oblag dem Amca Bey die Aufgabe des Schenks, daher goss er meiner Mutter einen doppelten Rakı ein. Als er sich anschickte, Wasser hinzuzugießen, legte meine Mutter allerdings fachmännisch ihre Hand auf das Glas.

»Nur Eis, bitte«, sagte sie höflich.

Bis dato hatte ich meine Mutter noch nie einen Tropfen Alkohol trinken sehen, und nun zu erfahren, dass sie Rakı pur trank, erfüllte mich mit Verwunderung und Stolz. Ihre Welt bestand also nicht nur aus Hygiene, Check-ups und Immobilienpreisen; auch sie frönte manchen kleinen verbotenen Freuden oder hatte es zumindest früher einmal getan.

Mein Vater stieß mit meiner Mutter an.

»Mein Weib mixt Sündiges und Gesegnetes nicht«, sagte er und brachte damit alle zum Lachen. Ein glücklicher Seufzer entfuhr meiner Brust. Meine Familie so vergnügt mit ihren Freunden plaudern zu sehen war für mich von größtem Wert. Unschätzbar war die Spannung, die aus dem Wissen erwuchs, dass sie schon bald alle betrunken sein würden und ich die Gelegenheit hätte, mir das eine oder andere Schlückchen zu genehmigen. Während die Gleichgesinnten ihre Rakıs hinunterstürzten, gedachten sie der guten alten Zeiten, wobei sie, da eine Dame am Tisch saß, sich eines möglichst anständigen Tons befleißigten und sich auch beim Lachen mäßigten, wohl gewahr, dass man anlässlich eines Todesfalls zusammengekommen war. Als meine Mutter in der Küche verschwand, gönnte ich mir, ohne dass mein Vater es mitbekam, ein, zwei Schluck Rakı. Summa summarum: Besser konnte es einem nicht gehen.

Schließlich verkündete der Holzkopf – im Kern ein guter Mensch und nicht nur bekannt für seine miserablen Witze, sondern auch dafür, dass er sich gern verplapperte –, was alle dachten, aber keiner aussprach: »Das alles hat Nebi Abi nur dieser Schlampe von Feriha zu verdanken!«

Dann wandte er sich zu meiner Mutter, um sich zu entschuldigen. »Nimm's mir nicht übel, *Yengeciğim*.«

»Zur Hölle mit ihr, hol sie der Henker«, sagte meine Mutter und leerte ihr Rakı-Glas. »Ich habe die Blechmünze aufgehoben, die sie mir zur Geburt meines Sohnes mitgebracht hat.«

Meine Mutter hatte ordentlich einen sitzen, und in dem Stil hätte sie wohl noch eine Weile weiter gewettert, hätte der Amca Bey sie nicht unterbrochen. »Vergessen Sie Feriha doch jetzt einmal. Immerhin hat Nebi sie geliebt. Es gehört sich nicht, dass wir hinter ihrem Rücken sprechen.«

Meiner Mutter war allerdings in Fahrt.

»Das ist etwas anderes«, meinte sie vorwurfsvoll. »Ich sage es ihr auch gern ins Gesicht. Gott wird sie schon strafen.«

Um das Thema zu wechseln und bestimmt auch um ihn ein wenig auf den Arm zu nehmen, wandte sich der Holzkopf an Tevfik-Schätzchen. »Menschenskind, Tevfik, apropos Liebe, wie sieht's aus mit dieser Frau? Wie hieß sie noch mal – Okşana, Okaşana?«

»Oksana«, fauchte Tevfik-Schätzchen mit einer Stimme, die giftiger war als die hundertachtundzwanzigtausend tödlichen Grundstoffe des Rauchs, den er zwischen seinen drei Zähnen ausblies. »Verarsch dich gefälligst selber!«

Dann entschuldigte er sich bei meiner Mutter für den unflätigen Ausdruck.

Meine Mutter hatte höchstwahrscheinlich gar nicht mitbekommen, was er gesagt hatte.

»Ich bitte Sie«, entgegnete sie. »Ich will den verdammten Namen Feriha nie wieder hören, mehr sage ich dazu nicht.«

Ich wusste von meinen Ausflügen mit meinem Vater nach Beşiktaş, dass Tevfik-Schätzchen schrecklich vernarrt war in diese Oksana, eine Nutte fremdländischer Herkunft. Tevfik-Schätzchen wollte seine große Liebe aus »jenem Leben« befreien und zur Herrin in seinem Haus machen, aber die Dame hatte keine solchen Ambitionen. Den Gerüchten nach weigerte sie sich sogar, sich gegen Bezahlung mit unserem Freund zu treffen. Das bot der Gruppe jede Menge Stoff, um sich über ihn lustig zu machen.

»Wieso bist du so sauer?«, fragte der Holzkopf. »Haben wir etwa was Schlimmes gesagt? Eine Frau aus dem Bordell zu holen ist zudem ein frommes Werk.«

»Mannomann, über die *Yenge* sehe ich hinweg, aber überlegt euch, worüber ihr vor dem Jungen redet«, erwiderte der Amca Bey mit Fingerzeig auf mich. Dass ich mir genau in dem Augenblick den Rest aus dem Rakı-Glas meines Vaters in den Hals schüttete, war ein kleines Malheur, doch zum Glück blickte niemand zu mir herüber.

»Was ist denn dabei?«, rebellierte diesmal Tevfik-Schätzchen. Der Alkohol zeigte in der Runde immer mehr sein unheilvolles Gesicht. »Macht das arme Mädchen diese Arbeit vielleicht aus Spaß? Sie tut es, weil sie muss. Außerdem hat Oksana aufgehört … Wir werden bald heiraten.«

»Ach, komm!«, rief der Holzkopf. »Du bist ein Riesenschwätzer, Tevfik!«

»Ich sage die Wahrheit«, gab Tevfik-Schätzchen zurück und steckte sich eine neue Bafra an der fast aufgerauchten an. »Sie hat sich in mich verliebt.«

»Anderes wäre bei deinem Aussehen ja auch kaum möglich«, meinte der Holzkopf. »Wie war das? Das Mädchen wollte doch nicht einmal dein Gesicht sehen.«

»Meine Worte haben endlich das Siegel ihres Herzens gebrochen«, lautete Tevfik-Schätzchens überaus poetische Antwort. Dann zog er ein Kästchen aus der Tasche und stellte es, zack, auf den Tisch. Da stand nun also der schlagende Beweis für das, was er gesagt hatte: ein Ring mit einem Diamanten. »Morgen Abend treffen wir uns, da stecke ich ihn ihr an den Finger.«

»Das ist ja eine prima Nachricht«, sagte mein Vater, der bislang schweigend vor sich hin gesüffelt hatte. »Dann lasst uns auf dein Wohl trinken.«

Vielleicht dachte mein Vater, dass er, ohne jemanden zu verletzen, die anderen daran hindern könnte, den armen Mann noch länger zu ärgern. Was für ein feiner Mensch mein Vater doch war!

In Begleitung von Glückwünschen stieß man miteinander an und nahm einen Schluck. Der Holzkopf schien jedoch nicht so leicht vom Thema ablassen zu wollen.

»Exakt mit welchen Worten hast du sie denn beeindruckt, Tevfiklein?«, fuhr er beharrlich fort. Um ehrlich zu sein, ich teilte Holzkopfs Zweifel an der Richtigkeit der Geschichte.

»Wir haben über vieles geredet«, sagte Tevfik-Schätzchen in einer Pose, die man eher von Clark Gable erwartet hätte. »Der eigentliche Grund aber, warum sie ihre Segel einholte, war mein Gedicht.«

Das war der Moment! Wie aus einem Munde begannen alle ihn anzufeuern, er möge sein Gedicht vortragen. Sogar Metin Amca stimmte ein, indem er ein, zwei Mal leise in die Hände klatschte. Tevfik-Schätzchen zierte sich zwar ein wenig, willigte aber, beeinflusst vom Alkohol und glücklich über den Sieg über seinen lebenslangen Frust, am Ende ein, uns die Zeilen vorzutragen, die seinem Herzen entsprungen waren. Er nahm einen Schluck von seinem Rakı und sagte: »Mein Gedicht heißt *Nacht.*« Dann begann er:

»Nacht / Meines Namens erste Silbe / Liebe hat dagegen zwei / Kennt jemand die Liebe? / Jene rätselhafte Macht / Nacht / Meines

Lebens einzige Freude / Weder vor dir noch nach dir / Wisse, dass ich dich liebte / Ich liebte dich sacht!«

Mir fehlen die Worte, um den losbrechenden Applaus zu beschreiben. Der Holzkopf erhob sich sogar und küsste Tevfik-Schätzchen auf beide Wangen. »Du mein feingeistiger Bruder! Ein Glanzstück, bravo!«

Der Rakı floss in Strömen, Gelächter mischte sich mit Hochrufen, man sprach über den Hochzeitstermin, das Ziel für die Flitterwochen, die Namen der zu erwartenden Kinder des Paares und dergleichen mehr, da wollte ich die nette Atmosphäre natürlich nicht stören. Negative Überlegungen bezüglich des künstlerischen Werts des Gedichts oder der Tiefe der Aussage, die mir in den Sinn kamen, stellte ich dementsprechend zurück. Allerdings konnte ich – verfluchte Nervensäge, die ich war – mich eines Gedankens einfach nicht erwehren. Als die Begeisterung endlich ein wenig abebbte, ergriff ich das Wort.

»Tevfik Amca.« Am Tisch wurde es schlagartig still. Alle saßen lächelnd da, in freudiger Erwartung, was der Bengel wohl ausheckte. Bis auf meinen Vater. Da er mich besser kannte als die anderen, lud er mich mit seinen Blicken ein, mir das, was ich zu sagen gedachte, zweimal zu überlegen. Das tat ich auch. Was mir im Kopf herumspukte, war eine einfache, technische Frage. Nicht einmal ich könnte damit eine Katastrophe heraufbeschwören.

»Wie heißen Sie eigentlich mit Nachnamen?«, fragte ich denn auch gelassen.

»Ulusoy«, antwortete Tevfik-Schätzchen mit einem Lächeln.

»Oksana Ulusoy«, murmelte er freudig in sich hinein.

»Haben Sie denn einen zweiten Vornamen?«

»Nö. Wieso?«

»Ihr Gedicht … Ihr schönes Gedicht beginnt doch mit *Nacht / Meines Namens erste Silbe*. Da habe ich mich gefragt, ob das wirklich in Ihrem Namen auftaucht. Ist natürlich Quatsch.«

Wie sehr ich mich plötzlich wieder einmal hasste! Was sollte der Scheiß? Für nichts und wieder nichts hatte ich meinen Finger auf eine wunde Stelle des Gedichts gelegt. ›Wäre es bloß dabei geblieben!‹, muss ich jedoch im Nachhinein denken.

»In meinem Namen nicht«, erwiderte Tevfik-Schätzchen verständnisvoll. »Aber in meinem Nickname.«

Das hätte mir ja vollauf genügt. Mich interessierte keine Spur, was er da redete, wir hätten das Thema beenden können. Ich wusste aber, dass die anderen der Verlockung des Fragezeichens, das sich mit dieser Antwort in die süße Stille pflanzte, nicht würden widerstehen können. Der Amca Bey stellte die zu dem verdammten Satzzeichen passende Frage: »Nickname?«

»Nachtflügel«, erklärte Tevfik-Schätzchen, während er mit seinen drei Zähnen ein Stück Käse zu verkleinern versuchte. »Mein Nickname im Internet.«

Nichts zu machen. Die Schneeflocke hatte sich in eine Lawine verwandelt, Pandoras Gedärm trat in Aktion. »Was für 'n Internet denn?«

»Ich habe mich doch in letzter Zeit nicht mit ihr treffen können«, hub Tevfik-Schätzchen zu einer detaillierten Erklärung an. Na Prost Mahlzeit.

»Ich habe einen Neffen, Süleyman, der hat im Internet nach dem Namen Oksana gesucht. Da sieht er, dass sie im Internet Live-Chat oder so was macht. Ich verstehe ja nicht viel von Computern, da meint Süleyman: ›Melde dich auf ihrer Chat-Seite an, denk dir einen Nickname aus, gib deine Kreditkartennummer an, fertig! Danach kannst du mit deiner Liebsten reden, so lange du willst.‹ Ich kann gar nicht sagen, wie sehr ich mich gefreut habe. Dann hat mir mein Neffe gezeigt, wie das geht, so bekamen wir wieder Kontakt.«

»Hat sich Süleyman deinen Nickname ausgedacht?«, lautete die Frage des Holzkopfs. Ich war nicht gerade begeistert, dass unsere Hirne derart parallel arbeiteten, aber das ist eine andere Geschichte.

»Den habe ich ausgewählt«, sagte Tevfik-Schätzchen mit unverhohlenem Stolz. »Dann fing ich natürlich an, ihr von mir zu erzählen. Allmählich lernte sie mich kennen, und je besser sie mich kannte, umso mehr mochte sie mich, so hat sich das eben entwickelt. Letzten Endes haben wir beschlossen, uns morgen zu treffen.«

»Halt, warte«, sagte der Holzkopf. Seine Stimmung war auf dem Höhepunkt. »Du hast also doch wieder gegen Bezahlung mit dieser Frau zu tun, stimmt's?«

Tevfik-Schätzchen bestätigte mit einem Nicken. »Die halbe Stunde kostet zehn Dollar, danach berechnen sie pro Minute einen Dollar neunundneunzig. Eh, so verdient sie halt ihr täglich Brot. Das gönne ich meiner Auserwählten von Herzen. So haben wir noch einmal ganz von vorne angefangen. Sie ist mir gegenüber sogar warmherziger als früher. Sie hat mir ganz schön den Hof gemacht.«

»Stimmt, das merke ich«, sagte der Holzkopf. »Und dich bald auch um Haus und Hof gebracht.«

»Habt ihr euch denn gesehen während eurer Unterhaltung?«, fragte der Amca Bey.

»Ich hab sie gesehen, sie mich aber nicht.«

»Aber sie weiß doch, wer du bist, oder?«, warf mein Vater mit Bedacht ein.

»Im Augenblick kennt sie mich als Nachtflügel«, erwiderte Tevfik-Schätzchen, noch immer höchst zufrieden mit sich selbst. »Das wird vielleicht eine Überraschung, wenn sie mich morgen sieht!«

Nicht einmal der mit größtem Vergnügen Leute veräppelnde Holzkopf schien die Unbedarftheit seines Freundes länger ausnutzen zu wollen.

»Nachtflügel«, meinte er seufzend. »Was soll ich dazu sagen? Möge Allah dich glücklich machen, *Kardeşim*.«

»Danke dir«, erwiderte der Nachtflügel. Niemand äußerte sich mehr zu dem Thema. Still war man übereingekommen, dass nichts dagegen sprach, wenn Tevfik-Schätzchen seinen Traum vom Glück noch eine Nacht weiterlebte.

Etwa fünf Minuten später unternahm meine Mutter den Versuch, mich ins Bett zu schicken, doch dank der Unterstützung unserer Gäste auf mein Mosern hin erlaubte sie mir, mich bis zum Ende der Veranstaltung auf das Wohnzimmersofa zu legen. Eigentlich wollte ich mich lieber noch weiter betrinken, aber ich rollte mich auf dem Sofa ein, denn ich fürchtete, in mein Zimmer befördert zu werden, wenn ich zu sehr protestierte. Anstatt einsam und allein in meinem Zimmer mit den düsteren Gedanken über das an mir verübte Attentat zu kämpfen, war das Einschlummern mit den Plaudereien der liebenswerten Irren im Ohr die weitaus bessere Alternative.

Eine Weile wurde weiter getrunken und geschwatzt. Mit steigendem Alkoholpegel gewannen die Erinnerungen spürbar an Gewicht; man erhob die Rakı-Gläser nun auch auf das Wohl von Geistern: auf den großen Hüseyin Bey, von dem nicht ein einziges Werk jemals veröffentlicht wurde; auf den romantischsten Gangster von Beşiktaş, Şeref alias Panş, hinter dem eine Zeit lang die gesamte Polizei hergewesen war, auf seine geliebte Bebeka mit ihrer legendären Schönheit und auf unvergessene Fußballer von Beşiktaş. Die Blicke umwölkten sich, die Stimmen begannen zu beben. Peu à peu überließen die Worte dem Unausgesprochenen das Feld.

Im Gedanken, der Abend ginge auf diese Weise zu Ende, wollte ich mich langsam, aber sicher dem Schlaf hingeben, als ich die Stimme des Amca Bey vernahm. »Auf Adalet!«

Wie an der Strippe gezogen fuhr ich hoch. Der Amca Bey hielt Metin Amca sein Glas hin, doch es waren Holzkopf, Tevfik-Schätzchen und meine Mutter, die dieser Aufforderung folgten. Eine seltsamere Stille als vorher, eine plötzliche Anspannung beherrschte die Atmosphäre. Gebannt wartete ich ab, was geschehen würde. Etwas überaus Ernstes war im Anmarsch, das ahnte ich. Kein einziges Wort, nicht einmal die kleinste Bewegung wollte ich verpassen. Mit einem Mal wurde Metin Amca von einem Schluchzen geschüttelt. Ohne die Fragen der anderen abzuwarten, stand er vom Tisch auf und rannte, nicht ohne sich vorher bei allen für den Vorfall zu entschuldigen, zur Toilette.

»Was ist los?«, fragte meine Mutter.

»Adalet war Metin Abis Frau«, erklärte der Holzkopf. »Sie hat sich vor drei Jahren das Leben genommen.«

Ich spitzte die Ohren und ignorierte dabei die winzige Möglichkeit, dass es sich bei der Besagten nicht um die Frau handelte, die mein Onkel sein Leben lang geliebt hatte, sondern um eine andere Adalet. »Sie waren gerade mal drei Monate verheiratet. Der Mann hatte kein Glück.«

»Selbstmord ist aber doch keine Lösung«, erwiderte meine Mutter automatisch. »Was sie wohl für ein Problem hatte?«

»Sie liebte einen anderen, *Yengeciğim*«, antwortete Metin Amca, der gerade ins Wohnzimmer zurückkehrte. Gesicht und Haar waren nass, seine Augen blutunterlaufen. Er setzte sich wieder an seinen Platz. »Es war von Anfang an klar, aber ich habe immer vorgezogen, es nicht zu sehen.«

»Du versündigst dich an der armen Frau, Metin«, sagte der Amca Bey.

»Nein, nein«, erwiderte Metin Amca. »Ich weiß, dass sie nichts getan hat, was unsere Ehe überschattet hätte. Wie hätte sie auch? Ich habe sie ja nur mit Mühe aus dem Haus lotsen können. Von morgens bis abends saß sie wortlos in einer Ecke und weinte vor sich hin. Ich rede von früher. Sie liebte jemanden anderen, bevor sie mich heiratete. Und wegen dieser unerfüllten Liebe nahm Adalet sich das Leben.«

»Woher nimmst du denn so was, Metin Abi?«, warf der Holzkopf ein. »Damit machst du dich traurig und uns auch.«

Meiner Meinung nach war es nicht so, dass der Holzkopf Metin Amcas Einwürfen keinen Wert beimaß. Es störte ihn vielmehr, dass ein Mann im Beisein aller derart entspannt über die Liebe seiner Frau zu einem anderen Mann reden konnte. Das kommt in der Tat nicht häufig vor. Wieder einmal sah ich, welch gefährliche Mischung Alkohol und Gewissensbisse ergeben.

»Sie hat sich mir gegenüber nie falsch verhalten«, sagte Metin Amca und nahm noch einen Schluck von seinem Rakı. Ob er nun mit uns oder zu sich selbst sprach, war kaum zu unterscheiden.

»Sie war stets höflich, stets voller Respekt … immer distanziert. Manchmal sah ich in ihren Augen sogar einen Funken von Zuneigung und Zärtlichkeit. Das war alles. Sie liebte mich nicht. Vielleicht bin ich auch deswegen beinahe verrückt geworden vor Liebe. Eines Tages fragte ich sie: ›Warum, Adalet? Warum liebst du mich denn nicht? Bin ich so hässlich, dass man mich nicht lieben kann?‹«

Metin Amca hatte Tränen in den Augen, ein stummes Lachen entrang sich seiner Kehle. Mein Vater berührte ihn an der Schulter, um ihn ein wenig zu besänftigen. Leider war dieser naive Mitreisende in der Karawane der ewig Unglücklichen nicht mehr aufzuhalten. Er wischte sich mit den Handflächen die Tränen weg und fuhr fort.

»›Metin Bey‹, sagte sie zu mir, ›Ihr seid ein herzensguter Mensch. Natürlich verdient Ihr die ganze Liebe einer Frau. Verzeiht mir, dass ich Euch diese Liebe nicht geben kann. Ich vergleiche die Liebe eher mit dem Tod als mit dem Leben. Und der Mensch stirbt nur einmal.‹«

Entgegen allen Erwartungen beendete Metin Amca seine Geschichte nicht mit weiteren Tränen, sondern indem er herzlich lachend sein Glas erhob. »Wer könnte da widersprechen?«

Saßen die Puzzlesteine nun alle an ihrem Platz oder waren sie völlig durcheinander geraten?

Wenn man davon ausging, dass die Liebe meines Onkels nicht unerwidert geblieben war, dann war der Mann, den Adalet geliebt hatte, exakt der, zu dessen Ehren wir hier zusammengekommen waren. Warum ging sie dann hin und heiratete einen seiner besten Freunde? Um ihm auf diese Weise nah sein zu können? Um den anderen leiden zu lassen? Hatte Metin Amca davon gewusst? Welchen Platz nahm Feriha in diesem Gefüge ein?

So viele Fragen, die in diesem Leben auf eine Antwort warteten, und so viele unsichtbare Liebesdreiecke!

»Wir sollten uns allmählich empfehlen«, sagte der Amca Bey und erhob sich von seinem Stuhl. Zeitgleich rannte Metin Amca unter Würgen noch einmal auf die Toilette.

Ratlos sahen die Freunde einander an.

»Macht euch keine Sorgen«, sagte mein Vater. »Metin bleibt heute Nacht bei uns.«

Dann wandte er sich an meine Mutter. »So können wir den armen Kerl nicht wegschicken. Wir machen ihm den Diwan bei unserem Jungen im Zimmer.«

Der Alkohol hatte meine Mutter in ein sanftes Lämmchen verwandelt.

»Aber natürlich, Schatz«, stimmte sie zu. »Wir geben ihm auch gleich einen Pyjama!«

Was hätte man angesichts solcher Großmut sagen können? Noch einmal verkündeten die leidenden Freunde meines Onkels ihr Beileid, dann verließen sie unsere Wohnung, auf den Lippen manch alte türkische Weise, in einer Intonation, bei der sich die jeweiligen Komponisten im Grab herumdrehten. Während meine Mutter aus dem Bettzeug, das sie in meinem Zimmer aus einem Bündel herausgezogen hatte, das Naphtalin herausfriemelte, ging mein Vater zur Toilette, um nach Metin Amca zu sehen. Ich selbst krepierte fast vor Müdigkeit. Es war ein extrem langer, harter Tag gewesen. Ich musste sofort ins Bett. Leider hat Übermüdung in der Tat einen ähnlichen Effekt wie Trunkenheit. Kommt dann auch noch Alkohol hinzu, kann es einen zu nicht unbedingt sinnvollen Handlungen verleiten. Anstatt mich aufs Ohr zu hauen, fand ich mich denn auch am Telefon beim Drehen der Wählscheibe wieder. Als nach fünf-, sechsmaligem Läuten niemand abnahm, wollte ich schon, auch ein wenig erleichtert, auflegen, doch da ertönte eine schläfrige Frauenstimme. »Hallo?«

»Hatice Abla?«

Pause. Pause. Pause. »Bist du's? Ich hab geschlafen.«

»Ja, entschuldige …« Pause. Pause. Pause.

»Was ist? Ist was passiert?« Nun klang sie ein wenig besorgt.

»Nein, nein«, erwiderte ich. »Ich wollte mich bei dir bedanken, dass du mir heute das Leben gerettet hast.«

»Geh und schlaf, es ist schon nach zwölf.«

»Und da ist noch was … Ich liebe dich.«

»Ich lieb dich auch. Komm jetzt, auf ins Bett.«

Mein Gott, was für eine Enttäuschung für mich! Dabei hatte ich wohl gehofft, dass sie so etwas sagen würde wie: »Na, dann komm und entführe mich.«

Das war natürlich Quatsch, heute kann ich das viel klarer sehen. »Entschuldige die Störung. Gute Nacht.«

»Nein«, antwortete sie völlig unerwartet. »Das darfst du nicht.«

Damit meinte sie wahrscheinlich, ich sollte nicht saufen und sie dann mitten in der Nacht anrufen. Trotzdem musste ich sie fragen. »Was denn?«

»Der Person, die du liebst, darfst du niemals ›Gute Nacht‹ sagen. Weil du sie damit auf den Gedanken bringst, dass der Schlaf zwischen euch tritt.«

Ahhh, mein Herz! Mit beiden Händen knallte ich den Hörer auf. Sie war genauso krank wie ich.

»Was treibst du denn da?« Ich fuhr herum. Mein Vater hatte mich auf frischer Tat ertappt.

»Falsch verbunden«, sagte ich. »Wie geht es Metin Amca?«

Eine weitere wichtige Eigenschaft, über die ein Lügner verfügen muss, ist die Begabung, das Thema geschickt zu wechseln.

»Gut«, antwortete mein Vater. »Er hat sich gerade hingelegt. Los jetzt, dir auch gute Nacht.«

Er strich mir über den Kopf und ging ins Wohnzimmer. Er war offensichtlich bedrückt. Ich warf einen Blick nach hinten in den Flur. Die Lichter waren gelöscht. Ich hörte das leichte Schnarchen meiner Mutter. Ich schaute noch einmal ins Wohnzimmer; mein Vater saß inzwischen auf dem Balkon. Nun war klar, wo ich hin musste.

Behutsam wie eine Katze schlich ich mich auf den Balkon. Mein Vater bemerkte mich nicht einmal. Er saß da mit seinem Rakı-Glas in der Hand, sein Blick harrte irgendwo in der Vergangenheit. Im Mondlicht strahlten seine blauen Augen noch intensiver als sonst. Wasser reflektiert nämlich das Licht. Bis zu jenem Tag hatte ich noch in keinem Gesicht einen solchen Gram gesehen. Mit einem Mal waren all die Fragen, die ich zu Adalet, meinem Onkel und Metin Amca stellen wollte, wie verflogen.

»Papa, warum bist du so traurig?«

Er drehte den Kopf und sah mich an. Einen Moment lang, nur ganz kurz, sah ich eine dünne Eisschicht zwischen mir und seinen Augen. Doch sein Blick wurde sogleich weicher. Er stellte sein Rakı-Glas zur Seite, zog mich lächelnd zu sich heran und umarmte mich ganz fest. »Warum sollte ich denn traurig sein? Ich habe doch einen Prachtkerl von einem Sohn.«

Dann gab er mir einen dicken Kuss auf die Wange. »Jetzt aber ab in die Heia.«

Zaudernd sah ich ihn an. Ich hatte Verständnis dafür, dass er allein sein wollte. Was aber, wenn er sich vom Balkon stürzte, nachdem ich reingegangen war? »Gehst du nicht ins Bett?«

»Du Schlingel«, sagte er lachend und gab mir einen Klaps auf den Hintern. »Marsch! Marsch!«

»Okay. Ich geh ja schon. Aber morgen muss ich dir etwas sehr Wichtiges erzählen. Es ist sehr wichtig, okay?«

Sollte er von mir gehen, ohne dass ich ihm diese sehr wichtige Sache erzählen konnte, würde das eine ewig blutende Wunde in mir hinterlassen, okay? Das sollte er sich überlegen, bevor er irgendetwas tat. Nachdem ich nun meinen letzten armseligen Trumpf ausgespielt hatte, begab ich mich hilflos in mein Zimmer.

Auf dem parallel zu meinem Bett stehenden Diwan lag Metin Amca reglos auf dem Rücken. Ich konnte nicht erkennen, ob er schlief, ich jedenfalls zog meinen Schlafanzug möglichst geräuschlos an und legte mich ins Bett, schloss die Augen und wartete eine Zeit lang, in der Hoffnung, den Schlaf zu überlisten. Doch der Schlaf hatte einen zu wachen Geist und ließ sich mit solchen Spielchen nicht überlisten. Inspiriert von Ümits Technik drückte ich mir mein Kissen aufs Gesicht. Vielleicht würde ich ohnmächtig, wenn ich den Sauerstoffzufluss in mein Gehirn ein wenig drosseln könnte. Doch auch das schien nicht viel zu nützen. Unruhig warf ich mich in meinem Bett hin und her. Da sah ich, dass ein feiner Lichtstrahl zwischen Fenster und Vorhang hindurch auf Metin Amcas Gesicht fiel. Der Mann auf dem Diwan beobachtete mich mit unbeweglichen Augen. Ein furchterregender Blick, bei dem man weniger an einen Alkoholrausch dachte als vielmehr an Wahnsinn.

»Ich kann nicht einschlafen«, sagte ich, weil die Stille alles nur noch grauenvoller machte. Als Antwort kam ein leises Wimmern. Damit wollte ich mich nicht begnügen.

»Metin Amca, ich möchte etwas fragen«, sagte ich mit vollem Risiko. »Hat es dich je interessiert, wer dieser andere Mann war, den Adalet Hanım liebte?«

»Hat es nicht«, erwiderte Metin Amca mit ruhiger Stimme, in der keine Spur von der Trunkenheit von eben anklang. »Ich wollte nie wissen, wer er war. Ich hätte ihm ja kaum an die Gurgel gehen können, weil er und Adalet sich liebten. Ich hätte niemandem böse sein können, bloß weil er sie liebte.«

Nach diesen logischen und einleuchtenden Worten richtete er sich auf einem Ellbogen auf wie eine Leiche vom Aufbahrungstisch. »Aber dass er der Grund für ihren Selbstmord war, dafür gibt es keine Ausflüchte. Wenn ich wüsste, wer er ist, würde ich ihn eigenhändig umbringen.«

9. wortgefecht mit einem kamikaze

Den Sonntag hatte ich in meinem Zimmer verbracht, gedöst, schamlosen sexuellen Fantasien nachgehangen und, dem unschicklichen Gedanken die Stirn bietend, der sich immer wieder in einem Winkel meines Gehirns bemerkbar machte – ›schon dreihundert Seiten, und noch immer ist dieser verfickte Fisch nicht aufgetaucht‹ –, Moby Dick gelesen. In dieser Form hatte ich meinen Körper und Geist einen Tag brachliegen lassen, nun bereit, von Montagmorgen an in eine Woche voller neuer Lügen, Verrat und Qualen zu starten. Ein schlechter Plan ist besser als gar keiner, heißt es ja immer so schön, und so wenig ich auch von der Richtigkeit dieser Aussage überzeugt bin – allein der Gedanke, dass es auf der Welt nur so wimmelt vor Leuten, die davon träumen, mit um die siebzig in Rente zu gehen, in ein Küstenstädtchen zu ziehen und ein glückliches Leben bis ans Ende ihrer Tage zu führen –, so hatte ich mir eben auch einen mehr oder weniger guten Plan zur Lösung einiger Probleme zurechtgelegt. Nachdem ich in Windeseile das von Hatice Abla vorbereitete Frühstück verdrückt, notwendige Telefonate getätigt und meiner lieben Kinderfrau erklärt hatte, sie bräuchte beim Mittagessen nicht auf mich zu warten, stürmte ich hinaus auf die Straße. In Anbetracht dessen, was gestern und gestern Nacht zwischen uns vorgefallen war, war es nicht besonders nett, mich ihr gegenüber derart desinteressiert zu verhalten, aber wenn ich meine libidinöse Energie dazu aufwenden konnte, die Welt noch unerträglicher zu machen, wollte ich sie nicht für sinnlose Dinge wie Liebesgeschichten verschwenden.

Während ich entschlossenen Schrittes auf mein Ziel zumarschierte, speiste ich den auf mich zukommenden Mümtaz Abi mit einem flüchtigen Gruß ab. Ich nahm an, dass er gleichgültig an mir vorbeigehen würde, doch er baute sich vor mir auf.

»Kommst du nicht zur Versammlung?«, fragte er und war dabei unfreundlich wie immer.

»Leider nein«, antwortete ich. »Richte Kofi Annan bitte meinen Gruß aus, er muss allmählich lernen, manche Missionen ohne mich zu erledigen. Ich habe selbst genug zu tun.«

Der Knabe glotzte mich aus leeren Augen an. Ich machte sogleich einen Rückzieher, denn die Bestrafung dafür, ältere Jungen für dumm zu verkaufen, wird bei uns sofort und in aller Härte ausgeführt.

»Was für eine Versammlung denn? Ich weiß gar nichts davon ...«

»Eine Kriegsversammlung«, meinte der Arsch von einem Fittipaldi großkotzig. »Bei Yüksel im Garten.«

Wenn man daran denkt, dass der pompöse Garten der Yüksels nicht nur für Kriegsversammlungen benutzt wurde, sondern auch, um manche geistig minderbemittelten Freunde unter dem Vorwand einer Versammlung herzulocken und ordentlich zu vertrimmen, und dass Jugendliche in Mümtaz Abis Alter normalerweise null Interesse an unseren Angelegenheiten hatten, war es angeraten, mit Besonnenheit vorzugehen.

»Gegen wen ziehen wir denn in den Krieg?«

Mit Mümtaz Abi war nicht zu spaßen. Er packte mich fest am Arm, riss mich herum, und kaum, dass ich mich versah, ging ich mit ihm gemeinsam zu Yüksels Garten. »Gegen das Paris-Viertel.«

»Warum? Wollen wir freiwillig ins Gras beißen?«

»Diesmal sind sie einfach zu weit gegangen, deswegen.«

Unsere verfeindeten Brüder aus dem Paris-Viertel liebten es, hin und wieder in die Nachbarviertel einzufallen, um die Kinder beim Spielen zu stören oder ihre Bälle oder Murmeln zu beschlagnahmen, aber umfangreichere Aktionen nahmen sie selten in Angriff. Es sei denn, es ging um eine persönliche Angelegenheit.

»Was haben sie denn gemacht?«, fragte ich neugierig.

»Sie haben mein Automobil gestohlen.«

»Das *Düldül*?«

»Mein Automobil«, wiederholte Mümtaz Abi. Offenbar mochte er den Namen *Düldül* auch nicht.

Ich platzte beinahe vor Neugier, doch bevor ich die Gelegenheit hatte, weitere Fragen zu stellen, waren wir im Garten von Yüksels Familie angekommen. Tatsächlich hatten sich Cemalettin, Celal der Hänfling, Burhan, Yüksel und sieben, acht weitere Personen im Alter zwischen fünf und zehn im Garten eingefunden. Mit Mümtaz Abis Betreten der Kommandozentrale kam Bewegung in die Truppe. In wenigen Minuten hatten sich die meisten Jungen in der Mitte zusammengerottet. Wie Celal der Hänfling und Burhan bezog ich Stellung an einem Ort, der nahe genug bei der tollkühnen militanten Truppe war, um ihr Gespräch zu verfolgen, aber auch weit genug entfernt, um meine Vorbehalte bezüglich des erwähnten Himmelfahrtskommandos zu demonstrieren.

Offensichtlich erwarteten alle von Mümtaz Abi eine Rede, die ihre Emotionen in Wallung brachte und jeden Einzelnen in einen kleinen Rambo verwandelte. Mümtaz Abi war sich dieser Erwartung bewusst und schrie: »Denen werden wir die Fresse polieren!«

Und mit Tränen in den Augen fügte er hinzu: »Die Hurensöhne haben mein Automobil gestohlen!«

Also allzu Spartakus-mäßig klang das nicht. Das eigentlich Verwunderliche war jedoch, dass es genügte, um die milchgesichtigen Halbstarken in Miniaturmonster zu transformieren. Während manche Mümtaz Abis Worte »Wir polieren ihnen die Fresse« und »Sie haben unser Automobil gestohlen« wiederholten, waren manche anderen nicht zu bremsen, sprangen auf und begannen unter wildem Kampfgeschrei, mit Stöcken auf die Bäume einzuprügeln. Kaum zu glauben, dass diese Herde durchgeknallter Schwachköpfe zur selben Spezies gehörte wie Leonardo da Vinci.

Burhans Intervention war es, die der Massenhysterie Einhalt gebot.

»Hallooo! Beruhigt euch, Männer!«, rief er und stand auf. Nachdem alle verstummt waren, lauschten wir gemeinsam der Stimme der Logik und Vernunft. »Das war eine schöne Rede, aber eigentlich sollten wir besprechen, welche Strategie wir festlegen wollen.«

Dieser heikle Punkt verblüffte Mümtaz Abi im selben Maß wie die Zwergenarmee: »Na ... Wir gehen halt hin und polieren ihnen die Fresse.«

Auch wenn er damit sein taktisches Genie präsentierte, machten seine Worte scheinbar nur wenig Eindruck. Das bemerkte die Knalltüte von einem Stabschef und ging, noch bevor zweifelndes Gemurmel unter den Jungen aufkommen konnte, zum Gegenangriff über. »Wer an das Ende denkt, wird nie ein Held, Junge! So ist das!«

»Stimmt«, meinte der gottverdammte Burhan beipflichtend.

»Eine Armee ohne taktische Disziplin aber ist zur Niederlage verurteilt«, faselte er dann unter Zuhilfenahme von Sunzi. Offensichtlich ging es ihm gegen den Strich, dass er seine natürliche Führungsautorität bei gewalttätigen Auseinandersetzungen, diesmal durch sein junges Alter benachteiligt, an einen Trottel wie Mümtaz Abi abtreten musste. Natürlich dauerte es nicht lange, bis auch er anfing, Unsinn zu reden. Laut Burhan musste vor Beginn der Bodenoffensive ein geschickter Angriff aus der Luft erfolgen. Ein Heer von Bogen- und Steinschleuderschützen sollte bereits eine Nacht vorher auf den Dächern im Paris-Viertel Stellung beziehen. Diese Kräfte würden den Feind, der mit einer Feldschlacht rechnete, mittels einer Überraschungsattacke überrumpeln; im Anschluss würden Bodentruppen mit in Teer getauchten Knüppeln zum Angriff übergehen und die Soldaten des Paris-Viertels vernichtend schlagen. Burhans Plan wurde auf den ersten Blick mit großer Begeisterung aufgenommen, geriet jedoch durch Cemalettins Frage, wie viele unserer aus einem

Dutzend Soldaten bestehenden Armee bei den Bodentruppen beziehungsweise in der Luftwaffe eingesetzt werden sollten, ernsthaft ins Wanken, woraufhin eine lebhafte Diskussion losbrach, inwieweit man eine Allianz mit anderen Vierteln eingehen sollte, die das Paris-Viertel mindestens so sehr hassten wie wir. Höchste Zeit, diesen Unfug zu beenden.

»Freunde«, brüllte ich. »Hört ihr eine Minute zu?«

Niemand schenkte mir sein Ohr, doch als Burhan, wohl gewahr, dass sein Plan den Bach hinunterging, sie aufforderte, still zu sein, klappten sie ihre Mäuler zu und sperrten ihre Lauscher auf.

»Freunde«, wiederholte ich. »Seid ihr übergeschnappt?«

Ich überhörte ihre Proteste und sprach weiter: »Überlegt doch mal. Hier in der Gegend bekriegen sich die Viertel ständig untereinander. Aber hat irgendjemand gehört, dass eins dem Paris-Viertel den Krieg erklärt hätte? Nein. Und warum nicht? Weil sie einen nach Strich und Faden vertrimmen.«

»Wenn es hart auf hart kommt, sagen wir, wir geben auf, und Schluss ist«, rief ein Blödmann.

»Den Spruch nehmen sie und stecken ihn dir irgendwo rein«, erwiderte ich. »Unsere Kriege sind für die nichts als ein Kinderspiel. Wenn ihr euch mit denen anlegt, geht ihr nicht nur mit ein paar Schrammen nach Hause, sondern bestenfalls mit einem eingeschlagenen Schädel. Kommt endlich zur Vernunft.«

»Wenn du Schiss hast, dann geh doch«, meinte Yüksel, der Scheißkerl, aus einer Ecke. »Niemand zwingt dich, mitzukommen.«

»Yüksel«, sagte ich. »Ich scheiß' ich dir gleich ans Bein! Woher wollt ihr übrigens wissen, dass sie das *Düldül* geklaut haben?«

»Cemo hat's gesehen, Junge«, entgegnete Mümtaz Abi in barschem Ton. Offensichtlich war er total genervt über das, was ich gesagt hatte. »Wer würde es denn sonst klauen?«

»Der Hänfling und ich haben es beim Murmelspielen beobachtet«, antwortete Cemalettin, der bemerkte hatte, dass sich alle Blicke auf ihn richteten. »Mümtaz Abis *Düldül* stand bei Zuhal vor der Haustür. Zwei haben sich das Ding geschnappt und es weggetragen.«

»Sie haben es bei Zuhal vor der Haustür weggetragen«, bestätigte Celal der Hänfling, der etwas weiter vorne saß und auf einem Zweig herumkaute.

»Was hat denn Zuhal damit zu tun?«, brauste Mümtaz Abi auf. Er sah ein, dass er Unsinn redete, und lenkte seine Wut auf mich. »Okay, Mann, wir haben kapiert, was du für einer bist. Ein totaler Hosenscheißer bist du. Wer gehen will, geht, und wer bleibt, kämpft bis zum Umfallen.«

Ich kann gar nicht sagen, wie sehr den Bastarden diese Sprüche gefielen. »Feigling« und »Verräter« schreiend bildeten sie einen Kreis um mich. Ich hatte immer gewusst, dass Lynchen schon bei unseren Ahnen eine beliebte Sportart gewesen war.

»Gut«, meinte ich, wohl bewusst, dass ich mich allmählich vom Acker machen musste. »Macht, was ihr wollt.«

Bemüht, mir meine Anspannung nicht anmerken zu lassen, begab ich mich zu der Stelle, an der der Kreis der kleinen Monster am dünnsten war. Gerade, als ich hindurchgehen wollte, baute sich einer der Jungen vor mir auf. Ohne eine Sekunde nachzudenken, stieß ich den Schuft mit beiden Händen von mir. Der Typ strauchelte ein paar Schritte nach hinten und fiel hin. Wäre ich weitermarschiert, als wäre nichts geschehen, hätten sie mich höchstwahrscheinlich in die Mangel genommen. Wer flieht, wird bekanntlich gejagt. Also nagelte ich zuerst den Jungen, der wieder aufgestanden und drauf und dran war, mir an die Kehle zu springen, mit meinen Blicken an seinem Platz fest, stemmte dann die Hände in die Seiten und drehte mich um, bereit, mich den anderen zu stellen. Sie begriffen schnell, dass ich mit größtem Vergnügen mit jedem abrechnen würde, der auf Ärger aus war. Mit einem Mal wirkten sie alles andere als entschlossen, sich mit mir zu prügeln. Nach fünf bis zehn laut- und reglosen

Sekunden akzeptierte der Kommandeur *a priori* Burhan meinen Wunsch, wegtreten zu dürfen.

»Lasst den Jungen gehen!«

Nachdem ich mich überzeugt hatte, dass die Gefahr gebannt war, ließ ich die kleinen Schwachköpfe mit ihren dämlichen Plänen allein. Ich hatte weitaus Wichtigeres zu erledigen. Allerdings war ich mit meinen Nerven ziemlich am Ende. Tränen schossen mir regelrecht aus den Augen, als ich loszurennen begann. Ich hielt nicht an, bis ich im Güzelyayla im zweiten Stock vor der Wohnungstür Nummer sechs angekommen war. Nachdem ich ein paar Mal kräftig durchgeatmet und meine Gefühle unter Kontrolle gebracht hatte, drückte ich erbarmungslos auf die Klingel. Ich musste Sturm läuten, bis Dilek Abla endlich aufmachte.

»Was willst du?«, brummte sie.

»Eine Inspektion durchführen«, sagte ich und schlüpfte durch die Lücke unter ihrem Arm hindurch, mit dem sie sich an den Türpfosten angelehnt hatte. Während Dilek Abla hinter mir herjagte, warf ich schnell einen Blick durch die Küchen- und Wohnzimmertüren und begab mich dann in den Flur, von dem die Schlafzimmer abzweigten. Erst als ich im letzten Zimmer gesehen hatte, was ich sehen wollte, holte Dilek Abla mich ein.

»Wie ich gedacht hatte«, meinte ich, ohne ihr die Gelegenheit zu geben, loszuschreien.

»Was … was redest du da?«

»Wo ist Ümit?«, lautete meine Gegenfrage.

»Sie haben ihn wieder unter Beobachtung genommen. Das hat er dir zu verdanken.«

»Das tut mir sehr leid, aber ich habe ihn nicht gebeten, mich in den Pool zu stoßen. Und wo sind die anderen?«

»Verschwinde«, sagte Dilek Abla und drehte mir den Rücken zu. »Und komm nie wieder.«

Ich trat neben sie und berührte sanft ihr schiefes Handgelenk. »Ist es das wirklich wert?«

Dilek Abla blickte mich voller Erstaunen an.

»Ümit war sauer auf mich, weil ich nicht glaube, dass er den Mord begangen hat.«

»Was meinst du?«

»Ich denke, dass er die Schuld eines anderen auf sich nimmt.«

»Was redest du da? Wessen Schuld denn?«

Ich war mir nicht sicher, ob sie aufrichtig war oder mich für dumm verkaufen wollte.

»Ich weiß von der schlechten Angewohnheit eurer Mutter«, sagte ich. »Die blauen Flecken auf Ümits Beinen, dein Handgelenk, höchstwahrscheinlich sogar Mehmets Lähmung … Das ist alles ihr Werk, stimmt's?«

Mit einem Mal war sie kreidebleich. In einer Mischung aus Scham und Angst senkte sie den Kopf.

»Safinaz Abla hat erzählt, sie hätte aus Versehen die Glasscheibe einer Tür zerbrochen«, fuhr ich fort. »Daher soll angeblich die Wunde an ihrem Arm stammen. Ich habe gerade nachgesehen. Die Scheiben sind alle intakt, und an keiner gibt es Spuren von frischem Kitt.«

»Und?«, sagte sie nach einer Weile des Nachdenkens. »Glaubst du, dass meine Mutter meinen kleinen Bruder umgebracht hat?«

»Sag du's mir.«

Mit bitterem Lächeln ging Dilek Abla in Mehmets Zimmer. Ich folgte ihr. Zärtlich strich sie über das Kissen ihres kleinen Bruders und setzte sich auf das Bett. Ich platzierte mich auf der Matratze nahe beim Fenster.

»Mehmets Tod«, sagte sie und schluckte, »war eine Strafe Allahs.«

Ich flippte aus.

»Soll es etwa eine göttliche Eingebung deiner Mutter gewesen sein, hinzugehen und ihren Sohn zu töten?«, fuhr ich sie an.

»Hör zu«, sagte Dilek Abla und hob den Zeigefinger ihrer verkrüppelten Hand. »Meine Mutter hat sechs Brüder. Bis zu ihrer Heirat verbrachte sie ihr Leben damit, ihnen zu dienen. Dabei musste sie auch noch unzählige Schläge und Erniedrigungen einstecken. Ihre eigene Mutter, möge sie ihn Frieden ruhen, behandelte sie wie einen Hund, während sie ihre Söhne hütete wie ihren Augapfel.«

Dass Fahriye Teyzes Barbarei in einer männerdominierten Kultur wurzelte, wunderte mich nicht.

»Jeder hat so seinen Grund, durchzudrehen«, sagte ich. »Das gibt ihm aber nicht das Recht ...«

»Hör zu«, unterbrach Dilek Abla mich erneut. »Wie du bereits gesagt hast, ist meine Mutter eine Despotin, sie ist krank und hat uns viel leiden lassen. Aber weißt du, was mich dennoch tröstet?«

Ich hatte nicht die leiseste Ahnung. Und wenn ich vierzig Jahre nachgedacht hätte, wäre ich nicht auf die Antwort gekommen.

»Sie macht keinen Unterschied zwischen Jungen und Mädchen. Sie behandelt uns alle gleich.«

Hatte ich richtig verstanden? Konnte die Tatsache, dass ihre Mutter sie alle im selben Maße folterte, diesem armen Wesen Trost spenden? Würde ich jemals in meinem Leben noch Entsetzlicheres zu hören bekommen? Wahrscheinlich ja. Denn jedesmal, wenn ich sagte: ›Okay, schlimmer kann es nicht kommen‹, fand dieses seltsame Wesen namens Mensch einen Weg, mir noch größeres Grauen zu bereiten. Mir blieb jedesmal nichts anderes übrig, als mit einer Mischung aus Ekel und Respekt meinen Hut vor diesem Wesen zu ziehen.

An diesem Punkt sagte Dilek Abla etwas, das mich aus meinen düsteren Gedanken riss: »Bis auf Safinaz.«

»Wie?«, fragte ich. »Schlägt deine Mutter sie nicht?«

Dilek Abla schüttelte den Kopf. »Safinaz wurde in der Kadr-Nacht geboren, in der Nacht des Schicksals. Sie ist also der Liebling Allahs.«

Schwer zu glauben, dass das reichen sollte, um Fahriye Hanıms Zorn zu zügeln. »Deswegen also? Erhebt sie aus Angst vor Allah die Hand nicht gegen Safinaz Abla?«

»Einmal, als Safinaz noch sehr klein war, hat Mutter ihr eine üble Ohrfeige verpasst«, sprach Dilek Abla weiter. »Sie war vielleicht drei, oder noch nicht einmal. Wir brachten die ohnmächtige Safinaz ins Krankenhaus. ›Kopftrauma‹, sagten die Ärzte. Am nächsten Tag … hatte meine Mutter einen Unfall.«

»Einen Unfall?« Bei all dem Irrsinn hatte eine göttliche Intervention gerade noch gefehlt.

»Sie stürzte die Treppe hinunter. Sie hatte Platzwunden am Kopf, ihr Gesicht war völlig zertrümmert. Ihr Rücken, ihre Arme und Beine waren grün und blau.«

Sie hatte also keine Ahnung, dass ihre Mutter sich wie den anderen körperlichen Schaden zufügte, ja sich selbst vielleicht sogar mehr. Als könnte sie meine Gedanken lesen, fügte Dilek Abla dann allerdings hinzu: »Weißt du, danach ging meine Mutter nicht einmal ins Krankenhaus. Sie weinte und betete die ganze Nacht.«

Das war nun wirklich merkwürdig. »Allah hat also deine Mutter bestraft, weil sie seinem Liebling Schaden zugefügt hat, ja? Glaubst du das wirklich?«

Ich hoffte, dass sie nicht mit einem Ja antworten würde. Ansonsten hätte ich nämlich alles, was sie bisher von sich gegeben hatte, auf der Lügenseite verbuchen müssen.

»Natürlich glaubte ich das nicht«, erwiderte sie zum Glück. Dann wandte sie ihren Blick auf das Bett ihres seligen Bruders. »Bis zu jenem Tag.«

Ich sah tiefen Kummer in ihren Augen. Leider konnte ihr Schmerz nicht verhindern, dass mir mit einem Mal das Blut in den Kopf schoss. Ich hatte nämlich eine ungefähre Ahnung, wie sie die Verbindung zu Mehmets Tod herzustellen gedachte. Trotzdem wartete ich mit fest aufeinander gepressten Zähnen auf ihre Erklärung.

»Einen Tag vor … Einen Tag vor Mehmets Tod hatten wir einen Riesenstreit mit Safinaz, weil sie das Essen hatte anbrennen lassen. Ich drehte völlig durch und presste Safinaz' Arm auf den heißen Herdrost. Den Geruch von verbranntem Fleisch habe ich noch immer in der Nase. Ich war total traurig, ich weinte die ganze Nacht. Aber umsonst … Was geschehen war, war geschehen.«

»Du warst es also, die Safinaz verletzt hat?«

Dilek nickte. Ich hatte an meinen Wangen herumgekaut und schmeckte das Blut, das sich in meinem Mund verteilte. Mein Magen verkrampfte sich, mir wurde schwindelig im Kopf. Dass sie an die Richtigkeit ihrer Worte glaubte, war schlimmer als das Bild, das sie gezeichnet hatte. Das Einzige, was mich diese aufschlussreiche Geschichte lehrte, war, dass in dieser Familie jeder den jeweils Schwächeren erbarmungslos folterte. Was für ein Gräuel war das? Wütend sprang ich auf die Füße. »Ich gehe.«

Schweigend folgte mir Dilek Abla bis zur Wohnungstür. Gerade als ich hinausgehen wollte, sagte sie: »Mein Bruder ist meinetwegen gestorben. Um mich zu bestrafen, hat Allah uns Mehmet weggenommen.«

Da hatten wir's also. Nun hatten alle Kinder die Verantwortung für den Mord auf sich genommen. Ich rannte einige Stufen hinunter, blieb stehen und drehte mich zu Dilek Abla um, die mich von der Schwelle aus beobachtete. Ich konnte diese schrägen, kranken, sadomasochistischen Überlegungen nicht unkommentiert stehenlassen.

»Weil du einem Kind wehgetan hast, nimmt Allah einem anderen Kind das Leben, und das ist dann Gerechtigkeit?«

»Gerechtigkeit wird es erst nach dem Weltuntergang geben, vor dem Jüngsten Gericht«, erklärte Dilek Abla ruhig. Mit einem Lächeln auf den Lippen sagte sie dann einen letzten Satz, der mir das Blut gefrieren ließ: »Wer in dieser Welt nach Gerechtigkeit sucht, der findet nur Unheil!«

* * *

Meine Befürchtung, sie würde nicht kommen, war umsonst gewesen. Begüm Gülüm, die »andere Frau« in meinem Leben, lehnte an der gelben Wand des Polizeipräsidiums und wartete auf mich. Wobei ich mir nicht sicher bin, ob sie auch gekommen wäre, wenn ich nicht gedroht hätte, mich umzubringen, würde sie nicht genau zu Mittag hier sein, aber sei's drum. Wie heißt es so schön: In der Liebe und im Krieg ist alles erlaubt. (Ja, eine widerliche Einstellung, ich geb's zu.) Als die Frau Doktor mich sah, kam sie wütend auf mich zu.

»Was ist los? Warum hast du mich hierher bestellt?«

Wortlos fasste ich sie an der Hand und und schritt mit ihr bis zur Eingangstür. Der Wachmann, der Begüm Gülüm, wie mir nicht entgangen war, bereits auf unserem Weg eingehend inspiziert hatte, hob seine MP ein wenig und hinderte uns am Weitergehen.

»Na hallo? Denkst du, du bist hier auf dem Bauernhof deines Vaters?«

»Wir haben einen Termin bei Onur Çalışkan«, erwiderte ich streng. »Wenn du nicht sofort die Waffe runternimmst, wirst du nächste Woche in Erzurum die Autos auf der Autobahn zählen.«

Der Hüter der Staatsmacht sah mich nachdenklich an. Seine Unentschlossenheit bezog sich meines Erachtens nicht auf die Frage, ob er uns durchlassen sollte oder nicht. Das Problem war vielmehr, dass er – die fette Waffe in der Hand und für die Sicherheit eines Präsidiums verantwortlich – von einem Dreikäsehoch zusammengestaucht wurde, und das auch noch im Beisein einer schönen Frau. Vermutlich wägte er ab, ob er mich an Ort und Stelle abknallen sollte. Ich sah, dass der Kerl unbeweglich dastand, also nahm ich jedes Risiko auf mich, drückte mit zwei Fingern die Waffe am Lauf nach unten und betrat gemeinsam mit Begüm Gülüm das Gebäude. Bis ich meine Sache erledigt hatte und wieder zurück war, würde der Herr Wachtmeister vermutlich seine Entscheidung getroffen haben.

Ich hatte bereits die Richtung zu Onur Çalışkans Büro eingeschlagen, als Begüm Gülüm mich an der Hand zog und zum Stehen brachte.

»Hey«, sagte sie. »Ich hab dich gefragt, wozu du mich herbestellt hast.«

»Als sachverständige Zeugin«, erwiderte ich. »Wir haben nicht viel Zeit, bitte vertrau mir. Es geht um das Leben eines Kindes.«

Genervt dachte ich schon, dass ich eine lange Überzeugungsrede halten müsste, als ich Onur Çalışkan aus der Toilette kommen sah.

»Herr Kommissar«, rief ich, im Gedanken, dass ihm diese Anrede gefallen würde. »Da sind wir!«

»Herzlich willkommen«, entgegnete er, grinste wie ein Honigkuchenpferd und hielt Begüm Gülüm die Hand hin. »Oberkommissar Onur Çalışkan.«

»Nur Kommissar«, korrigierte ich, während ich Begüm Gülüm vorstellte.

In Onur Çalışkans vierzehn Quadratmeter großem Amtssitz erwartete mich eine Überraschung.

Der Mann im Anzug, der in perfekter Pose mit den Händen auf dem Rücken aus dem Fenster schaute und in dem für uns Normalsterbliche nur aus ein paar hässlichen Gebäuden, einer Handvoll armseliger Passanten und im Müll wühlenden Katzen bestehenden Panorama Gott weiß welche Drohungen, Intrigen und pro-apokalyptische Anzeichen sah, war niemand anderes als Staatsanwalt Metin Bilgin. Ich hatte ihn, wie auch andere ehrenwerte Mitglieder der Polizei, bei Ermittlungen in einem Mordfall kennengelernt, in dem ich Zeuge gewesen war.* Wie der Held einer Seifenoper drehte er sich auf den Absätzen um und musterte uns. Dabei trat die spöttische Falte zwischen seinem linken Mundwinkel und seiner Nase noch etwas stärker zu Tage. Er war ein hochmütiger, rücksichtsloser Mann, dem die Staatsautorität über alles ging. Mit diesen seinen Eigenschaften repräsentierte er so ziemlich alles, was ich im Leben verabscheute.

---

* Siehe Alper Canıgüz: Söhne und siechende Seelen.

Andererseits konnte ich nicht umhin, ihn wegen seines scharfen Verstands und seines Muts irgendwie zu bewundern, weswegen ich mich umso mehr verabscheute.

Der Herr Staatsanwalt gab uns ein Zeichen, uns zu setzen, und heftete seinen Blick auf mich.

»So trifft man sich wieder.«

»Was soll ich sagen«, erwiderte ich und verschluckte dabei üblere Sprüche wie *Scheiß zu Scheiß gesellt sich gern*, die mir durch den Kopf gingen. »Sie sind mein Schicksal.«

»Verzeihen Sie«, fuhr Begüm Gülüm dazwischen. »Ich muss in einer Stunde im Krankenhaus sein, und ich weiß nicht, warum ich hier bin.«

Ohne seinen Blick von mir abzuwenden, brachte er sie mit einer einzigen Handbewegung zum Schweigen. »Das werden wir gleich alle verstehen, nicht wahr?«

»Wer sind Sie eigentlich?«, fragte Begüm Gülüm. Es war sonnenklar, dass sie sein Von-oben-herab-Blick ärgerte.

»Die ganze Welt ist ein Gerichtssaal«, sagte ich. »Und alle Männer und Frauen sind mutmaßliche Täter, die darauf warten, von Metin Bilgin bestraft zu werden.«

»Du Schlingel«, meinte Onur Çalışkan mit einem gekünstelten Lächeln, um die Atmosphäre zu glätten. Er hatte riesige Manschetten davor, den Staatsanwalt zu verärgern.

»Lass endlich diese Mätzchen«, rief Metin Bilgin. »Es hieß, du hättest heute Morgen angerufen, weil du etwas in einem Mordfall auszusagen hättest. Schieß los.«

»Ja«, sagte ich. »Das stimmt. Es geht um den zehnjährigen Verdächtigen in diesem Fall, das heißt, es betrifft den Bereich der Jugendgerichte oder der Jugendämter. Mich würde interessieren, was Sie mit diesem Fall zu tun haben?«

Einen Staatsanwalt ins Verhör nehmen! Das war ein Vergehen, das Onur Çalışkan nicht so einfach überspielen konnte. Mal sehen, welches Urteil Metin Bilgin über mich fällen würde. Der Herr Staatsanwalt nahm eine Maltepe aus seiner Tasche und zündete sie an. Er zog den Rauch ein und blies ihn in die Luft. Dann fuchtelte er mit der Zigarette vor meinem Gesicht herum.

»Junge, mein Fall bist du.«

Unwillkürlich entfuhr mir ein Lacher. Gleichzeitig weinte ich wohl auch.

»Eh«, sagte ich. »Einem Jean Valjean wie mir einen Javert wie Sie!«

Darüber musste auch Metin Bilgin lachen. Und Onur Çalışkan ebenso. Nur Begüm Gülüm verfolgte entsetzt das Geschehen. Ohne größere Umschweife verkündete ich meine Theorie bezüglich des Mordes an dem kleinen Mehmet. So selbstsicher wie möglich erklärte ich, dass er von seiner Münchhausen-Syndrom-kranken Mutter getötet worden war, ihr Sohn aber die Schuld auf sich genommen hatte und ich wiederum den Verdacht hätte, dass einige Familienmitglieder Bescheid wüssten und wirres Zeug erzählten, um die Sache zu vertuschen. Als Ärztin, die die Patientin gut kannte, könnte Begüm Gülüm bezeugen, dass an Münchhausen Leidende ihren Kindern Schaden zufügen könnten.

»Dass die Frau eine Mörderin ist, habe ich nie gesagt!«, schrie Begüm Gülüm aufgeregt.

»Nein, aber du weißt, dass sie eine sein könnte!«, brüllte ich zurück. Warum widersprach mir meine Hauptzeugin ohne triftigen Grund? War sie womöglich kein Engel, sondern auch nur ein normales Würstchen, das Angst davor hatte, als Zeugin vorgeladen zu werden?

»Genug«, sagte Metin Bilgin und setzte sich an Onur Çalışkans Schreibtisch. Er schlug die vor ihm liegende Akte auf und begann, darin zu blättern. »Ist das alles?«

»Nein«, antwortete ich. »Ich verlange, dass der Junge exhumiert und untersucht wird. Und dass alle Familienmitglieder noch einmal vernommen werden.«

»Gut«, meinte Metin Bilgin und erhob sich. Er schloss die Akte, warf sie auf den Tisch und ging zur Tür. Bevor er hinausging, drehte er sich zu Onur Çalışkan um.

»Der Vater dieses Jungen soll ins Präsidium kommen. Er muss wissen, dass sein Sohn ein pathologischer Lügner ist. Und dass der Junge per Gerichtsbeschluss unter psychiatrische Beobachtung gestellt wird, sollte er noch einmal öffentliche Institutionen mit falschen Anschuldigungen beschäftigen.«

»Waaas?«, schrie ich und sprang auf die Füße. Ich flippte beinahe aus vor Zorn. »Du Lügner! Wenn du noch einmal meinen Vater da mit reinziehst, werde ich dich …«

Leider konnte ich meine Drohungen – oder sollte ich besser sagen: Schwüre – nicht vollenden, denn Begüm Gülüm hielt mir den Mund zu und zog mich gleichzeitig zu sich heran. Ich durfte natürlich nicht herumstrampeln. Also wartete ich darauf, dass der Herr Staatsanwalt sich entfernte. Dann entzog ich mich Begüm Gülüms Händen und konzentrierte mich auf mein neues Ziel.

»Was hatte der Kerl hier zu suchen?«, knurrte ich Onur Çalışkan an, der sich in den Sessel setzte, den Metin Bilgin soeben geräumt hatte.

»Der Herr Staatsanwalt hat ein spezielles Interesse an dir«, antwortete Onur Çalışkan ein wenig betreten. »Er hat angeordnet, ihn persönlich zu informieren, sollte sich irgendetwas ergeben, das mit dir oder deiner Familie zu tun hat.«

»Aber warum?«

»Wer weiß? Vielleicht sieht er in dir, wie er selbst als Kind war.«

»Zur Hölle mit dem Staatsanwalt«, sagte ich wütend. »Was wird aus Ümit? Habt ihr nicht gehört, was ich gesagt habe? Werdet ihr keinen Finger rühren?«

»Beruhige dich ein wenig«, bat Onur Çalışkan und schlug die Akte auf, die der Staatsanwalt gerade durchgeblättert hatte. »Das ist Ümits Akte. Ich habe alles eingehend überprüft.«

Und weil er wohl spürte, dass ich seinen polizeilichen Fähigkeiten nicht allzusehr traute, fügte er eiligst hinzu: »Ebenso der Herr Staatsanwalt. Fahriye Hanım kann ihren Sohn unmöglich getötet haben. Sie war an dem fraglichen Tag im Krankenhaus. Sie hat von morgens bis in den Abend drei Termine in der Poliklinik wahrgenommen. Die entsprechenden Dokumente haben wir hier.«

»Wenn das so ist, dann ist etwas anderes …«, wimmerte ich. »… oder jemand anderes … Ich bin felsenfest davon überzeugt, dass an der Geschichte etwas nicht stimmt.«

»Uns liegen die Vorgeschichten und Aussagen aller Beteiligten vor«, erklärte der Kommissar. »Bei seiner zweiten Aussage wurde Ümit sogar an einen Lügendetektor angeschlossen. Alles deutet darauf hin, dass er seinen Bruder ermordet hat. Es tut mir leid.«

»Lass uns gehen«, sagte ich an Begüm Gülüm gewandt.

»Sei nicht traurig«, versuchte Onur Çalışkan mich zu besänftigen. »Dein Freund wird aller Wahrscheinlichkeit nach keine hohe Strafe bekommen.«

Er sah, dass Begüm Gülüm auf die Tür zusteuerte, sprang hastig aus dem Sessel und eilte zu ihr, um sie hinauszuführen.

Nachdem Begüm Gülüm dem heldenhaften Sheriff die Hand geschüttelt hatte, wandte sie sich an mich.

»Los jetzt, kommst du?«

»Mein Schnürsenkel hat sich gelöst«, erwiderte ich und kniete mich hin.

Während ich mich mit meinen Schuhbändern abrackerte, nutzte Onur Çalışkan die Gelegenheit und raunte zu Begüm Gülüm so etwas wie »welche Sorgen er sich über meinen Zustand machte«. Soweit sein Spatzenhirn es ihm erlaubte, demonstrierte der Depp ihr damit, was für ein sensibler und verständnisvoller Vater er seinen künftigen Kindern sein würde. Ich erledigte die Sache mit meinem Schuh und trat zu ihnen, fasste meine Präventivmedizinerin an der Hand, zog sie ein paar Schritte auf den Gang und drehte mich dann noch einmal um.

»Was ist aus Pamuk Nines Fall geworden?«, rief ich.

Onur Çalışkan verzog das Gesicht. »Stimmt, in dem Fall hattest du recht.«

Während ich mit Begüm Gülüm die Straße entlanggging, überlegte sie spürbar, was sie sagen sollte. Egal wie sie das Problem anpacken würde: Ich ahnte, dass es mir nicht behagen würde. Also beschleunigte ich meinen Schritt und entfernte mich von ihr.

»Hey«, rief sie hinter mir her. »Wo gehst du hin?«

»Nach Hause. Und du kannst zurück zu deiner Arbeit.«

»Red keinen Quatsch«, sagte sie und trat zu mir. »Ich schicke dich nicht allein los.«

»Ich hab es allein hergeschafft, oder?«, meinte ich lächelnd. »Danke, dass du gekommen bist. Entschuldige, dass ich dir das Leben schwer gemacht habe.«

Begüm Gülüm seufzte tief auf. Natürlich war sie durcheinander. Sie hielt meine Hände und beugte ihr Gesicht hinunter zu meinem.

»Du bist ein ganz … besonderer Junge. Pass bloß gut auf dich auf.«

Eine solche Gelegenheit sollte sich ein Mann meines Alters und meiner Größe nicht entgehen lassen. Ich drückte ihr einen Kuss auf die Wange.

»Okay.«

Danach suchte ich wie immer in solchen Situationen fluchtartig das Weite. Ich musste dringend eine bessere Idee entwickeln, wie ich mich verhalten sollte, nachdem ich ein Mädchen geküsst hatte. Sobald ich die Akte, die ich mir heimlich ins Hemd gesteckt hatte, während Onur Çalışkan mich beim Schuhezubinden wähnte, studiert und den Mord aufgeklärt hatte, musste ich mich dringend diesem Thema widmen.

10. ich will glauben

»Ich habe dir Nudeln mit *Köfte* gemacht«, sagte Hatice Abla, während ich klammheimlich in mein Zimmer zu schleichen versuchte. Eigentlich hatte ich ja die Absicht, mir beizeiten die aus dem Präsidium geklaute Akte anzusehen, aber zum einen hatte ich tierischen Hunger, und zum anderen waren Nudeln mit *Köfte* eine prima Alternative zu dem Gemüsefraß, den Hatice Abla nach den Direktiven meiner Mutter zubereitet hatte. So entschied ich, meine Detektivarbeiten eine Weile zu verschieben, und begab mich in die Küche. Ich war schließlich eben doch ein Kind. Nachdem Hatice Abla auch noch ein Schälchen Joghurt vor mich hingestellt hatte, setzte sie sich an die andere Seite des kleinen Küchentischs. Sie zündete sich eine Zigarette an.

»Isst du nichts?«, fragte ich.

»Ich bin satt«, antwortete sie. »Und, was hast du gemacht? Ich hab auf der Straße nachgesehen – du warst nicht bei den anderen Kindern?«

Normalerweise fragte sie nie, was ich draußen so trieb. Sieh an, sie hatte also gespürt, dass ich mit einer anderen Frau zusammengewesen war. In der Tat verfügte das schöne Geschlecht in manchen Bereichen über ausgeprägte Intuitionen.

»Ich hatte einen Termin«, sagte ich ohne zu überlegen. Gleich darauf verfluchte ich mich insgeheim dafür. Damit diese Lüge für meine Person als plausible Ausrede durchging, mussten nämlich noch mindestens zwanzig Jahre ins Land gehen. Zum Glück dachte Hatice Abla wohl, ich hätte einen Scherz gemacht, denn sie lachte bloß über mein Geschwätz.

»Ich muss dir etwas sagen«, meinte Hatice Abla und streifte die Asche ihrer Zigarette ab. Ohne mir die Zeit zu geben, lange darüber nachzudenken, worum es ging, sprach sie es aus. »Ich gehe ins Dorf zurück.«

»Gratuliere«, erwiderte ich mit gekünsteltem Lächeln. Ich kaute meinen Bissen plötzlich viel langsamer, denn der Schlag hatte mich genau zwischen Brust und Magen getroffen. Trotzdem hatte ich eine kleine, wenn auch nur winzige Hoffnung, dass es sich dabei vielleicht nur um einen Kurzbesuch handelte und meine liebe Kinderfrau in ein paar Tagen wieder zu mir zurückkehren würde.

»Ein Besuch bei der Familie?«

Die junge Dame aus fremdem Hause hatte kein Erbarmen. »So würde ich es nicht nennen. Mir gefällt's hier nicht. Ich gehe endgültig zurück. Ich glaube nicht, dass ich noch einmal nach Istanbul kommen werde.«

Damit war auch der eigentliche Grund für die Nudeln mit *Köfte* geklärt.

»Fein«, meinte ich, legte meine Gabel auf den Tisch und stand auf. »Alles Gute.«

»Komm her. Man lässt seine Wut nicht am Essen aus.«

»Das ist es nicht«, sagte ich. »Die *Köfte* sind eklig geworden. Deshalb esse ich nicht.«

»Ah, Junge«, meinte Hatice Abla seufzend. »Du bringst mich noch um … Hey, was machst du denn da?«

Ich hatte mir im Handumdrehen eine Zigarette aus ihrer Tekel-2000-Schachtel genommen und wollte sie mir gerade anzünden.

»Lass das«, rief ich und schlug ihr auf die Hand, mit der sie mir die Zigarette aus dem Mund nehmen wollte. Nachdem sie mir die Kippe zwischen den Lippen weggeschnappt hatte, packte sie mich fest an den Armen. Ich vermied, sie anzusehen, weil ich merkte, dass mir Tränen in den Augen standen.

»Gib mir meine Zigarette!«, wimmerte ich schniefend.

»Solche Aktionen passen nicht zu dir«, sagte die Verräterin und rüttelte mich sanft an den Schultern. »Das bist du nicht.«

Wieder hatte sie mich mitten in der Zwölf getroffen. Ich war echt nicht der Typ, der hysterische Anfälle bekam, wenn mich etwas nervte. Was hätte es schon genutzt? Ich wurde nicht zum ersten Mal verlassen, und es würde auch nicht das letzte Mal sein. Oder wurde ich etwa mit zunehmendem Alter meiner Mutter immer ähnlicher? Ich hörte auf zu zappeln und zog den Rotz hoch.

»Ich bin auch sehr traurig«, meinte Hatice Abla. »Aber so ist das Leben.«

»Ich verstehe das Leben«, erwiderte ich. »Ich kann es nur nicht akzeptieren.«

Hatice Abla umarmte mich ganz fest. Und ich legte meinen Arm sanft um ihre Taille.

»Ich bin bis zum Wochenende da. Vielleicht gehen wir zusammen irgendwo hin.«

»In Ordnung«, sagte ich und nickte mit dem Kopf. »Aber jetzt will ich in mein Zimmer.«

»Okay«, entgegnete sie und küsste mich auf die Stirn. »Sag mir, wenn du Hunger kriegst, dann wärme ich dir das Essen noch mal auf.«

Als ich mein kleines Königreich betreten und die Welt ausgesperrt hatte, passierte etwas sehr Merkwürdiges. In mir machte sich beinahe so etwas wie Begeisterung breit. Obwohl doch die Lage alles andere als rosig war … und die Frau, die ich liebte, mich gerade mal vor wenigen Minuten verlassen hatte. Wich die Melancholie am Ende einer Liebe schon jetzt der Aufregung, sich zu neuen Lieben aufzumachen? Hatte ich einen derart schwachen Charakter? Sollte ich angesichts dieser unbestimmten Freude Schuldgefühle haben oder war diese Empfindung, die ich für Freude hielt, nur ein Zeichen dafür, dass ich dem Überschnappen einen Schritt näher gekommen war? Ich hätte schwören können, dass irgendwo ein Gedicht zu entstehen begann, demnach war die zweite Option die einleuchtendere. In dem Moment glitten meine Hände an die Quelle dieser manischen Energie, in Richtung meines Bauchs; ich zog die Mordakte unter meinem Hemd hervor und warf sie auf mein Bett.

In Zeiten, in denen ich nicht genau wusste, wie und wo ich mit einer wichtigen Aufgabe beginnen sollte, versuchte ich mir stets zu überlegen, wie sich Menschen, die ich wertschätzte und die mir nahe standen, in ähnlichen Situationen verhalten würden. Das Ergebnis dieser Angewohnheit war, dass ich die Kassette mit Schostakowitschs 5. Symphonie in den alten Grundig-Rekorder auf meinem Schreibtisch einlegte, so wie mein Meister Hannibal Lecter es getan hätte. Danach konnte ich mich nicht mehr bremsen und lenkte – begleitet von verrücktesten Noten, die aus den Lautsprechern dröhnten – den aus unbenutzter Strickwolle meiner Mutter fest gewickelten Ball mittels Bombenschüssen und Fallrückziehern in von unsichtbaren Gegnern verteidigte Tore. Nachdem ich zu der Überzeugung gelangt war, ich hätte die überschüssige Energie verbraucht, die mich zu manchen voreiligen Schlüssen geführt hätte, wechselte ich die Kassette gegen eine andere, der Thematik eher angemessene aus: Saint-Saëns' *Danse macabre*. Ich nahm die Geheimakte, holte meine Taschenlampe aus der Kommodenschublade, endlich bereit, mich unter den Diwan zu begeben, in meinen Tempel, in dem ich unzählige meiner Feinde erledigt hatte.

* * *

»Hey, was treibst du denn da?« Das Gesicht, das mich zwischen den Volants der Diwandecke ansah, gehörte Hatice Abla. So eine Schande. Da bereitest du dich auf einen intensiven Denkprozess vor und nickst dann beim Lesen der Akte ein.

»Du hast mich ertappt«, sagte ich und rutschte unter dem Diwan hervor. »Ehrlich gesagt wollte ich nicht, dass man weiß, dass ich ein Mittagsschläfchen halte. Das könnte meinem Ruf im Viertel schaden.«

Okay, mein sterblicher Körper war vielleicht in einem unpassenden Moment vom Schlaf übermannt worden, aber kaum hatte ich die Augen aufgeschlagen, konnte ich solche flotten und witzigen Sprüche von mir geben. Ich war schon ein ganz schönes Schlitzohr.

»Und nimm auch deine Zettel da weg«, meinte Hatice Abla, die immer noch auf dem Boden kniete, und streckte einen Arm unter den Diwan.

»Lass sie liegen«, sagte ich und zupfte sie am Arm. »Ich sammle sie später ein.«

»Mach das.« Hatice Abla richtete sich auf. »Da ist ein Anruf für dich. Eine Frau.«

Begüm Gülüm? Hätte ich ihr sagen sollen, dass sie mich nicht zu Hause anrufen soll, zumindest bis Hatice Abla in ihr Dorf zurückgekehrt war? Meine Güte, was für ein Chaos.

Ich ging in die Diele und nahm den Hörer vom Tischchen.

»Hallo?«

Die Antwort erfolgte nach ein, zwei Schnaufern. »Kannst du mich morgen zum Friedhof bringen?«

»Soweit ich weiß, ist das die Aufgabe einer Bestattungsfirma.«

»Was hast du gesagt?«

Keine Ahnung, vielleicht lag es an der Enttäuschung, statt Begüm Gülüm Feriha Yenges unheilvolle Stimme zu hören. Aber letzten Endes war es ein ungehöriger Spruch, den ich von mir gegeben hatte.

»Entschuldigen Sie, aber ich kenne Sie nicht«, stellte ich mich blöd.

»Ich bin's, Feriha«, knurrte meine Ex-Tante.

»Wie geht's Ihnen, *Yengeciğim*?«

»Ich möchte morgen gern Nebis Grab besuchen. Du hattest gesagt, du könntest mich hinbringen.«

Offensichtlich wollte die alte Schachtel nicht mit meinem Vater zusammentreffen.

»Es könnte klappen«, sagte ich. »Falls mir nicht in letzter Sekunde was dazwischenkommt.«

»Schreib auf«, befahl sie. »Ich geb dir meine Handynummer, wenn es ein Problem gibt, rufst du mich an.«

Ich notierte die Nummer auf dem kleinen Block neben dem Telefon.

»Sie müssen mich allerdings abholen. Kennen Sie die Adresse?«

»Ich komme gegen Mittag«, brummte sie und legte auf.

»Jetzt bist du mein, Feriha«, stöhnte ich lustvoll, während ich die Seite herausriss und in meine Tasche steckte.

»Na? Gute Nachrichten, was?«, sagte Hatice Abla, an den Rahmen der Küchentür gelehnt.

»Sehr gute«, antwortete ich lachend. »Morgen macht meine Tante mit mir einen Ausflug zu meinem Lieblingsort.«

Mein Kindermädchen wusste, dass ich mindestens so menschenfreundlich war wie sie, und musterte mich dementsprechend misstrauisch, verzichtete aber auf weiteres Nachhaken.

»Hast du immer noch keinen Hunger?«

Um ehrlich zu sein, hatte ich einen Riesenkohldampf, aber nach meiner Show vom Mittag brachte ich es nicht recht über mich, es zuzugeben. Zum Glück verstand Hatice Abla mein Herumgedruckse sofort.

»Ich mach dir was zurecht«, sagte sie.

Zehn Minuten später genoss ich in meinem Zimmer ein kleines Festmahl aus einem mit kalten *Köfte* belegten halben Weißbrot und frisch gepresstem Orangensaft und blätterte wieder durch die Seiten der Mordakte. Diesmal *auf* dem Diwan.

Ich warf einen Blick auf die Fotos der Tatverdächtigen, die verhört worden waren, also Ümit, Dilek Abla und Safinaz Abla, Fahriye Teyze, Yusuf Abi und Abdullah Amca, und betrachtete dann eingehend die aus unterschiedlichen Entfernungen und Winkeln gemachten Aufnahmen von Mehmets leblosem Körper. Hätte man nicht gewusst, dass er tot war, und hätte es die Würgemale an seinem Hals nicht gegeben, hätte man meinen können, der Arme schlummerte friedlich in seinem Bett vor sich hin. Die übrigen Räume der Wohnung wirkten ziemlich aufgeräumt. Besser gesagt – außer dem Zimmer, in dem Mehmets

Leiche lag, war die Küche der einzige Ort, der einen auf den Gedanken brachte, dass in den letzten hundert Jahren hier jemand gelebt hatte. Auf dem Tisch ein mit Obst gefüllter Teller, im Spülbecken ein wenig Geschirr und zwischen Kühlschrank und Wand gequetscht das Laufgestell, ein Geschenk Yusuf Abis an seinen behinderten Neffen.

Wie Onur Çalışkan erklärt hatte, bestätigten die Krankenhausberichte, dass Fahriye Teyze und Dilek Abla den ganzen Tag bei diversen Ärzten gewesen waren. Safinaz Ablas Aussage entsprach exakt dem, was sie mir erzählt hatte: Ümit hätte sich mit seinem Onkel auf dem Dach die Tauben angesehen, Hunger bekommen und sei dann hinuntergegangen. Safinaz Abla hätte etwas zu essen gemacht, ein paar Mal gerufen, und als keine Antwort kam, sei sie neugierig geworden und in Mehmets Zimmer gegangen, um nachzusehen. Dort hätte sie Ümit mit den Händen am Hals seines kleinen Bruders vorgefunden. Mit Mühe hätte sie Ümit unter Kontrolle gebracht und Mehmets Zustand überprüft. Der arme Junge sei violett angelaufen gewesen und hätte nicht geatmet. Sofort hätte sie den Onkel informiert und dieser, nachdem er festgestellt hatte, dass der Junge tot war, wiederum die Polizei. Das alles hätte sich in höchstens einer halben Stunde abgespielt. In ihrer Aussage hatte sie natürlich verschwiegen, dass sie Ümit an jenem Abend vom Todeswunsch des kleinen Bruders erzählt hatte, aber ich war mir nicht sicher, inwieweit dieses Detail etwas geändert hätte. Die Aussagen der übrigen Familienmitglieder bestätigten den Ablauf der Ereignisse.

Andererseits enthielt die Akte auch noch einige andere interessante Informationen bezüglich der Vergangenheit der Familie. Ümits Vater etwa, der angeblich bei einem Arbeitsunfall ums Leben gekommen war, war in Siirt in einer von »nicht identifizierten Personen« gestürmten Teestube getötet worden. Bei den Ermittlungen stellte sich heraus, dass der Vater, der Besitzer der Teestube, Opfer einer verirrten Kugel geworden war. So gesehen konnte man sogar denken, dass Ümit die Wahrheit gesagt hatte.

Letzten Endes zeigte es, dass die Definition des Begriffs Arbeitsunfall je nach Region variierte.

Ein beachtenswertes Detail war, dass Ümits Vater die Teestube bis einige Jahre vor seiner Ermordung gemeinsam mit einem Kompagnon betrieben hatte, und diese Person war niemand anderes als Abdullah Amca. Am Ende ihrer Partnerschaft vor zirka zwölf Jahren war Abdullah Amca nach Istanbul gezogen und hatte augenscheinlich alle Verbindungen nach Siirt gekappt. Bis Ümits Vater zu Tode kam. Die Besuche Abdullah Amcas, den die Kinder in ihren Aussagen als Freund der Familie bezeichneten, begannen kurz nach dem Ableben ihres Vaters. Auch wenn es keiner offen aussprach, so war doch ersichtlich, dass Abdullah Amca die Familie finanziell unterstützte und ihnen den Weg für ihren Umzug nach Istanbul bereitet hatte. Wie Hatice Abla so trefflich vermutet hatte, wies alles darauf hin, dass die verbotene Liebe zwischen den zwei Alten neu entfacht war.

Ich bezweifelte nicht, dass dieser Teufel von Metin Bilgin all das gesehen hatte. Offensichtlich hatte auch er keine Verbindung herstellen können zwischen der sündigen Vergangenheit der Familie und Mehmets Tod. Höchstwahrscheinlich, weil es eine solche Verbindung gar nicht gab. Allmählich war es auch für mich Zeit, die Sache nicht weiter zu verfolgen. Ich hatte genug Schaden angerichtet, und da würde es am vernünftigsten sein, meine Denkfähigkeit für Themen einzusetzen, bei denen ich weitaus konstruktiver sein könnte. Beispielsweise zu überlegen, wie ich es am nächsten Tag anstellen könnte, dass Feriha, die alte Spinatwachtel, am Grab meines Onkels bedauern würde, überhaupt geboren zu sein.

* * *

Es ist einfach unmöglich, meiner Mutter zu erklären, dass Körperpflege und Schmirgelarbeiten zwei völlig verschiedene Dinge sind. Während sie, die die Angewohnheit pflegt, mich zwei Mal pro Woche ins Bad zu zwingen, meine Haarwurzeln und meine Haut abrubbelt frei nach dem Motto *Wenn kein Blut fließt, gibt's auch kein Geld*, sitze ich splitterfasernackt auf einem Hocker und warte wie ein zur Schlachtbank geführtes Schaf schicksalergeben auf das Ende. Es nützt auch nichts, wenn ich verkünde, dass ich alt genug bin, um mich allein zu waschen; es ist ihr unmöglich, einzuwilligen, solange sie nicht die Überzeugung gewonnen hat, dass ich nunmehr die nötige hygienische Reife besitze, um mir die Haut selbst abzuziehen. Schlimmer als die Schrubberei ist das Abgetrocknetwerden. Während meine Mutter mir das Haar trocken rubbelt, damit ich ja keine Stirnhöhlenentzünduung kriege, kommen mir die Tränen und ich zapple vor Schmerz. Ich weiß natürlich, dass sie das nur zu meinem Besten tut.

An jenem Abend schien meine geliebte Mutter noch mehr als sonst mein Bestes zu wollen. Seife und Sisalhandschuh in ihren Händen waren von jeher überaus todbringende Waffen gewesen, doch an diesem Abend war es anders. Sie hielt mich an den Haaren, drehte mich von rechts nach links und wusch mich nicht nur hinter den Ohren und unter den Armen, sondern verursachte einen wahren Bakterien-Genozid. Wie ich bereits sagte: In solchen Momenten ertrage ich für gewöhnlich still die Qualen, bemüht, mir meine Würde zu bewahren, aber diesmal war die Drangsal nicht auszuhalten, und irgendwann erhob ich mich mit Schmerzensschreien vom Hocker.

»Was ist los?«, fragte meine Mutter enttäuscht, weil ihr persönlicher Krieg gegen die Mikroben unterbrochen worden war.

»Mamilein, wir sollten eine Bakterie am Leben lassen«, sagte ich. »So kann sie zu ihren Freunden gehen und erzählen, was passiert ist, und dann wird es keine mehr wagen, sich bei mir einzunisten.«

»Komm her. Du wirst dich erkälten«, erwiderte meine Mutter, zog mich am Arm auf den Hocker zurück und kippte mir eine Schüssel kochendes Wasser über den Kopf. Immerhin war es erfreulich, dass die Einseiferei ein Ende hatte.

Als ich nach vollendetem Entkeimungsprozess in meinem Schlafanzug steckte, fühlte ich mich als glücklicher Mensch, was bestimmt daran lag, dass ich um so viel reicher war an unschätzbaren Erfahrungen. Zum einen war ich nicht umgekommen, dass heißt, ich war noch stärker geworden. Außerdem hatte ich nun viel bessere Einblicke in das, was Krebse erlebten, wenn sie lebendig gekocht wurden. Nicht zu unterschätzen war auch die Tatsache, dass ich nach so viel Training später keinerlei Mühe haben würde, mich an die Hölle zu gewöhnen. Wer mich einen Pessimisten nennt, sollte sich schämen. Ihr seht ja, ich bin wie Pollyanna.

Mit der Überlegung, dass ich am nächsten Morgen fit und auf dem Gipfel meiner Bösartigkeit aufwachen sollte, zog ich mich gleich nach dem Essen zurück.

Um müde zu werden, las ich ein wenig Stefan Zweig, da schellte es an der Tür. Das musste mein Vater sein. Es klingelte noch einmal ... Dann wieder, diesmal länger. Da verstand ich. Genervt drehte ich meinen Kopf zu dem hässlichen blütenförmigen Wecker auf meinem kleinen Bücherregal. Es war nach zehn. Vollauf beschäftigt mit Frauen und Morden, hatte ich die vor meinen Augen wachsende Katastrophe übersehen. Mein Vater, der früher einmal im Monat mit seinen Freunden in die Kneipe gegangen war, kam seit dem Tod meines Onkels mindestens drei, vier Mal die Woche spät nachts betrunken nach Hause. Unverkennbar, dass meine Mutter ihm demonstrativ die Tür nicht öffnete. Nun war mir auch klar, warum sie heute Abend während der Vorstellung im Bad so extra grob gewesen war. Die Mikrobe, die meine Mutter auszumerzen versucht hatte, war vermutlich niemand anderes als ich, quasi als Fortsetzung meines Vaters.

Als die Klingel erneut jämmerlich zu schellen begann, hielt ich es nicht länger aus und sprang auf. Gerade als ich auf den Türöffner drücken wollte, fauchte meine Mutter: »Stopp. Diese Tür bleibt zu.«

Das war natürlich Quatsch. Wir wussten beide, dass diese Tür letzten Endes aufgehen würde. Aber ich hatte keine Lust, mich mit ihnen abzumühen.

»Gut«, sagte ich und begab mich wieder in mein Zimmer. Sollten sie doch machen, was sie wollten. Nach einer Weile ließ meine Mutter meinen Vater schließlich in die Wohnung, und kurz darauf begann das Geknurre. Bevor ich mir die Decke über den Kopf zog, erfuhr ich, dass, »wenn der Junge nicht wäre«, sie nicht einmal ihre Gesichter ertragen könnten. Das war eine gute Nachricht, bedeutete es doch, dass ich imstande war, den Krakeel im Nu zu beenden. Mit meinem Sturz aus dem Fenster wären alle Probleme gelöst. Am Ende der etwa ein Jahrhundert währenden gegenseitigen Vorwürfe und Beleidigungen hatte ich nicht mehr den geringsten Zweifel, dass die Welt ohne mich ein viel besserer Ort wäre.

Gerade als ich dachte, dieser verfluchte Tag sei zu Ende, ging meine Zimmertür quietschend auf. Es war mein Vater, der gemeinsam mit einem strengen Geruch nach Alkohol mein Zimmer betrat.

Kurz erwog ich, mich schlafend zu stellen, doch dann setzte ich mich im Bett auf.

»Willkommen zu Hause, Papa«, sagte ich und schaltete die Nachttischlampe ein.

Mein Vater setzte sich bei mir auf die Bettkante und strich mir über den Kopf.

»Hab ich dich geweckt, Junge?«

Ein Ja hätte ihn traurig gemacht, weil er mich geweckt hatte, ein Nein, weil ich den Streit mitbekommen hatte. Am besten war, von meinem Aussageverweigerungsrecht Gebrauch zu machen.

Mein Vater nahm das Buch, das ich auf der Kommode abgelegt hatte.

»*Die Geschichtsschreibung von Morgen*. Hm, du liest also Zweig? Ist es gut?«

»Nicht schlecht«, antwortete ich. »Eine Sammlung von Biografien einiger humanistischer Künstler und Denker. Rimbaud, Valery, Gauguin, Tolstoi …«

»Mein schlauer Junge.« Er drückte mir einen Kuss auf die Wange und wollte aufstehen. Ich hinderte ihn daran.

»Weißt du, dass ein jeder von ihnen in einer bestimmten Phase seines Lebens alles hinter sich gelassen hat, um woanders hinzugehen? Bis auf Tolstoi. Auch er wollte insgeheim weggehen, brachte aber irgendwie nicht den Mut auf. Mit über achtzig sagte er endlich: ›Okay, heute ist der Tag‹, packte seine Siebensachen und begab sich zum Bahnhof. Der Zug kam, aber Tolstoi rührte sich nicht von der Stelle.«

»Warum? Hat er es sich in letzter Sekunde anders überlegt?«

»Nein. Er starb während des Wartens auf den Zug.«

Mein Vater kniff die Augen zusammen und sah mir eine Weile aufmerksam ins Gesicht. Ich hatte ihn wohl ein wenig beunruhigt. Vielleicht befürchtete er, ich hätte die Absicht, von zu Hause abzuhauen. Nicht, dass mir das nicht schon einmal durch den Kopf gegangen wäre, aber ich hielt es doch für notwendig, richtigzustellen, dass ich diesmal etwas anderes meinte.

»Ich denke, du hast auch eine künstlerische Seele. Deswegen habe ich das gesagt.«

»Ah, mein Junge«, erwiderte mein Vater mit gezwungenem Lachen und zerstrubbelte mir das Haar. »Alle Eltern streiten sich hin und wieder. Ich beschwere mich nicht über mein Leben. Hab keine Angst, ich gehe nirgendwohin.«

Eigentlich war es ja genau das, wovor ich mich fürchtete, aber ich schwieg.

»Okay«, sagte ich dann lächelnd. Eigentlich war es an der Zeit, einander Gute Nacht zu wünschen und uns zu trennen, aber ich ahnte, dass er nicht zu meiner Mutter gehen wollte, und es würde mir im Herzen wehtun, wenn er auf dem Sofa schliefe. Ich rutschte weit nach hinten in meinem Bett und machte ihm Platz.

»Erzählst du mir eine Geschichte? So wie früher?«

»Klar.« Er zog sein Jackett aus und zwängte sich neben mich. »Dann lass mich dir ein lustiges Märchen erzählen.«

»Nein, erzähl mir lieber eine traurige Geschichte.«

»Eine traurige? Aber warum?«

»Papilein«, sagte ich. »Du weißt selbst: Für Happy Ends ist es zu spät.«

* * *

In jener Zeit saß die Welt wirklich auf den Hörnern eines gigantischen Stiers, und das Nelkenmädchen hatte diesem Wesen mit dem riesigen Kopf einiges zu sagen.

Aber lass mich lieber von vorne anfangen. Das Nelkenmädchen beschwerte sich, weil es seinen Vater nur selten zu Gesicht bekam. Der arme Mann arbeitete nämlich Tag für Tag, manchmal sogar am Wochenende, bis spät in die Nacht und kam müde und erschöpft nach Hause. Eines Tages sagte er zu seiner Tochter: »Komm, lass uns ins Kino gehen. Nur wir zwei, Vater und Tochter«, da sprang das Nelkenmädchen vor Freude in die Luft.

Leider kam der Mann wie stets spät von der Arbeit, und sie schafften es gerade noch in die Nachtvorstellung. Im Kinosaal war es stockfinster, und noch bevor der Film anfing, wurde das Nelkenmädchen hundemüde. Behutsam setzte sie sich beim Vater auf den Schoß und vergrub den Kopf in seinem Hals. Oh, es war schön warm und bequem auf Papas Schoß, aber wie sollte sie sich den Film ansehen?

»Kein Problem«, sagte der Vater. »Da hinten, ganz oben, siehst du das helle Licht? Es leuchtet vom Projektor, der im Raum des Filmvorführers steht, hier herüber. Bevor die Bilder auf die Leinwand fallen, spiegeln sie sich zuerst im Fenster des Raums. Sie sind ein wenig klein, aber wenn du willst, kannst du auch dort den Film bequem ansehen.«

Aufmerksam heftete das Nelkenmädchen seine Augen auf das Licht, und tatsächlich flogen nach einer Weile geheimnisvolle bunte

Bilder über die winzige Glasscheibe. Aber da war immer noch ein kleines Problem. Der Film spielte in einer fremden Sprache. Wie alle Kinder verstand das Nelkenmädchen die Sprache der Katzen, Hunde, Löwen, Tiger, Elefanten, Stiere, ja sogar der Blumen und Bäume, die Sprache des Films aber verstand es nicht.

»Auch das ist kein Problem«, sagte der Vater, der an jenem Tag noch geistreicher wirkte als sonst. »Sieh du dir den Film an, und ich übersetze dir, was gesagt wird.«

Dann umarmte er seine Tochter ganz fest und begann zu erzählen: »Alle Kinder werden groß, nur eines nicht …«

Der Film handelte von einem Bengel, der im Nimmerland lebte und sich weigerte, groß zu werden. Eines Tages verlor der Junge seinen Schatten, und als er hinter ihm herrannte, lernte er ein gleichaltriges Mädchen kennen, und fortan stürzten sie sich gemeinsam von einem Abenteuer ins nächste. Piraten, Meerjungfrauen, Indianer, eine Fee, ein riesiges Krokodil … Eine perfekte Geschichte also. Aber schließlich war das Nelkenmädchen ein kleines Kind, und die Augenlider wurden ihm zusehends schwerer. Irgendwann konnte es sich nicht mehr wachhalten und gab sich dem gelben Licht hin, das zwischen den Bildern hindurchschien und immer größer wurde.

Als das Nelkenmädchen aus seinem friedlichen Schlaf erwachte, standen alle an seinem Bett: die Mutter, der Bruder, die Tanten und Onkel mütter- und väterlicherseits, die beiden Großmütter, ihre Amme und der gewitzte Vetter. Alle, nur der Vater nicht.

»Wo ist Papa?«

Er sei verschwunden, sagten sie. Wie sollte das gehen? Sollte der stattliche Mann sich in Luft aufgelöst haben? Doch leider wusste niemand etwas über seinen Verbleib. Die Kleine wurde sehr traurig und weinte bitterlich. Sie konnte nicht verstehen, warum ihr Vater so plötzlich verschwunden war. Aber sie gab die Hoffnung nicht auf. Sie wartete, dass er jeden Moment auftauchte und sie in seine Arme schloss. Dazu dachte sie sich kleine Spiele aus. Wenn sie zum Beispiel »Müde, matt, marode« spielte und den Ball mit aller Kraft in die Luft warf, rief sie laut »Papa!« und stellte sich vor, dass der Ball wie durch ein Wunder in den Händen ihres Vaters landete. Oder beim Versteckspielen: Nachdem sie alle Kinder gefunden hatte, suchte sie an den unmöglichsten Stellen weiter und rief: »Papa, komm raus, du hast gewonnen!«, auch wenn ihre Freunde aus Langeweile längst nach Hause gegangen waren. Doch der Vater blieb wie vom Erdboden verschluckt.

Hatte ich schon erwähnt, dass das Nelkenmädchen einen gewitzten Vetter hatte? Er war sehr traurig über den Zustand des Mädchens, denn insgeheim war er in sie verliebt. Eines Tages hielt er es nicht mehr aus und sagte: »Ich weiß, was mit deinem Vater passiert ist.«

»Sag«, bat das Nelkenmädchen mit weit aufgerissenen Augen, »wo ist er?«

»Der Stier hat deinen Vater verschluckt«, antwortete der Junge.

Das Nelkenmädchen sah ihn misstrauisch an. »Welcher Stier?«

»Na, welcher wohl? Natürlich der, der die Welt auf seinen Hörnern trägt«, erwiderte der gewitzte Vetter.

»Und ich weiß auch, wie du ihn finden kannst«, fügte er noch hinzu.

Dann nahm er seine Base an der Hand und führte sie in den Wald. Sie gingen über Pfade an riesigen Bäumen und wilden Sträuchern vorbei und gelangten schließlich an einen kleinen Bach.

»Setzt dich hin«, sagte der Junge.

»Ist der Stier hier?«, fragte das Nelkenmädchen und ließ sich auf dem Gras nieder. Der Junge pflückte etwas vom Boden und hielt es ihr hin.

»Hier ist er.«

»Das ist ein Pilz«, meinte das Nelkenmädchen. »Und kein Stier.«

»Der Stier ist in dem Pilz«, erwiderte der Junge.

»Das ist das Dümmste, was ich je gehört habe«, sagte das Mädchen spöttisch.

»Was denn?«, fauchte der Vetter. »Dass der Stier die Welt auf seinen Hörnern trägt, das glaubst du, aber dass er in einem Pilz steckt, das glaubst du nicht? Du bist vielleicht blöd!«

Jungen sagen Mädchen solche Sachen, um ihre eigentlichen Gefühle zu verbergen. Wie dem auch sei – man weiß nicht, wie sehr diese Worte das Nelkenmädchen beeindruckten, aber weil sie keine andere Wahl hatte, knabberte sie an dem Pilz und wartete ab.

Lange beobachtete sie das Wogen der Zweige im Wind, den Flug der Vögel und das Plätschern des Bachs. Da bemerkte sie, dass ein Ast allzu kerzengerade war, ein Vogel einen seltsamen Bogen flog und der Bach mit einem Mal in die entgegengesetzte Richtung floss. Sie stand auf und begann, in Fließrichtung des Wassers am Bach entlangzugehen. Einmal drehte sie sich um zu ihrem Vetter, der ihr lächelnd zuwinkte, und sie winkte zurück und ging weiter. An einer Stelle bildete der Bach einen Wasserfall und strömte den Hügel hinab. Ganz vorsichtig näherte sich das Nelkenmädchen der Kante, holte tief Luft und reckte den Kopf nach unten.

Da entdeckte die Kleine den Stier. Zwischen ihr und der Erdkugel, die auf seinen gigantischen Hörnern ruhte, waren nur wenige Meter Abstand. Der Stier hatte die Zunge herausgestreckt und versuchte mühevoll, das von seinen Hörnern abtropfende Wasser zu trinken.

»Hey, du, sieh mich an!«, schrie das Nelkenmädchen.

»Wer bist du denn? Was soll das Geplärr?«, brummte der Stier missmutig zurück.

»Du bist also der Stier, der die Welt hält«, sagte das Mädchen.

»Technisch gesehen hält sie mich natürlich auch«, erwiderte der Stier.

»Hochinteressant«, meinte die Kleine. »Ich habe aber nicht die Absicht, mit dir über Philosophie zu diskutieren. Ich bin hier, um herauszufinden, was mit meinem Vater passiert ist.«

Der Stier begnügte sich damit, mit dem Schwanz die Fliegen von seinem Hinterteil zu verjagen.

»Hast du mich gehört?«, fauchte das Mädchen.

»Ja, schon«, antwortete der Stier. »Aber bevor ich mich um dich kümmere, musst du mir einen kleinen Gefallen tun.«

»Und was für einen?«

»Ich bin furchtbar durstig«, klagte der Stier. »Wenn du ein paar Minuten diese Welt hältst, kann ich nach Herzenslust meinen Durst stillen.«

»Wie soll das gehen?«, fragte das Nelkenmädchen. »Wie soll ich diese riesige Erdkugel halten?«

Auf diese Frage hatte der Stier anscheinend nur gewartet. »Du kannst doch einen Handstand machen, oder?«

»Das ist kinderleicht«, antwortete das Nelkenmädchen, und schon stand sie auf ihren Händen. »Aber, mein schlauer Freund, ›technisch gesehen‹ halte im Moment nicht ich die Erde, sondern sie mich. Denn es gibt da etwas, das sich Gesetz der Erdanziehung nennt.«

»Zerbrich dir darüber nicht den Kopf«, entgegnete der Stier mit unverhohlener Aufregung. »Lass die Erde sich erst ein wenig an dich gewöhnen. Und jetzt erzähle mir deine Geschichte.«

Also schilderte das Nelkenmädchen, noch immer im Handstand, dem Stier, was sich in der Kinonacht zugetragen hatte.

»Eh«, meinte sie, als sie zu Ende erzählt hatte. »Nun sag mir, was mit meinem Vater passiert ist.«

»Siehst du die Fliegen, die auf meinem Hintern sitzen?«

»Was haben die denn damit zu tun?«, fauchte das Mädchen wütend.

»Diese Fliegen jucken höllisch«, sprach der Stier weiter. »Manchmal genügt es nicht, wenn ich mit dem Schwanz wedle, und ich habe ja keine Hände, um mich genüsslich zu kratzen, daher wackle ich unweigerlich hin und her. In diesen Situationen kommt es auf der Welt zu Erschütterungen.«

»Würdest du bitte zur Sache kommen?«, unterbrach ihn das Nelkenmädchen. »Es fällt mir schwer, noch länger so zu stehen. Und wolltest du nicht Wasser trinken?«

»Ich will die Erde nicht sofort loslassen«, sagte der Stier. »Lass sie sich erst ein wenig an dich gewöhnen.«

Das Nelkenmädchen zog die Augenbrauen zusammen. »Ich zweifle an deinem Verstand, aber erzähl einmal zu Ende.«

»Wie bereits gesagt – wenn ich mich bewege, passieren auf der Erde manche Veränderungen. Der Boden reißt auf, Felsen stürzen um, und manchmal fallen auch von Menschen gemachte Häuser in sich zusammen.«

»Ich weiß, das nennen wir Erdbeben«, fuhr das Nelkenmädchen ungeduldig dazwischen.

Der Stier nickte. »Für Menschen, die sich in diesen einstürzenden Häusern befinden, ist das ganz schlimm. Manche sterben, und Verletzte warten manchmal tagelang auf Hilfe. Damit die Kinder aus Angst nicht völlig verzweifeln, tun die Erwachsenen alles, was in ihrer Macht steht. Ein Vater beispielsweise bittet seine Tochter, sich vorzustellen, der dunkle Raum, in dem sie sich befinden, sei ein Kinosaal. Das Licht, das aus einem weit entfernten winzigen Riss hereindringt, käme eigentlich aus einem Projektor, sie solle genau hinsehen und sich vorstellen, die Geschichte, die er ihr gleich erzählen würde, sei ein Film. Während das kleine Mädchen diesen Film aus Bildern und Träumen verfolgt, dringen von draußen allmählich Menschen zu ihnen vor, das winzige Licht wird immer größer und strahlender. Endlich streckt jemand seine Hand nach der Kleinen aus und zieht sie aus den stocksteifen Armen ihres Vaters. Die schmerzlichen Erinnerungen werden aus dem Gedächtnis getilgt; was bleibt, ist die Geschichte eines Kindes, das nie groß wird.«

Das Nelkenmädchen und der Stier verharrten eine Weile, ohne zu sprechen.

»Bist du bereit?«, fragte der Stier schließlich.

Das Mädchen nickte, und der Stier sprang elegant in den eiskalten Strom des Wasserfalls.

Nachdem er seinen Durst gestillt hatte, kehrte er zu dem Mädchen zurück.

»Gut«, sagte er. »Ich denke, wir haben beide bekommen, was wir wollten. Wenn du es wünschst, kannst du die Weltkugel wieder auf meinen Hörnern ablegen.«

Das Nelkenmädchen lächelte, Tränen rannen ihr die Wangen hinunter.

»Du bist wirklich ein sehr gerissenes Tier«, sagte sie. »Du weißt, dass ich das nicht mehr kann.«

Seit jenem Tag springt der Stier über die Wiesen und rennt hinter den Kühen her, und die Erde dreht sich auf den Schultern eines kleinen Mädchens.

* * *

Zu einem anderen Zeitpunkt hätte ich geweint, als mein Vater mich am Ende seiner merkwürdigen Geschichte mit meiner Düsternis alleinließ. In dieser beschissenen Welt, in der jeder die Last einer ganzen Welt auf seinen Schultern trug, verhielt ich mich allzu verständnislos, ja sogar grausam den Menschen gegenüber. Insbesondere gegenüber meiner Mutter. Dabei war nicht etwa Trauer der Grund dafür, dass ich mir die Decke über den Kopf zog und mir auf die Lippen biss, sondern eine Art Freude. Eine süße Anspannung, die daraus resultierte, dass sich auf wundersame Weise der Vorhang vor meinen Augen gehoben und ich den Mordfall gelöst hatte.

11. töchter und siechende seelen

Bis zum Morgen wälzte ich mich im Bett hin und her. Ich erinnere mich, dass mir kurz vor Tagesanbruch, und da ich ohnehin nicht schlafen konnte, die Idee kam, aufzustehen, um meinen Eltern ein leckeres Frühstück vorzubereiten. Genau in diesem Augenblick schlief ich ein. Hingabe ist ja sowieso etwas, das von der Elterngeneration den Kindern entgegengebracht wird, denn so garantieren wir den langfristigen Verbleib unserer Gene auf der Erde. Und ich war in meiner Undankbarkeit eh unverbesserlich. Als mich nämlich Hatice Abla aus dem Bett holte, ging es bereits auf Mittag zu. Nach einem leichten Frühstück verließ ich das Haus mit dem Ziel, Gerechtigkeit walten zu lassen.

Die Sonne strahlte für die Jahreszeit recht kräftig, eine sanfte Brise wehte über meine Haut. Also konnte ich mein aufkommendes Unbehagen nicht auf das Wetter schieben. Mein Herz pochte nicht mehr so stark wie letzte Nacht, ganz im Gegenteil – ich fühlte mich schuldig, ja sogar schmutzig. Meine Entscheidung, ins Präsidium zu marschieren, anstatt Onur Çalışkan alles am Telefon zu erzählen, rührte wahrscheinlich daher, dass ich die Sache hinauszuzögern versuchte. Ich war mir bewusst, dass die Enthüllung der Tatsachen, wie ich von Anfang an befürchtet hatte, jeder Menge Menschen das Herz brechen würde. Vielleicht sollte ich meine Erkenntnisse einfach für mich behalten und alles, ohne einzugreifen, dem natürlichen Lauf der Dinge folgend den Bach runtergehen lassen. Ich musste mich sofort entscheiden. Würde ich ein aufgeblasener Dreckskerl sein oder ein dreckiger Konformist? Wenn ihr ebenfalls darüber nachdenkt, dann werdet ihr feststellen, dass das, was ihr für die Freiheit der Wahl haltet, nichts anderes ist als die Wahl zwischen Regen und Traufe.

Während ich mich voranschleppte, sah ich Celal den Hänfling auf der Treppe jenes Wohnhauses sitzen, in dem sie in der

Kellerwohnung logierten. Er hatte die Ellbogen auf die Knie gestützt und hielt den Kopf zwischen den Händen. Ehrlich gesagt wollte ich ihn einfach übersehen und weitergehen, aber als ich bemerkte, dass er mit mir dasselbe vorhatte, blieb ich stehen.

»Was ist los?«

»Nichts«, erwiderte er achselzuckend.

»Wie sieht's aus mit dem Krieg?«

Der Hänfling schaute besorgt in Richtung Paris-Viertel. »Wir werden die Mistkerle heute angreifen.«

»Wirst du das wirklich zulassen, Hänfling?«

»Was redest du da, Junge?«, fauchte er zornig und sprang auf die Füße. »Was hat das mit mir zu tun? Hätten sie eben nichts gestohlen.«

»Mein lieber Hänfling«, sagte ich so verständnisvoll wie möglich. »Ich frage dich noch einmal: Wirst du das wirklich zulassen?«

»Nicht zu fassen!«, schrie der Hänfling. »Hau ab! Mit Feiglingen wie dir rede ich nicht.«

Dann drückte er gegen die Tür und floh ins Haus.

Ich sah mich um, ob noch jemand anderes im Viertel unterwegs war, mit dem ich mich hätte anlegen können. Leider war die Straße wie ausgestorben. Mir blieb also nichts anderes übrig, als beharrlich meinen Weg fortzusetzen. Bis zum Schluss hatte ich die feste Absicht, ins Präsidium zu gehen, doch als ich an der Grenze zur Ömer-Celal-Bey-Straße ankam, änderte ich – wohl unter dem Einfluss meines Todeswunsches – mein Vorhaben und kehrte um. Mein bescheidener Vorschlag an Physiker, die nach der dunklen Materie suchen: Kommt her und nehmt einmal das Güzelyayla gewissenhaft unter die Lupe. An welch verfluchtem Punkt des Universums diese Bruchbude auch errichtet wurde: Ich schwöre, dass sich das Bermudadreieck daneben ausnimmt wie ein Kinderspielplatz.

Ich hatte die Hälfte der Stufen in den zweiten Stock dieses unseligen Gebäudes zurückgelegt, in dem alles begonnen hatte und alles enden sollte, als die Tür zur Nummer sechs aufging. Safinaz Abla sah mich an und lächelte ohne die geringste Spur von Verwunderung, als seien wir exakt zu dieser Minute verabredet.

»Wie geht's?«

»Gut«, sagte ich achselzuckend. »Ich bin gekommen, um mit dir zu reden.«

»Und ich wollte gerade die Vögel füttern«, erwiderte Safinaz Abla und steuerte in Richtung Treppe. »Komm, lass uns oben reden.«

Ich wusste schon, dass es nicht allzu vernünftig war, dieser Einladung nachzukommen, aber als Super-Egomane, der ich nun einmal war, machte ich keinen Rückzieher, sondern kletterte die Treppen hinter ihr her hinauf aufs Dach. Safinaz Abla zog den Schlüssel aus der Tasche ihres Hauskleids, schloss die Tür zur Dachterrasse auf und ging zum Taubenschlag. Nachdem sie je eine Handvoll Hirsekörner in die Näpfe gefüllt hatte, erklomm sie mit zwei behänden Sprüngen das Ziegeldach und nahm Platz.

»Komm doch auch her.«

An jenem Tag war ich scheinbar noch entschiedener auf Ärger aus, denn ich tat wie geheißen. Nun saßen wir nebeneinander auf dem Dach und betrachteten das aus grässlichen Betonklötzen bestehende Panorama.

»Und?«, fragte sie. »Worüber wolltest du mit mir reden?«

»Ich weiß alles«, antwortete ich.

»Ach, wirklich?«, erwiderte sie seelenruhig. Ich war mir nicht sicher, ob sie mir glaubte oder nicht. »Gleich, als ich dich sah, wusste ich, dass du ein schlaues Kerlchen bist.«

»Eigentlich hätte ich das Problem schon viel früher lösen können«, prahlte ich auf übelste Art. »Ich habe die ganze Zeit stur in die falsche Richtung geschaut. Ich dachte immer, Ümit lügt, um seine Mutter zu schützen. Dabei steckte von Anfang an hinter der Sache ein Mädchen, das für seinen Vater gelogen hat.«

Safinaz Abla hatte sich mir zugewandt und hörte mir nun aufmerksamer zu.

»An dem Tag, an dem wir beim Picknick waren, sprach Hatice Abla von einer möglichen Beziehung zwischen deiner Mutter und Abdullah Amca. Das klang natürlich ziemlich einleuchtend. Als ich mir dann gestern Ümits Polizeiakte ansah und herausfand, dass sich Abdullah Amca und dein Vater, also der frühere Mann deiner Mutter, schon sehr lange kannten, kam mir der Gedanke, dass die Beziehung zwischen ihr und Abdullah Amca vielleicht gar nicht so frisch war. Abdullah Amcas Beendigung der Partnerschaft mit deinem Vater kurz nach deiner Geburt, sein Auftauchen als Freund der Familie, nachdem ihr Halbwaisen geworden wart, seine Unterstützung … Alles passte zusammen.«

»Was passt zusammen? Wovon redest du?«

»Dilek Abla und ich haben letztens ein wenig geplaudert. Sie erzählte, deine Mutter würde dich nicht schlagen, weil du in der Kadr-Nacht geboren bist. Als du klein warst, hätte sie dir eine Ohrfeige verpasst, dann sei sie die Treppe runtergefallen, von dem Tag an hätte sie geschworen, dich nie mehr anzurühren … Ein Haufen Bockmist. Allein der Gedanke, ein kleines Missgeschick könnte so ein Monster aufhalten, ist Quatsch. Es muss zwischen der Ohrfeige und dem, was ihr passierte, einen konkreteren Zusammenhang geben. Gestern Abend dann fiel mir ein Satz ein, den Gazanfer, der Hausmeistersohn, von sich gegeben hat …«

»Der Hausmeistersohn?«, unterbrach mich Safinaz Abla. »Wer ist das? Was weiß er?«

Ich hörte die Panik, die in ihrer Stimme lag. Sicher hatte sie deshalb auch Mühe, mir zu folgen.

»Niemand weiß etwas«, sagte ich lachend und bedauerte im selben Moment meine Worte. Aber die Würfel waren gefallen, und ich konnte nur noch in dieser Richtung weitergehen.

»Vor einiger Zeit befreite er mich aus den Händen einer Gruppe von Strolchen, und da sagte er etwas Merkwürdiges. So etwas wie: ›Du bist aus unserem Viertel. Wenn dich einer verprügelt, dann ich – und sonst keiner.‹ Das fiel mir ein. Jedem steht frei, seine eigenen Kinder zu foltern, aber nicht die der anderen.«

»Eh?«

»Kein Zweifel, dass eure liebe Mutter diese Freiheit nach Herzenslust ausgekostet hat. Warum machte sie bei dir eine Ausnahme? Als ich die Antwort auf diese Frage gefunden hatte, kam eins zum anderen. Du bist nicht nur die Tochter deiner Mutter, sondern auch deines Vaters! Er war es, der dich beschützte.«

Safinaz Abla lächelte gequält und versuchte, sich ihre Anspannung nicht anmerken zu lassen. »Und warum beschützt mein Vater nicht auch meine anderen Geschwister?«

Wir kannten beide die Antwort auf diese Frage. »Weil er nicht ihr Vater ist. Es war nicht Allah, der deine Mutter die Treppe hinuntergeworfen hat, sondern dein leiblicher Vater, Abdullah Amca.«

»So viele Jahre schöpfte niemand Verdacht«, knurrte Safinaz Abla. »Aber wie hast du …?«

»Wenn ich es mir recht überlege, gab es eigentlich eine Menge Hinweise«, sagte ich ganz in Sherlock-Holmes-Manier. »Ich erinnere mich beispielsweise, wie du losgesaust bist, als Abdullah Amca beim Picknick sagte: ›Mein Kind, bring uns ein paar Eiswürfel.‹ Obwohl Dilek Abla direkt neben ihm saß, rührte sie sich nicht vom Fleck. Damals fiel mir das nicht weiter auf. Als jüngere Tochter warst du es gewöhnt, die Laufarbeiten zu erledigen.«

»Echt? Was gab es denn noch für Hinweise?«

»Ihr seht euch ähnlich. Ihr seid beide dunkelhaarig, und, Donnerwetter, stabil gebaut. Die anderen sind schmächtiger und dunkelblond.«

Safinaz Abla stieß einen tiefen Seufzer aus und richtete ihre Augen wieder in die Ferne. »Ich hatte selbst keine Ahnung, bis wir nach Istanbul kamen. Eines Abends, als niemand in der Nähe und er ganz schön beschwipst war, sagte er: ›Du bist meine

Tochter. Sag mir Bescheid, wenn dir deine Mutter auch nur ein Haar krümmt.‹ Bis heute habe ich mit meiner Mutter nicht darüber gesprochen, aber ich sehe es an ihren Blicken. Sie weiß, dass ich die Wahrheit kenne …«

Sie hielt inne und sah mich an. »Was geht dich das Ganze an?«

»Gar nichts«, sagte ich und zuckte mit den Achseln. »Eure Familiengeheimnisse sind mir völlig schnuppe. Leider geht die Geschichte noch weiter.«

Ein bitteres Lächeln umspielte Safinaz Ablas Lippen. »Klar tut sie das.«

»Als Dilek Abla dir den Arm verbrannte, hatte Abdullah Amca vermutlich deine Mutter im Verdacht. Deshalb kam er wutentbrannt zu euch, um Fahriye Teyze die Leviten zu lesen. Zu dem Zeitpunkt aber waren deine Mutter und deine Schwester im Krankenhaus. Was könnte danach passiert sein? Könnte sein, dass er sich sagte: ›Wenn sie meinem Kind etwas tut, dann nehme ich mir ihres zur Brust‹, und dabei Mehmet aus Versehen tötete?«

Safinaz Abla starrte mich aus weit aufgerissenen Augen an. Ich gab ihr keine Gelegenheit zu widersprechen und fuhr fort. »Das glaube ich allerdings nicht. Die Gerichtsmedizin hat eindeutig betont, dass Mehmet erwürgt wurde, und ich denke nicht, dass Abdullah Amca imstande wäre, ein behindertes Kind kaltblütig zu erwürgen. Außerdem bin ich mir sicher, dass du ihm die Wahrheit gesagt hat, also dass Dilek Abla dich verletzt hat. Unter den Umständen wäre es unlogisch zu denken, dass er Mehmet umgebracht hat. Ich gebe zu, dass ich an diesem Punkt auch ein wenig verwirrt war, aber dann …«

»Hast du das wirklich alles allein herausgefunden?«, fragte Safinaz Abla beinahe zufrieden mit der Lage, in der wir uns befanden. »Unglaublich!«

Ich entschied, dieses Kompliment geflissentlich zu überhören. »Das Laufgestell. Mir fiel ein, dass auf den Tatortfotos der Polizei das Laufgestell in der Küche stand.«

»Das verfluchte Laufgestell«, murmelte Safinaz Abla. »Der Übereifer meines Onkels.«

»Ja«, pflichtete ich bei. »Wenn er das Laufgestell nicht gekauft hätte, wäre Mehmet nicht in die Küche gekommen und hätte euer Gerede nicht mitangehört.«

»›Ich bring die Alte um‹, sagte mein Vater immer wieder. ›Tu's nicht, Papa, Mutter war's nicht‹, sagte ich, aber er hörte mir nicht zu ... Auf einmal stand Mehmet neben uns. ›Was redet ihr da?‹ ›Abla, warum sagst du Papa zu dem Kerl?‹ Er fragte und fragte. Ich nahm ihn auf den Arm und trug ihn in sein Zimmer. Ich schickte meinen Vater weg und ging wieder zu Mehmet. ›Das hast du falsch verstanden‹, sagte ich, ›sieh doch, wie sehr er uns hilft und unterstützt. Er ist wie ein Vater zu uns, deshalb habe ich ihn so genannt.‹ Natürlich glaubte er mir nicht. ›Ich erzähle alles Onkel Yusuf‹, meinte er stur, ›er wird allen beiden den Hals umdrehen.‹«

»Hätte Yusuf Abi das wirklich getan?«

»Wenn nicht er, dann hätte sich sicher ein anderer gefunden. Ich hab noch drei weitere Onkels mütterlicherseits und sechs von Vaters Seite. Lange Rede, kurzer Sinn: Er ließ mir keine andere Wahl.«

»Und Ümit? Ließ er dir auch keine andere Wahl? Wieso hast du ihm die Schuld in die Schuhe geschoben?«

»Ich habe ihm nicht gesagt: ›Geh und töte deinen Bruder‹«, brauste sie trotzig auf. »Was immer er getan hat, es war seine eigene Entscheidung.«

»Lass endlich die Lügen, Safinaz Abla«, bat ich. »Ümit ist kein Mörder.«

»Wie jetzt? Hat er etwa gelogen, als er sagte, er hätte seinen Bruder erwürgt?«

»Nein«, sagte ich. »Ümit denkt wirklich, dass er seinen kleinen Bruder umgebracht hat. Dabei hat sich Mehmet nicht gewehrt, als man ihm das Kissen ins Gesicht drückte, und weißt du, warum? Klar weißt du es. Er war nämlich schon tot. Du hattest ihn getötet. Als Ümit kam, sagtest du alles, was nötig war, damit er seinen Bruder erstickte. Der Arme hatte eh nicht mehr lange zu leben, er litt unter seiner Krankheit, und außerdem schlug ihn eure sadistische Mutter ohne Rücksicht auf seinen Zustand. ›Wäre ich doch bloß tot und erlöst‹, soll er zu dir gesagt haben. Letzteres ist natürlich eine Lüge. Schließlich tat Ümit das, was er für notwendig hielt. Es gab nur ein kleines Problem: Du hattest deinen Bruder mit bloßen Händen erwürgt, Ümit aber benutzte ein Kissen. Auf meine Frage beim Picknick, ob Ümit Mehmet mit den Händen oder mit einem Kissen erstickt hätte, erwähntest du mir gegenüber auch das Gespräch, mit dem du Ümit zu dem Mord angestiftet hast. Angeblich hattest du Schuldgefühle! Klar, damit wolltest du bloß meine Frage übergehen und herausfinden, ob Ümit mir und womöglich auch der Polizei erzählt hatte, welche Rolle du bei dem Mord gespielt hast. In der Tat ein eleganter Schachzug, wie er Bobby Fischer zur Ehre gereichen würde!«

Auf diese Weise hatte ich alles offengelegt, ohne auch nur den geringsten Raum für Ausflüchte zu lassen. Was würde sie jetzt wohl sagen? Die Mörder-Schwester betrachtete eine Weile ihre leicht geöffneten Handflächen, dann rieb sie sich kräftig das Gesicht und drehte sich schließlich zu mir um. »Was ist Bobby Fischer?«

Damit hatte ich nun überhaupt nicht gerechnet. Andererseits muss ich zugeben, dass ich mich bei meinen Erklärungen, um sie kräftiger zu würzen, manchmal zu überflüssigen Beispielen hinreißen lasse. Ich räusperte mich. »Der beste Schachspieler aller Zeiten.«

»Hm«, meinte Safinaz Abla und wandte sich ab. »Ich dachte, das sei Karparow gewesen.«

»Den gibt's nicht«, führte ich aus. »Karpow und Kasparow sind zwei verschiedene Leute. Beide sind gute Spieler, aber ich meine, Bobby Fischer würde sie beide erledigen.«

»Was weißt du schon, vielleicht gibt es auch einen Karparow? Kennst du etwa jeden?«

»Vielleicht … hast du recht.«

Wie wir im Gespräch über verbotene Liebe, Brudermord, Ehrenmord, Verschwörungen und schamlose Lügen an diesem absurden Punkt ankommen konnten, war mir wirklich schleierhaft. Und so etwas, wo sich meine kriminalistischen Fähigkeiten gerade zu höchsten Höhen aufgeschwungen hatten! Warum passierte das nicht Sherlock Holmes, Hercules Poirot oder, keine Ahnung, Don Isidro Parodi, sondern mir? Weil ich nur eine halbe Portion war? Ich war ein wenig verletzt. Aber wie gesagt, man sollte sich vorsehen mit dem, was man sich wünscht, denn es kann jeden Moment eintreffen. Schließlich würde schon bald wieder alles dahin zurückkehren, wo es hingehörte: in die verbrecherische Welt. Safinaz Abla rutschte von den Ziegeln hinunter auf den Boden und schloss geruhsam die Terrassentür zum Haus. Dann hob sie den Kopf und sah zu mir hinauf.

»Es tut mir leid, aber du lässt mir keine andere Wahl.«

Weg waren sie, jene Mörder mit Sportsgeist aus den romantischen Kriminalgeschichten. Werte Detektivanwärter, sagt niemals jemandem an einem derart entlegenen Ort auf den Kopf zu, dass er ein Mörder ist. Insbesondere, wenn die betreffende Person doppelt so groß ist wie ihr. Ich räusperte mich erneut.

»Das denkt mein Vater auch«, sagte ich. »Das arme Mädchen hatte keine andere Wahl. Genau das waren seine Worte, als ich ihm gestern alles erzählte. Ja.«

Safinaz Abla grinste hinterhältig. »Das waren also seine Worte, was? Seltsam, gerade sagtest du doch noch, niemand wüsste etwas.«

»Bis auf meinen Vater«, lautete mein letzter magerer Versuch. »Ich meinte doch, dass wir der Polizei nichts gesagt haben.«

»Na, wenn das so ist, dann komm runter und lass uns gemeinsam zur Polizei gehen.«

Sie sagte das überaus sorglos, als würde sie mit sich selbst Himmel und Hölle spielen. Sie wollte mir offenbar vormachen, sie sei nur ein harmloses Kind. Und natürlich war ich der Letzte, der ihr das abnahm.

Die Alarmglocken läuteten, und ich musste umgehend eine Lagebewertung vornehmen. Das Wichtigste war, nicht in Panik zu geraten. Ich musste ruhig Blut bewahren, um alle Daten aus der Umgebung vernünftig zu analysieren. Immerhin, wir befanden uns unter freiem Himmel, ich war zumindest etwas weiter oben als sie und die Terrasse ziemlich weitläufig. Wie sollte mir das alles zum Vorteil gereichen? Ich überlegte schnell und kam zu dem Schluss: gar nicht! Sie konnte, wann immer es ihr beliebte, zu mir hinaufklettern, ja mich sogar spielend hinunterwerfen, denn ich konnte nirgendwohin. Es hatte auch wenig Zweck, herumzuschreien. Erstens, weil die Häuser um uns herum alle viel niedriger waren als das Güzelyayla und wir von unserer Position aus auf die rückwärtigen Fassaden blickten. Zweitens, weil das an die Terrasse angesetzte Wetterdach es unmöglich machte, von unten das Geschehen hier oben zu beobachten. Und um ehrlich zu sein: Hier bei uns schreit immer irgendjemand aus irgendeinem Grund. Würde ich auf die Terrasse hinabsteigen, könnte ich eine Zeit lang vor ihr weglaufen, allerdings würde sie mich niemals an die Tür lassen, was so viel bedeutete wie: Dieser Plan würde mein Schicksal nur ein Weilchen hinauszögern.

Wir warteten beide, dass der andere den ersten Schritt machte. Schließlich begriff Safinaz Abla, dass ich mich mit der Situation vorläufig begnügte, und hörte mit dem Spielchen auf. Sie trat auf das Podest am Rand der Terrasse zu. Da bemerkte ich das offen stehende kleine Seitenfenster des Schuppens mit dem Blechdach schräg gegenüber vom Taubenschlag und das riesige Vorhängeschloss an der Tür. Ich stand auf und machte einen kraftvollen Hechter in Richtung Schuppen. Meine Landung fiel schlimmer aus als erwartet. Ich verlor das Gleichgewicht und schlug ein paar Salti. Doch mit der – wie sagt man so schön – Kraft der Verzweiflung fasste ich mich schnell wieder, rappelte mich auf und schaffte es nach einem ordentlichen Sprung, mich am Fensterrahmen festzuhalten. Bevor Safinaz Abla mich erreichen konnte, hatte ich mich hochgezogen und in den Schuppen geflüchtet.

Während ich nach Luft japsend auf dem Boden lag, trat Safinaz Abla ein, zwei Mal gegen die Tür. Diese blieb zu, obwohl sie heftig wackelte. Zum Glück erwiesen sich die Scharniere, die den Riegel hielten, als rechtschaffen stabil. Ich sah mich um, ob es eine andere Möglichkeit gab, hereinzukommen. Durch das kleine Fenster passte sie nicht hindurch. Durch den Spalt unter dem improvisierten Dach passte gerade mal eine Katze. Vorerst war ich in Sicherheit. Safinaz Abla musste zu dem selben Schluss gekommen sein, denn ich hörte sie rufen. »Hey! Was hast du vor?«

Ich drückte mich an die Tür. »Möglichst nicht so zu enden wie Mehmet.«

»Komm raus. Ich tu dir nichts.«

»Abgemacht«, erwiderte ich. »Sei doch so gut und bitte Hatice Abla, herzukommen, dann komme ich raus.«

Stille. Und dann: peng! Noch ein Tritt gegen die Tür. Und dann noch einer. Donnerwetter, dem Schreiner hätte ich gern die wunderbaren Hände geküsst, denn die Tür gab keinen Millimeter nach. Ich legte mein Ohr ans Holz. Schritte kamen ans Fenster und verharrten dort.

»Lass es bleiben«, rief ich. »Du kommst hier nicht rein.«

»Stimmt«, sagte Safinaz Abla. Und gleich darauf erinnerte sie daran, wie recht Einstein doch gehabt hatte, denn in der Tat konnte man je nachdem, wo man sich befand, die Realität ganz unterschiedlich interpretieren. »Und du kannst nicht raus!«

»Macht nix«, erwiderte ich so selbstbewusst wie möglich. »Ich kann warten.«

»Du musst nicht lange warten«, gab sie mit honigsüßer Stimme zurück. »Ich gehe runter und hole den Schlüssel.«

Mir lief es eisig den Rücken hinunter. Ob sie wohl bluffte? Vermutlich nicht. Wenn der Hauseigentümer nicht ein Geisteskranker war, der – wie der unsere – den gesamten Schuppen für sich allein beanspruchte, dann war bestimmt jedem Hausbewohner ein Schlüssel ausgehändigt worden. Und da das Güzelyayla, wie sich mittlerweile unbestreitbar herausgestellt hatte, im Grundbuch auf Luzifer eingetragen war, erschien es ziemlich plausibel, dass er mir übel mitspielen würde. Ich zerrte eine Truhe unter das Fenster und kletterte darauf. Um sehen zu können, was draußen los war, klammerte ich mich an den Fenstersims und zog mich hoch. Safinaz Abla war wirklich drauf und dran, die Terrasse zu verlassen. Ein Flämmchen der Hoffnung flackerte in mir auf. Vielleicht gelänge mir die Flucht von diesem verdammten Ort, während sie ihre Wohnung aufsuchte. Leider schien Safinaz Abla meine Gedanken gelesen zu haben, denn bevor sie das Haus betrat, blieb sie kurz stehen, drehte sich lächelnd zu mir um und zeigte mir den Schlüssel der Terrassentür.

Ich hatte mir überlegt, den Schuppen zu verlassen, sobald sie weg war. Aber was sollte ich auf der Terrasse machen? Die einzige Alternative, die mir neben dem Sprung in die Tiefe blieb, war, laut zu brüllen, in der Hoffnung, dass mich jemand hörte. Wobei diese Variante, warum sollte ich lügen, mir nun gar nicht mehr so übel erschien. Allerdings konnte Safinaz Abla sich hinter der Terrassentür auf die Lauer gelegt haben und nur darauf warten, dass ich genau das tat. Ob es in all dem Plunder im Schuppen etwas gab, das mir als Waffe dienen konnte? Sogleich inspizierte ich das Arsenal: eine Truhe, hingeworfene offene Pappkartons, eine alte Fernsehantenne, um die man die Kabel herumgewickelt hatte, ein schrottreifes Kinderfahrrad, ein Gartenschlauch und ein Filzstift. Nun war es an der Zeit, mein Genie sprechen zu lassen.

Nach einem zirka fünfminütigen Denkprozess stand mein Plan fest. Ich würde einen der Pappkartons an die Wand stellen. Damit er stehen bliebe und ergo nicht zu übersehen wäre, könnte ich auf die eine Seite das Fahrrad und auf die andere die Antenne platzieren. Danach würde ich auf die Truhe steigen und den Schlauch am Fensterriegel befestigen. Nachdem ich das andere Schlauchende zu einem Strang gebunden hatte, brauchte ich ihn mir nur noch um den Hals zu legen und mit meinem Fuß den Karton wegzutreten. Mein Abschiedsbrief, mit dem Filzstift auf der Pappe notiert, wäre ohne Zweifel das I-Tüpfelchen auf dem von mir geschaffenen Werk moderner Kunst.

Ich musste einsehen, dass ich am Ende des Wegs angekommen war. War ich es nicht, der sich ständig in Selbstmordfantasien erging? Na also, hier nun bot sich mir die Gelegenheit auf dem Präsentierteller. Ein Kurzflug vom Dach des Güzelyayla hinab in Cemalettins Garten. Okay, so verlockend wie von der Bosporusbrücke zu stürzen war es natürlich nicht, aber was will man machen? Man kann es sich nicht immer aussuchen. Lieber sollte ich stolz in den Tod gehen, anstatt mein Leben armselig durch die Hände einer Psychopathin zu verlieren.

Resigniert griff ich in meine Taschen und ertastete ein Stück Papier. Es war der Zettel, auf den ich Feriha Ablas Telefonnummer notiert hatte. Dass ich mit der alten Hexe nicht würde abrechnen können, bevor ich von dieser Welt ging, betrübte mich schon ein wenig. Dabei hatte ich so wunderbare Überraschungen für sie vorbereitet. Plötzlich vernahm ich über mir ein Knacken. Ich hob den Kopf und sah in die Richtung, aus der das Geräusch kam. Eine Taube hatte sich in der Dachritze eingenistet und inspizierte mit ruckartigen Kopfbewegungen die Umgebung. Bei genauerem Hinsehen stellte ich fest, dass es sich nicht um irgendeine Taube handelte. Es war eine von Yusuf Abis Zuchttauben, wahrscheinlich Hera, von der er erzählt hatte, sie kehre gelegentlich in den Taubenschlag zurück. Ich setzte mich an eine der Wände und lehnte mich an. Mit neurotischen Bewegungen drehte ich den Zettel hin und her. Dann hob ich wieder den Kopf und blickte zu Hera. Sie schien bei bester Laune zu sein. Ich stand auf und nahm die Truhe unter dem Fenster weg. Behutsam trug ich sie zu der Wand, auf der die Taube saß, stellte sie ab und kletterte darauf. Wie jede vernünftige Kreatur beim

Anblick eines Homo sapiens geriet auch Hera in Aufregung und versuchte zu fliehen. Allerdings steckte sie in der schmalen Ritze fest und konnte ihre Flügel nicht richtig bewegen. Um das Tier nicht zu verängstigen, streckte ich meine Hand so vorsichtig wie möglich nach ihm aus.

* * *

Ich ging davon aus, dass Safinaz Abla in Bezug auf den Schlüssel nicht geblufft hatte, und hielt es für adäquater, meine »Installation« zum Thema Selbstmord an einen anderen Platz im Schuppen zu verlegen. Um meiner zukünftigen Mörderin das Eindringen noch ein wenig zu erschweren, häufte ich alles, was ich finden konnte, an der Tür auf. Während sie sich bemühte, hereinzugelangen, konnte ich durchs Fenster nach draußen und dann durch die Terrassentür entkommen. Damit mein Plan funktionierte, war es natürlich erforderlich, dass Safinaz Abla jene Tür nicht abgeschlossen hatte. Und dass ich viel schneller rennen konnte als ein Mädchen, das doppelt so groß war wie ich. Ihr seht schon: Ich saß tief in der Scheiße.

Vom Rand meines kleinen Fensters aus begann ich die Terrassentür zu beobachten. Etwa fünf Minuten später tauchte Safinaz Abla auf. Sie warf einen kurzen Blick zum Schuppen und ging dann direkt zum Taubenschlag, riss die beiden Flügeltüren auf und blickte prüfend hinein. Vielleicht dachte sie, ich hätte mich während ihrer Abwesenheit wie ein Volltrottel dort versteckt. Wenn ich daran denke, dass ich genau das beinahe getan hätte, sank auch mein Glaube an meinen aktuellen Plan auf den Tiefpunkt. Ich ließ mich hinunter und lehnte mich mit dem Rücken an die Wand. Um ruhiger zu werden, versuchte ich möglichst regelmäßig zu atmen. Doch obwohl die Minuten verstrichen, tat sich nichts an der Tür. Ich vernahm von draußen nur ein seltsames Quietschen. Was hatte dieses Luder vor? Hatte sie im Sinn, einen Nervenkrieg zu entfesseln, weil sie den Schlüssel nicht finden konnte?

Nein. Als das Knirschen aufhörte, dauerte es keine zwei Sekunden und, zack, ging das Vorhängeschloss auf. Mit voller Wucht warf sich Safinaz Abla gegen die Tür; Truhe, Fahrrad, Antenne und allerlei Plunder wurden in die Mitte des Raums geschoben. Wütend streckte sie ein Bein herein. Ich bemühte mich, ruhig Blut zu bewahren. Der optimale Moment, um in Aktion zu treten, war überlebenswichtig. Doch da erblickte ich das riesige Brotmesser in der Hand des Mädchens, die ihren massigen Körper durch die halb geöffnete Tür hindurchzuzwängen versuchte, und meine ingenieurmäßigen Berechnungen erwiesen sich als für die Katz. Mit all meiner Kraft sprang ich am Fenster hoch … verfehlte den Sims … und fiel auf den Boden. Safinaz Abla war inzwischen drinnen, nur wenige Meter von mir entfernt. Ich stand auf, unternahm einen zweiten Versuch und schaffte es diesmal, mich festzuhalten. Währenddessen machte sie einen Schritt auf mich zu, und sie hätte mich auch zweifellos erwischt, wäre sie da nicht mit ihrem Hauskleid an dem klapprigen Drahtesel hängengeblieben und auf den Boden geknallt.

Safinaz Ablas Sturz wirkte auf mich wie ein Energieschub. Vielleicht hatte ich doch noch eine Chance. Schnell krabbelte ich durchs Fenster und warf mich auf die Terrasse. Nun sollte ich zur Tür laufen. Doch welch seltsames Objekt hinderte mich? Der Taubenschlag! Jetzt verstand ich, was die Ursache des Knarrens und Knirschens gewesen war. Das verfluchte Weib hatte meinen Plan vorausgesehen und den Käfig so vor dem Fenster platziert, dass nur ein winziges Dreieck frei blieb. Sobald ich versuchte, das Ding wegzudrücken, um hinauszukommen, würde ich ihr in die Falle gehen. Ich trat auf das Holzbrett, das den Käfig unterteilte, und kletterte oben drauf. Wie vermutet, stand Safinaz Abla unten mit dem Brotmesser in der Hand. Kaum, dass sie mich bemerkt hatte, warf sie sich mit der Schulter gegen den Taubenschlag. Bevor das Ding unter lautem Getöse umfiel und zerbrach, gelang es mir, mich an eine Stelle möglichst weit weg von Safinaz Abla retten.

Dann begann die Verfolgungsjagd. Eigentlich hätte sie mich mehrmals einfach erstechen können. Aber das war nicht ihre Absicht. Sie wollte mich lebend schnappen. Allerdings hatte sie sicher nicht vor, mich allzu lange in diesem Zustand zu belassen. Schließlich kam es zum unausweichlichen Ende: Safinaz Abla gelang es, mich in die Ecke zu drängen, in der vorher der Taubenschlag gestanden hatte. Auge in Auge standen wir uns gegenüber.

»Bis hierher«, sagte sie endlich. »Tut mir leid.«

»Gut«, erwiderte ich. »Du hast gewonnen. Was machen wir jetzt?«

Sie zeigte mit dem Kopf auf das Wetterdach. »Du wirst springen.«

»Da kannst du lange warten«, sagte ich. »Wenn du meinen Tod willst, musst du schon selbst dafür sorgen.«

»Das kann ich.«

»Diesmal wirst du nicht davonkommen«, meinte ich, ohne viel Hoffnung, damit mein Schicksal ändern zu können. »Die Polizei wird es durchschauen. Und du kriegst lebenslänglich.«

»Ich werde mein Glück versuchen«, entgegnete Safinaz Abla lächelnd. Tatsächlich, sie genoss die Situation. Da dachte ich, dass sie Mehmet nicht nur aus Angst vor der Aufdeckung ihres Geheimnisses ermordet hatte, sondern weil es ihr Spaß machte. Der Gedanke, dass Sadismus eine genetische Spezialität war, die unter den entsprechenden sozialen Bedingungen zu Tage trat, erschien mir letzten Endes ziemlich plausibel.

»Außerdem bin ich nicht so überzeugt wie du, dass sie es durchschauen werden. Du bist ja bekanntlich oft hier gewesen. Sie werden denken, dass du beim Rumtoben hier oben runtergefallen bist.«

»Sieh dir den Trümmerhaufen an, den du fabriziert hast«, beharrte ich. »Der Taubenschlag ist zerbrochen, der Schuppen im Eimer. Du hast keinerlei Chance.«

»Du nimmst die Polizei viel zu wichtig«, sagte Safinaz Abla. Da hatte sie recht. Alle wussten, wie verrückt ich war. Und es war durchaus einleuchtend, dass alle zu der Überzeugung kommen könnten, ich wäre irgendwie durchgedreht. Sogar Begüm Gülüm könnte Ähnliches bestätigen.

Ohne Zeit zu verlieren packte mich die Brudermörderin und Überbringerin meines Todes im Nacken an meinem T-Shirt, presste mich an das niedrige Terrassengeländer und schubste mich weiter in Richtung Wetterdach. So sehr ich mich auch wehrte, es war zwecklos. Meine letzten Sekunden rasten dahin. Ein paar Meter über die Schräge rollen und danach ein kurzer Flug in die ewige Finsternis. Meine das Geländer umklammernden Finger wurden schwächer und schwächer … Es war sinnlos, noch länger am Leben festzuhalten; lieber sollte ich mich entscheiden, was ich beim Sterben denken, besser gesagt, wovon ich träumen sollte. Ich dachte an die Gesichter meiner Eltern. Dann an meine Freunde, an Hatice Abla, an Begüm Gülüm. Und am Ende tauchte, aus welch unheilvollem Winkel meines Gedächtnisses auch immer, ein Bild vor meinem geistigen Auge auf. Warum, weiß ich nicht, aber in dem Augenblick war alles an seinem rechten Platz. Ich weinte, aber nicht etwa aus Angst. Im Gegenteil, ich empfand meinen Tod nicht mehr als Unrecht, sondern als Notwendigkeit, wie ein Naturgesetz, dem man nicht entkommen konnte. Im Gesicht dieser Frau, die meine Fantasie in Besitz genommen hatte, waren alle Antworten verborgen; jener Frau, die einen Mann mit ihrer Liebe in die Hölle zu treiben vermochte.

»Adalet«, wimmerte ich, während ich das Geländer losließ. »Endlich.«

12. leb wohl, meine seele

Ich rollte an den Rand des Wetterdachs, und während ich aus vierzig Meter Höhe auf den Kohleschuppen im Garten der Familie Cemalettins starrte, wartete ich schon auf Safinaz Ablas leichten Schubser. Da hörte ich einen Knall, gefolgt von einer Reihe widersprüchlicher Befehle.

»Stehenbleiben!« »Hände hoch!« »Runter auf den Boden!« »Keine Bewegung!« »Beweg dich!«

Jemand packte mich im Nacken und zerrte mich aus der Gefahrenzone, hob mich dann hoch und legte mich auf die Terrasse. Der Boden war kalt, aber sicher, und ich schaute mich um. Zwei Polizeibeamte waren damit beschäftigt, Safinaz Abla, die auf dem Bauch lag, Handschellen anzulegen. Ich drehte den Kopf auf die andere Seite und sah meinen Retter über das Geländer springen und auf mich zukommen. Onur Çalışkan fasste mich an den Schultern und schüttelte mich. »Bist du in Ordnung? Sieh mich an! Hey, Junge …«

Ich legte ihm die Hand auf die Schulter und richtete mich auf. »Alles okay, keine Sorge.«

Wobei ich eigentlich zu begreifen versuchte, ob das alles Realität war oder ob mir mein Gehirn im Angesicht des Todes einen Streich spielte. Als ich die Taube auf vergeblicher Suche nach ihrem Nest über unseren Köpfen ihre Kreise ziehen sah, verstärkte sich mein Glauben um ein Quäntchen, dass die Polizei, genau wie in den Filmen, in letzter Sekunde zu meiner Rettung herbeigeeilt war. Hera war frustriert, weil ihr Taubenschlag nur mehr ein Trümmerhaufen war, schlug aber einen Purzelbaum nach dem anderen, genau so, wie Yusuf Abi es sich gewünscht hatte. Lächelnd wandte ich mich an den Kommissar: »Der Vogel?«

Als Antwort zog Onur Çalışkan einen zerknitterten Zettel aus der Tasche. Wie ich vermutet hatte, handelte es sich um das

Stück Papier, auf dem auf einer Seite Feriha Yenges Telefonnummer stand und auf der anderen meine Nachricht, die ich notiert hatte, bevor ich es mit einem Stück Kupferdraht aus dem Antennenkabel an Heras Fuß befestigt hatte:

Zu Händen Onur Çalışkan! Safinaz ist die Mörderin. Sie ist drauf und dran, auch mich zu töten. Dachterrasse des Güzelyayla. Beeilt euch. Ich habe meine Mutter immer geliebt.

»Wie hast du …?«, stammelte Onur Çalışkan.

»Wie spät ist es?«, lautete meine Gegenfrage.

Nach kurzem Zögern warf Onur Çalışkan einen Blick auf seine Armbanduhr. »Viertel vor eins.«

Wie von der Tarantel gestochen sprang ich auf die Füße.

»Ich danke Ihnen, weil Sie mir das Leben gerettet haben«, sagte ich und machte mich in Richtung Terrassentür auf.

»Hey, komm her!«, brüllte Onur Çalışkan hinter mir her.

»Ich werde vorbeikommen und alles erzählen, keine Sorge. Aber vorher muss ich etwas erledigen.«

An der Tür hielt ich noch einmal inne und wandte mich um. »Und noch etwas: Richten Sie bitte auch Metin Bilgin meinen Dank aus. Ich habe es vorher nicht verstanden, aber jetzt weiß ich, dass er die Akte absichtlich auf Ihrem Tisch liegen lassen hat, damit ich sie mitnehme. Sein Stolz hat es ihm wahrscheinlich verboten, mich direkt um Hilfe zu bitten.«

Begleitet von Onur Çalışkans Fragen und Safinaz Ablas hasserfüllten Beleidigungen und Flüchen rannte ich in Windeseile die Treppe hinunter. Seltsam, aber wahr, dass die Tierliebe der nicht gerade vor Menschenliebe strotzenden Ordnungshüter es gewesen war, die mir das Leben gerettet hatte. Als Yusuf Abi die Tauben vor dem Präsidium freiließ, hatten die armen, so lange Hunger leidenden Tiere endlich die Chance gehabt, sich ordentlich satt zu essen. Ich erinnerte mich an Yusuf Abis Schilderung während unseres Picknicks in Polonezköy, Hera sei auf die Terrasse zurückgekehrt, aber gleich nachdem sie ihr Futter vertilgt hatte, wieder verschwunden. Das schlaue Geschöpf hatte schnell gelernt, dass der Faule nichts zu beißen bekam, und natürlich für die nächste Mahlzeit das Präsidium angesteuert. Die Gesetzeshüter hatten, so wie Yusuf Abi, die Tierchen weitergefüttert. Letztlich hatten die Polizei und Yusuf Abi, ohne dass sie es bemerkten, durch ihre regelmäßige Belohnung eine perfekte Brieftaube aufgezogen, die ihre Dienstflüge zwischen dem Güzelyayla und dem Präsidium absolvierte. Als ich Hera mit der Nachricht abgeschickt hatte, war ich offen gestanden ziemlich unsicher gewesen, ob alles so geschehen würde, und selbst wenn, ob die Polizei so schnell würde reagieren können, um mein Leben zu retten. Die Hoffnung, dass der Mörder des kleinen Mehmet – und natürlich meiner Wenigkeit – dank dieses kleinen Stückchen Papiers vielleicht eines Tages geschnappt werden würde, war mir angesichts meiner Lage ausreichend gewesen. Aber gottlob hatte die türkische Polizei eine weitaus bessere Leistung gezeigt, als ich mir erträumt hatte; und wer weiß, vielleicht hatten sie gut daran getan.

Ich trat auf die Straße und sah mich um. In den Hauseingängen des Paris-Viertels fielen mir einige Grüppchen von zwei bis drei Personen auf, die unser Viertel eingehend beobachteten. Dieses Bild war alles andere als normal und verhieß nichts Gutes. Mein Argwohn wurde bestätigt, als ich, während ich meinen Heimweg fortsetzte, sah, dass unsere Jungs wiederum das Paris-Viertel beäugten. Das Fiasko stand kurz bevor. Der Hänfling hielt Stellung vor seinem eigenen Haus, Burhan und Cemalettin leisteten ihm Unterstützung. Alle hielten dicke Holzknüppel in den Händen. Ich gesellte mich zu ihnen.

»Was steht an?«

»Wir warten, dass die Polizei weggeht«, sagte Burhan. »Dann greifen wir die Mistkerle an.«

»Sie erwarten euch schon«, erwiderte ich mit Blick ins Feindesland.

Garantiert würde Burhan am Ende des Tages seinem Namen den Titel *Kriegsveteran* beifügen. »Wir haben keine Angst!«

»Wo kommt bloß die Polizei her?«, fiepte der Hänfling. »Nicht zu fassen!«

»Mit meinem Bruder hat das nichts zu tun!«, sagte Cemalettin, wohl wissend, dass er damit niemanden recht überzeugen konnte. »Er ist nicht mal zu Hause. Er ist ins Dorf gefahren, zu meinem Onkel.«

Mir war klar, dass ich sie nicht von diesem dämlichen Himmelfahrtskommando würde abhalten können. Hätte ich doch bloß Onur Çalışkan auf der Terrasse noch schnell über die Situation informiert! Wenn ich zu ihm zurückginge, würde er mich womöglich nicht wieder weglassen. Und außerdem: Was bildete ich mir denn ein? Nicht einmal Gandhi war imstande gewesen, die Blutgier der Menschen zu stoppen.

»Gott segne euren heiligen Krieg«, meinte ich und zog von dannen.

»Memme!«, rief Cemalettin hinter mir her. Ich drehte mich nicht einmal um.

Wenige Minuten später war ich in meinem trauten Heim. Ich hoffte, mich wenigstens eine halbe Stunde ausruhen und die Erschöpfung abschütteln zu können, die angesichts des an mir verübten Mordversuchs auf mir lastete, doch Hatice Abla ließ mit der schlechten Nachricht nicht lange auf sich warten.

»Wo warst du bloß? Deine Tante war hier und ist wieder gegangen, weil du nicht da warst.«

»Tante Feriha ist weggegangen?«

Hatice Abla nickte. »Ja, gerade eben. Hast du sie nicht gesehen?«

Sie zog den Vorhang zur Seite und zeigte nach unten. »Da ist sie doch.«

Ich trat ans Fenster und schaute auf die Straße. Eine alte Frau stieg gerade in einen in der Nähe geparkten blauen Honda. Sie hatte das Haus wohl während meines Gesprächs mit unseren Taugenichtsen verlassen. Kurz erwog ich, sie anzurufen, damit sie auf mich wartete, doch dann fiel mir ein, dass der Zettel mit ihrer Nummer bei Onur Çalışkan verblieben war, um in die Beweismappe zu wandern. Vielleicht würde ich sie noch erwischen, wenn ich mich beeilte. Ich flitzte zur Tür. Nein! Für die perfekte Schlussszene fehlten mir noch ein paar Accessoires. Zuerst stürmte ich in mein Zimmer, fiel dann im elterlichen Schlafzimmer über die Schubladen des Toilettentischs her und machte mich gleich darauf auf den Weg.

Ich stürzte die Treppe hinunter und riss die Haustür auf, da sah ich den blauen Honda in Richtung Hauptstraße abbiegen. Wütend fluchte ich hinter Feriha her. Ich musste mir schnellstens etwas einfallen lassen. Ich konnte doch nicht zulassen, dass sie mir einfach so entwischte. Zweifellos verfügte ich über die intellektuellen und kriminalistischen Fähigkeiten, ein Taxi anzuhalten mit der Bitte, dem Fahrzeug zu folgen, doch leider war die Wahrscheinlichkeit, an einen Taxifahrer zu geraten, der wiederum die nötige Reife besaß, mich ernst zu nehmen, gleich null. Ach, wenn ich doch nur ein Auto hätte … Dann würde mich niemand mehr aufhalten können. Bei diesem Gedanken traf es mich wie ein Blitz. Ich spürte, dass meine Augen leuchteten, so wie manche meiner Freunde und Familienmitglieder gelegentlich mit einem Anflug von Angst berichteten. Entschlossenen Schrittes begab ich mich zu dem Haus, in dem Celal und seine Familie wohnten. Ohne die leeren Blicke der drei blöden Musketiere zu beachten, schlüpfte ich zwischen ihnen hindurch und drückte mit der Handfläche auf alle Klingelknöpfe. Jemand betätigte den Öffner, und ich ging hinein. Mein nächstes Ziel war das Untergeschoss. Denn dort befanden sich die Kohlenkeller, die seit der Umstellung auf Erdgas nicht benutzt wurden. Mit einem Fußtritt öffnete ich Celals Keller sperrangelweit. Wie ich vermutet hatte, stand dort das Objekt meiner Begierde.

Schwitzend zerrte ich das riesige Ding die Treppe hinauf und trat wieder auf die Straße. Unter Burhans, Cemalettins und vor allem Celals entsetzten Blicken stellte ich es ab, setzte mich hinein und stemmte mich mit aller Kraft in die Pedale. Während ich geschmeidig über den Asphalt glitt, sah ich Zuhal, wie sie mir vom Balkon im dritten Stock aus lächelnd winkte, und hörte Mümtaz Abi, wie er leidvoll hinter mir herschrie: *»Düldüüüül!«*

Ich hatte von Anfang an vermutet, dass Celal, der verknallte Teufel, das *Düldül* gemopst hatte. Nach der Katastrophe mit den Glücksbriefen hatte er einsehen müssen, dass er es mit Mümtaz Abi nicht aufnehmen konnte, hatte den Quell der Ungleichheit kurzerhand aus dem Weg geräumt und die Schuld an allem auch noch den Burschen aus dem Paris-Viertel in die Schuhe geschoben. Um Cemalettin für eine falsche Zeugenaussage zu gewinnen, reichte schon eine Handvoll Murmeln.

Einmal auf der Straße und mit Newton im Rücken, war meine Aufgabe ein Kinderspiel. Mit Slaloms, die die Crème de la crème unter den Formel-1-Piloten vor Neid erblassen ließen, düste ich mit Vollgas und von Hupkonzerten begleitet zwischen sich ineinander verkeilenden Fahrzeugen hindurch den Hang hinunter. Nach den Erlebnissen des Tages und getragen vom Adrenalinschub in meinem Blut waren mir die Beinahezusammenstöße, denen ich nur knapp entging, schnurzpiepegal. Wer hätte schon begreifen können, was ich empfand, als ich mit dem Roten Drachen unter dem Hintern und der kohlenmonoxydgeschwängerten Großstadtluft im Gesicht Gebäude, Menschen, Bäume und die anderen Autos im Zeitraffer hinter mir ließ? Vielleicht Steve McQueen.

Ich wusste, dass es einige Hundert Meter weiter unten, an der Kreuzung zur Hauptstraße, Verkehrsampeln gab, an denen man eine ganze Weile halten musste. Der Verkehr floss denn auch immer zähflüssiger dahin, je näher wir der Kreuzung kamen. Die rote Ampel konnte meine Chance sein. Nebenbei setzte der dichte Verkehr meiner irren Fahrt ein Ende und machte die Benutzung der Bremse erforderlich. In weniger als einer halben Minute waren die Lücken zwischen den Autos, die immer langsamer wurden und schließlich stehenblieben, so klein, dass ich mich nicht einmal mehr mit dem *Düldül* hindurchschlängeln konnte. Ich musste Feriha einfach an der Ampel erwischen. Wäre ich ein in der Schweiz lebender Actionheld gewesen, hätte ich über den Seitenstreifen rasen können, doch in unserem schönen Land sind alle meine Mitbürger derart intensiv mit der sofortigen Lösung von Problemen wie der Verwirklichung der kalten Fusion, der Entdeckung eines Heilmittels gegen Krebs oder einem Architekturprojekt zur Vollendung der Sagrada Familia beschäftigt, dass niemand die Zeit oder die Langmut besitzt, arglos derlei Lücken zu lassen. Aus diesem Grund schloss auch ich mich der bei unseren waghalsigen Minibus- und LKW-Fahrern beliebten und unter dem Slogan »Hoch lebe der Bürgersteig« zu subsumierenden Bewegung an.

Ich düste mit dem *Düldül* den Bürgersteig hinab und bemühte mich, wenn auch nicht in höchstem, so doch höchstmöglichem Maß, Bäume – mitten auf dem Gehweg, eine Revolution in der Städteplanung –, Kinderwagen, Mütter der Babys in den Kinderwagen, Rentner, Kriegsversehrte und Angehörige der Kriegsversehrten nicht über den Haufen zu fahren. Gerade als die Ampel an der Kreuzung auf Grün sprang, lenkte ich das *Düldül* gegen die Stoßstange des Honda, der zu meinem Glück in der Poleposition in der Spur ganz rechts wartete. Als das vorderste Fahrzeug beim Startschuss nun nicht gleich zwanzig Meter nach vorne schoss, hatte unser auch am Sport überaus interessiertes Volk nach der in solchen Situationen üblichen alten Tradition bereits begonnen, Liegestütze auf den Hupen zu vollführen.

Feriha Yenge wiederum klebte am Lenkrad und glotzte mich mit weit aufgerissenen Augen an.

»Der Kofferraum!«, schrie ich, während ich aus dem *Düldül* sprang.

Angewidert öffnete sie das Seitenfenster.

»Duuu«, knurrte sie.

»Stimmt, ich bin die Schlange«, erwiderte ich. »Ich werf mal ganz schnell dieses Ding in den Kofferraum, danach können Sie mich auf der ganzen Strecke nach Lust und Laune beschimpfen.«

* * *

Unterwegs zum Friedhof Feriköy zog Feriha Yenge es vor, mich mit Schweigen zu strafen. Auch auf dem Friedhof redeten wir kein einziges Wort miteinander, bis auf die kurzen Wegbeschreibungen, die ich ihr gab. Am Grab meines Onkels angekommen, stiegen wir aus. Sie legte einen Strauß Stiefmütterchen auf den Grabstein, band sich einen schicken schwarzen Schal um den Kopf und drehte die Handflächen gen Himmel. Während sie betete, sah ich sie mir einmal so an. Für ihr Alter hatte sie einen straffen Körper, ihr Antlitz aber war in ungewöhnlichem Maß von tiefen Falten gezeichnet. Wenn das Gesicht tatsächlich ein Buch war, konnte man darin lesen, dass sie kein beneidenswertes Leben gehabt hatte. Selbst im Gebet strotzte sie nur so vor Hochmut. Ich muss allerdings zugeben, dass sie etwas besaß, das man durchaus als Klasse bezeichnen konnte. Alles in allem: Feriha Yenge würde ich nicht einmal meinem schlimmsten Feind wünschen.

Beruhigt, den letzten Willen meines Onkels erfüllt zu haben, gab sie ein tiefes *Amin* von sich und drehte sich zu mir um. »Betest du nicht?«

»Bringt das was?«

»Was heißt ›bringt das was‹?« Sie wollte mir eine Standpauke halten, aber sie spürte wohl, dass sie dazu noch nicht die nötige Grundlage geschaffen hatte.

»Es liegt an meinem Alter.« Ich zupfte ein Unkraut, das sich auf dem Grab breitzumachen begonnen hatte, und steckte es mir zwischen die Zähne. »Da ich noch nicht über die Fähigkeit verfüge, Sünden zu begehen, nützt es wohl auch nichts, wenn ich etwas Gutes tue. Läuft das Ganze nicht so?«

»Bravo. Deine Familie hat dir viel über deine Religion beigebracht.«

»Wenn Sie fertig sind, dann lassen Sie uns gehen«, meinte ich und steuerte auf das Auto zu. »Eigentlich könnte ich mit meinem eigenen Wagen zurückfahren, aber ich fürchte, ich kriege auf der Brücke Probleme bei der Mautstelle.«

Feriha Yenge bedeutete mir mit dem Kopf, in ihr Fahrzeug zu steigen, und setzte sich hinters Steuer. Offensichtlich hielt sie es für überflüssig, sich länger mit mir zu beschäftigen. Also war die Reihe an mir. Der Honda schlängelte sich zwischen kleinen Werkstätten hindurch, die je nach Geldbeutel und Grad der Verbundenheit der Angehörigen den ehrenwerten Verblichenen gegenüber eine Grabgestaltung in Granit, Waschbeton oder Marmor feilboten, und ich nahm meinen Einstieg ins Thema.

»Woher stammt die Idee, Blumen aufs Grab zu legen, Tantchen?«

»Das wünschte er sich in seinem Letzten Willen von mir.«

»Das heißt, er wusste, dass er vor Ihnen ins Jenseits geht.«

Sie antwortete nicht, aber ich spürte, dass ich ihre Seelenruhe gestört hatte.

»Warum er sich so etwas wohl von Ihnen gewünscht hat?«

»Auch wenn Menschen sich trennen, können sie sich weiterhin lieben. Nebi hat mich sehr geliebt. Und ich … habe ihn natürlich sehr geschätzt.«

Sie hatte ihn geschätzt! Ich hätte meinen Plan ohnehin weiter verfolgt, aber nach diesem aalglatten Spruch fiel es mir umso leichter.

»Wer weiß, vielleicht hatte er ja vergessen, dass er sich das gewünscht hatte?«, sinnierte ich in meinem Stil weiter.

»Du hast wohl nicht gerade den hellsten Verstand.« Meine Tante war die Art von Frau, die nachts erst schlafen konnte, wenn jemand ihrer Behauptung zustimmte, selbst wenn dieser Jemand nur ein Fünfjähriger war.

»Es war sein besonderer Wunsch, dass ich herkomme. Um seine Liebe zu mir ein letztes Mal zu wiederholen.«

»Ach, das«, sagte ich recht teilnahmslos. »Alle glauben das, nicht wahr?«

Eine Weile sagte sie nichts. Aber ich konnte in ihrem Gesicht lesen, dass in ihrem Kopf die letzten Sekunden einer Zeitbombe tickten. An der ersten roten Ampel hielt sie den Wagen an und drehte sich zu mir.

»Was willst du sagen?«

Ich zog das Foto aus meiner Gesäßtasche und hielt es ihr hin. Sie nahm es und betrachtete es.

»Adalet«, murmelte sie. »Wo hast du dieses Foto gefunden?«

Sie kannte Adalet also. Vermutlich als Metin Amcas Ehefrau. »Es lag zwischen den Fotos meines Onkels.«

»Gut«, meinte sie und hielt es mir hin.

»Wenn Sie sich auch die Rückseite ansehen würden …«

Sie stöhnte, drehte das Bild um und schmiss es nach kurzem Blick völlig unbeeindruckt auf das Armaturenbrett. Sofort schnappte ich mir die Waffe meiner Rache. Vielleicht hatte sie ja ihre Lesebrille zu Hause vergessen oder war zu faul, sie aus der Tasche zu nehmen.

»Die einzige Frau, die ich jemals geliebt habe«, las ich. »Adalet!«

Ich drehte mich zu ihr, um die Wirkung meines Schlags zu prüfen. Feriha Yenge trommelte mit den Fingern aufs Lenkrad, die Augen auf die Ampel gerichtet. Das entsprach nicht im Entferntesten dem Bild, das ich erwartet hatte.

»Bei den Fotos befand sich übrigens auch noch ein Ehering«, insistierte ich. »Da stand Adalet drin.«

»Und?«

»Nicht Feriha«, betonte ich. »Adalet.«

»Also?«

»Kapieren Sie denn wirklich nicht?« Schwang da ein wenig Streitsucht in meiner Stimme mit? »Es ist alles gelogen. Dass mein Onkel Sie bis zu seinem letzten Atemzug geliebt hat, sich an niemandem binden konnte und so weiter. Wahrscheinlich handelt es sich um eine egoistische Fantasie, die Sie sich eingebildet und an die Sie geglaubt haben.«

»Hmm«, meinte sie und trat, als die Ampel Grün zeigte, aufs Gas. Anstatt dass sie kreischte und fluchte und hysterische Anfälle kriegte, umspielte bloß ein winziges Lächeln ihre Lippen.

»Hast du lange darauf gewartet?«

»Nicht unbedingt«, antwortete ich achselzuckend. Ich begriff ihre Reaktion einfach nicht.

»Und warum?«, fragte sie.

»Was, warum?«

»Warum erzählst du mir das?«

»Ich dachte, Sie hätten das Recht, die Wahrheit zu erfahren.« Mein Magen brannte. Mir war klar, dass ich Unsinn redete. Eine Zeit lang sah ich auf die Straße und knabberte dabei auf meinen Lippen herum. Da kam mir die Antwort, die ich mir bis zu jenem Tag niemals hätte eingestehen wollen.

»Weil Sie meine Mutter traurig gemacht haben.«

Ihr Lächeln wurde noch breiter, die Höllengrube, die sie an Stelle eines Mundes benutzte, weitete sich, und schließlich begann Feriha Yenge geräuschvoll zu lachen.

»Ich habe also deine Mutter traurig gemacht?« Nun gab sie lautes Gelächter von sich, genau wie die bösen Hexen in den Märchen.

Ich hatte mir derweil die Lippen und Wangen blutig gebissen. Trotzdem versuchte ich die Contenance zu bewahren. Vielleicht tat sie das alles auch nur aufgrund ihrer Senilität.

»Woher kommt denn so plötzlich Ihre gute Laune?«

»Wenn ich dich ansehe, bete ich wieder einmal zum Dank dafür, keine Kinder zu haben.«

»Und ich dachte, Sie sind kinderlos, weil Sie unfruchtbar sind.«

Sie zuckte nicht einmal. Allerdings fuhr sie in einem weiten Bogen in die entgegengesetzte Richtung zur Brücke und nahm den Abzweig in eine Nebenstraße. Hatte sie etwa vor, mich zu kidnappen und dann zu töten? Hatte mich das Schicksal auf so wundersame Weise aus Safinaz Ablas Fängen gerettet, damit mich nun diese perverse alte Tante abschlachtete?

»Wohin fahren wir?«

»Du hast mir ein Geschenk mitgebracht«, sagte sie mit der Selbstzufriedenheit einer römischen Kaiserin. »Also sollte ich mich erkenntlich zeigen, nicht wahr?«

»Nicht unbedingt. Es wäre schön, wenn Sie mich so schnell wie möglich nach Hause bringen. Meine Eltern kommen gleich. Ich möchte nicht, dass sie wissen, dass wir zusammen waren.«

Sie hielt es nicht für nötig, mir zu antworten, und setzte durch die Nebenstraßen kurvend ihren Weg fort. Endlich blieb sie vor einem Gebäude aus dem letzten Jahrhundert stehen und stieg aus. Sie hatte nicht einmal den Motor abgestellt.

»Warte hier auf mich«, meinte sie und betrat das Wohnhaus. Eine innere Stimme flüsterte mir, dass ich umgehend von hier verschwinden musste. Wenn ich einem Wachmann in einer Bankfiliale erzählte, ich sei ausgerissen, würde ich letztlich irgendwann nach Hause kommen. Meinen Eltern zu erklären, wie ich auf die andere Seite der Stadt gelangt war, würde schwierig werden, aber irgendetwas würde mir da schon einfallen. Das war natürlich alles nur Palaver; ich würde im Wagen thronen und wie von meiner Tante befohlen auf sie warten.

Nach zehn, fünfzehn Minuten kam sie zurück. Sie setzte sich auf den Fahrersitz und drückte mir einen zerschlissenen Briefumschlag in die Hand. »Du kannst lesen, glaube ich.«

»Haben Sie mir auf die Schnelle noch einen Brief geschrieben?«, fragte ich mit ängstlichem Blick auf den Umschlag.

»Lies«, entgegnete sie und löste lächelnd die Handbremse. »Es wird dir gefallen.«

Mit sinnlosem Räsonieren versuchte ich, die Angelegenheit hinauszuzögern. »Da steht keine Adresse drauf.«

»Weil der Brief persönlich übergeben wurde«, konterte Feriha Yenge. »Früher vertrauten die Liebenden eher einem persönlichen Überbringer und nicht dem Postamt.«

Liebende? Eine Woge der Erleichterung durchfuhr mich. Wahrscheinlich hielt ich gerade einen im Suff geschriebenen Liebesbrief meines Onkels an Feriha Yenge in den Händen. Ein historisches Dokument, der Beweis der unerfüllten Liebe ihres Ex-Mannes. Die arme Alte war also umnachtet genug, um zu glauben, dass sie mich mit diesem Fetzen Papier zu Fall bringen könnte. Während der blaue Honda in die Umgehungsstraße zur Bosporusbrücke einfuhr, zog ich den Brief aus dem Umschlag.

* * *

Adalet, Licht meines Lebens,

verzeih mir, dass ich nicht wie versprochen dort sein konnte. Und vieles andere, das ich tat und tun werde …

Ich hatte keine Zweifel mehr, dass ich diese Zwangsjacke zerreißen und diese schreckliche Ehe beenden würde, die ich, auch ein wenig aus Verärgerung über Dich, eingegangen war. Mich interessierte weder die Meinung meiner Familie noch die meiner Umgebung. Diese Sehnsucht sollte endlich ein Ende haben, ich würde bei Dir sein, sollten sie mich doch einen Lump nennen oder einen Schurken. Lieber wollte ich im Fegefeuer schmoren, als Dich noch einmal zu verlieren.

Doch das Schicksal geht sehr seltsame Wege. Vorgestern, als ich offen mit ihr über alles sprechen wollte, bekam meine Frau heftige Blutungen. Ich brachte sie eilig ins Krankenhaus. Der Arzt sagte, das läge an den Tabletten. Ich wusste, dass sie die Angewohnheit hatte, viele Medikamente zu nehmen, aber mir drängte sich auch der Gedanke auf, dass sie womöglich etwas geahnt und deswegen versucht hatte, sich etwas anzutun. Ich äußerte dem Arzt gegenüber vorsichtig meinen Verdacht. Er beteuerte, dass meine Sorgen vollkommen unbegründet seien und in der Schwangerschaft sogar einige wenige Aspirin solche Folgen haben könnten. Auf diese Weise erfuhr ich, dass meine Frau im dritten Monat schwanger war.

Die Nacht über blieb ich bei meiner Frau im Krankenhaus und überlegte hin und her. So finstere und schreckliche Gedanken gingen mir durch den Kopf, dass ich an einem bestimmten Punkt anfing, Bilanz zu ziehen und mich zu fragen, wie ich ein so schlechter Mensch werden konnte. Ich gelangte zu dem Schluss, dass der Moment, in dem man akzeptiert, ein schlechter Mensch zu sein, der Moment ist, in dem man tatsächlich zu einem schlechten Menschen wird. Ein unehrlicher Mensch, ein missratenes Kind, ein unangenehmer Ehemann et cetera genannt zu werden betrübt mich nicht im Geringsten, doch ein Vater zu sein, der sein Kind im Stich lässt, ist für mich unakzeptabel. Wenn ich das tue, werden mein Selbsthass und mein Ekel so übermächtig, dass ich weder selbst Glück finden noch jemand anderen glücklich machen kann. Als ich den Mut fand, dieser Realität ins Auge zu sehen, war mein düsteres Schicksal längst besiegelt.

Der Facharzt für Geburtshilfe meinte, dass aufgrund der Tabletten das Risiko einer Fehlgeburt bestünde, Gott möge meine Frau davor bewahren. Mir bleibt nichts, als von nun an bei ihr zu sein und für ihre Gesundheit und die unseres ungeborenen Kindes zu beten.

Auch wenn Du mir nicht verzeihen kannst, so weiß ich, dass Du mich verstehen wirst. Ich hoffe, dass Du zumindest ein behagliches Heim gründest und nach einer Weile in Deinen Gedanken in mir vielleicht mehr als nur eine Enttäuschung sehen kannst. Was mich betrifft, so wisse, dass von nun an die Erinnerung an die Tage mit Dir und der süße Traum, eines Tages im Tod wieder vereint zu sein, mein einziger Trost auf meiner dunklen Reise sein werden.

Leb wohl, meine Seele.

* * *

Der Brief war nicht unterschrieben. Ich brauchte keine Unterschrift, um zu begreifen, wer diese Zeilen verfasst hatte. Es war dieselbe Schrift wie auf der Rückseite von Adalets Fotografie. Und wie die, die bei uns zu Hause die Kreuzworträtsel in den Zeitungen füllte. Während ich in das dunkelblaue Wasser des Bosporus blickte, das fünfundsechzig Meter unter uns vorbeiströmte, dachte ich darüber nach, ob ich wirklich diesen Brief hatte lesen müssen, um zu verstehen, dass nicht mein Onkel

Adalets heimlicher Geliebter gewesen war, sondern mein Vater. Dass im Angesicht meines Todes Adalets Antlitz vor mir aufgetaucht war, zeigte, dass ich von Anfang an den Zusammenhang zwischen dieser Frau und jenem Hauch von Schuldgefühl gespürt hatte, der stets über der Liebe meines Vaters zu mir lag. Vielleicht, weil ich seine Handschrift bereits auf dem Foto erkannt hatte, vielleicht aus einem anderen Grund. Als mein Vater die – ›Gott möge sie davor bewahren‹ – mögliche Fehlgeburt erwähnte, wusste er, dass sie den Wegfall des Hindernisses zwischen ihm und Adalet bedeutete. Er wusste, dass meine Mutter mich durch die fortgesetzte Einnahme dieser Tabletten loszuwerden versucht hatte. Wir alle wussten über alles Bescheid. Was noch wichtiger war: Wie Mehmets Familie kannten wir nicht nur den Mörder, sondern wussten insgeheim auch, dass wir keinesfalls besser waren als er. Und anstatt diese Wahrheit zu akzeptieren, zogen wir es vor, eine seltsame Komplizenschaft mit dem Mörder einzugehen und uns von unserer Seele zu verabschieden.

Feriha Yenge lächelte mit berechtigtem Stolz, weil sie zu ihren zahllosen Siegen über uns Küchenschaben einen weiteren hinzugefügt hatte.

»Und? Gefällt dir dein Geschenk? Ich habe noch eine ganze Tonne solcher Briefe; wenn du willst, gebe ich sie dir, dann kannst du sie lesen.«

Es war ihr gutes Recht, sich über mich lustig zu machen. Ich hatte mich zu etwas aufgeschwungen, das ein paar Nummern zu groß für mich war, und nun kriegte ich, was ich verdiente.

»Der Verlobungsring?«, fragte ich nur.

»Dein Vater und Adalet hatten sich verlobt. Nach ein paar Monaten verkrachten sie sich und lösten die Verlobung. Der Ring muss aus jener Zeit stammen.«

»Ich verstehe.« Bevor ich mich ins Verkehrsgetümmel stürzte, gab es noch ein paar Punkte, die mich interessierten.

»Darf ich fragen, warum die Briefe sich bei Ihnen befinden?«

»Adalet war mit uns beiden befreundet, mit mir und deinem Onkel. Vor ihrer Heirat brachte sie die Briefe zu mir. Dein Vater hat das, was er von Adalet besaß, bestimmt Nebi gegeben. Wahrscheinlich aus Angst, die neuen Ehepartner könnten Theater machen; aber die Briefe wegzuwerfen brachten sie auch nicht übers Herz.«

»Unter den Sachen meines Onkels waren keine Briefe.«

»Männer eben«, sagte sie verächtlich. »Dein Vater hat also vernichtet, was es zu lesen gab, und was man sich anschauen konnte, hat er aufgehoben.«

Stimmt, das klang einleuchtend. »Meine Mutter hat erzählt, dass Sie sie mit meinem Vater bekannt gemacht haben. Warum haben Sie das getan, wenn Adalet doch Ihre Freundin war?«

»Was ist schon dabei?«, fauchte Feriha Yenge. »Ich habe auch Adalet und Metin miteinander bekannt gemacht. Wenn sie schon keine gemeinsame Zukunft hatten, dann sollten sie einander vergessen und glücklich werden.«

»Mein Mutter erwähnte außerdem, Sie hätten von einem ›Luder‹ im Leben meines Vaters gesprochen. Bei besagter Person dürfte es sich wohl um Adalet handeln?«

»So was soll ich gesagt haben?«, meinte Feriha Yenge lachend. »Womöglich ist das eine Erfindung deiner Mutter, oder ich hatte nicht sagen wollen, dass ihr Zukünftiger in eine Frau verliebt war, der sie nicht das Wasser reichen konnte.«

Den Rest des Weges erging sich Feriha Yenge in erniedrigenden Einschätzungen über mich, meine Familie und die sieben Generationen vor uns, aber mir war das inzwischen egal. Als Auslöser einer ganzen Reihe von Katastrophen, die mit der Trennung meines Vater von Adalet ins Rollen gekommen waren, hatte ich jedes ihrer Worte mehr als verdient.

Der blaue Honda hielt in der Ömer-Cemal-Bey-Straße, und ich stieg aus. Nachdem ich Mümtaz Abis *Düldül* aus dem Kofferraum genommen hatte, trat ich auf die Fahrerseite. Feriha Yenge ließ die Scheibe herunter.

»Wie?«, meinte sie grinsend. »Willst du mir etwa ein Küsschen geben?«

»Nein«, antwortete ich kopfschüttelnd. »Ich möchte Ihnen gratulieren. Sie haben gesiegt. Nehmen Sie, das ist Ihre Medaille.«

Ich drückte ihr die Blechmünze in die Hand, die sie mir zu meiner Geburt angesteckt hatte, und ging ins Haus.

13. finsternis ... noch mehr finsternis

Ich schickte einen detaillierten Brief an Metin Bilgin und Onur Çalışkan, in dem ich die Hintergründe für den Mord an Klein-Mehmet darlegte und in einer beigefügten Notiz anmerkte, ich würde mich freuen, wenn sie ohne Nennung meines Namens die entsprechenden Schlüsse ziehen und im Fall von Safinaz Ablas Mordversuch an mir von einem Strafverfahren absähen. Meine zweite Bitte brachte sie zwar ein wenig in Zugzwang, doch weil sie die erste mehr als bereitwillig erfüllen würden, würden sie auch die zweite irgendwie hinbiegen. Würde ich nämlich nach der Akte Pamuk Nine und der Akte Klein-Mehmet noch zwei weitere Fälle für sie lösen, sollte es uns nicht wundern, wenn wir Onur Çalışkan und Metin Bilgi schon in Bälde als Polizeipräsident respektive Justizminister wiedersehen.

In unserem Viertel war die Lage allerdings alles andere als rosig. Da sich herausgestellt hatte, dass die Kinder der Nachbarviertel nichts mit der *Düldül*-Sache zu tun hatten, und man wohl auch fürchtete, das Ganze könnte in einen ernsthaften Streit ausarten, hatten unsere Leute umgehend erste Friedensinitiativen ergriffen. Die Reaktion unserer Freunde aus dem Paris-Viertel auf diese Bemühungen jedoch hatte gelautet, sie könnten sich, möge der Ausdruck gestattet sein, die weiße Fahne irgendwo reinstecken.

Das Ausmaß der Schlappe war derart gewaltig, dass die Poeten unter den Beobachtern dieser Kampfhandlungen die Ereignisse in einer Abwandlung jenes berühmten Liedes von Sezen Aksu an die künftigen Generationen weitergeben sollten: *Ach, seit Istanbul Istanbul ist, hat es solche Prügel nicht erlebt …*

Über meine Familie nachzudenken war mir unerträglich. Mein Vater erschien mir noch betrübter und meine Mutter noch viel hilfloser als sonst. Eigentlich hatte sich in ihren Leben vielleicht gar nichts verändert, und nur mein schlechtes Gewissen ließ mich so denken, weil ich mich als Auslöser dieser Woge von Katastrophen fühlte. Wie der entfernt mit mir verwandte französische Torwart so trefflich formuliert hatte, lautete die erste und wichtigste philosophische Frage natürlich, ob das Leben lebenswert sei oder nicht; und wenn man einmal entschieden hatte, weiterzuleben, musste man auch ohne großes Gejammer akzeptieren, die Hölle der anderen zu sein. Andererseits hat der Mensch jederzeit das Recht, seinen Standpunkt zu ändern. Mit solchen und ähnlichen – nicht unbedingt auf ein positives Ende hinauslaufenden – Überlegungen war ich beschäftigt, als Hatice Abla mein Zimmer betrat.

»Dein Vater bringt mich netterweise zum Busbahnhof. Willst du mitkommen?«

Ich schüttelte den Kopf. »Fahrt nur, ich hab einiges zu erledigen.«

»Wenn das so ist, dann ist es Zeit, sich zu verabschieden.«

»Ich wünsch dir alles Gute«, entgegnete ich.

»Du kannst mich anrufen, wann immer du willst«, sagte Hatice Abla. »Oder, schöner noch, schreib mir einen Brief.«

»Mach ich.«

Hatice Abla breitete ihre Arme aus. Ich rührte mich nicht vom Fleck.

»Hatice Abla, warum gehst du zurück?«, fragte ich. »Was hast du denn im Dorf zu suchen? Oder fliehst du vor mir? Sag mir die Wahrheit!«

Sie kam zu mir und umarmte mich.

»Die Wahrheit, mein Süßer, erhellt den Tod und überschattet das Leben«, flüsterte sie mir ins Ohr und drückte mir einen feuchten, langen und kummervollen Kuss auf die Wange.

Mit diesen Worten schied Hatice Abla aus meinem Leben, und ich warf mich auf den Diwan. Ich weiß nicht, wie lange ich Rotz und Wasser heulte. Schließlich kam meine Mutter und sagte, der Fünf-Uhr-Tee sei fertig. Ich hatte null Appetit, aber ich war auch nicht in der Verfassung, mit ihr zu polemisieren, also ging ich in die Küche und setzte mich hin. Während ich auf dem *Börek* herumkaute, bemerkte meine Mutter, dass es mir nicht gut ging.

»Du bist traurig, weil Hatice Abla weg ist«, lautete ihre Diagnose. »Aber sie hat eben auch eine Familie. Sie muss sich um ihre Geschwister kümmern.«

»Ich wusste gar nicht, dass sie Geschwister hat. Außerdem bin ich nicht traurig, ich mache mir nur Sorgen, dass ihr dort irgendetwas passiert. Die Sache mit dem Wiegenverlöbnis …«

»Was denn für ein Wiegenverlöbnis?« Meine Mutter sah mich aus leeren Augen an.

»Na, sie hat den Kerl doch verletzt«, erklärte ich. »Hat ihre Familie sie nicht genau deswegen hierher geschickt?«

»Hatice Ablas Eltern sind tot, mein Junge. Sie wurden bei dem Erdbeben verschüttet. Hatice und ihre Geschwister konnten gerade noch gerettet werden. Sie lag monatelang im Krankenhaus. Sie fiel in eine Depression und versuchte sich das Leben zu nehmen. Für eine Luftveränderung und damit sie sich wieder in den Griff bekäme, hat man sie zu Kerim und seiner Familie geschickt. Und jetzt geht sie eben wieder zurück, um sich um ihre Geschwister zu kümmern.«

»Das Erdbeben«, murmelte ich. »Hatice Abla ist ein Erdbebenopfer?«

»Ach, hätte ich mir doch nur auf die Zunge gebissen«, klagte meine Mutter über sich selbst. »Vermutlich hat die Arme es dir nicht erzählt, damit du nicht traurig wirst.«

Meine schöne Hatice Abla, die die Last der Welt auf ihren Schultern trägt … Wieder wurde ich von Tränen übermannt. Ich würgte den Bissen in meinem Mund hinunter und stand auf. »Darf ich ein bisschen rausgehen?«

»Es ist schon spät, Junge, dein Vater wird gleich kommen.«

»Ich will nur ein wenig Luft schnappen«, presste ich heraus. »Es dauert nicht lange.«

Meine Mutter sah zuerst meinen *Börek*-Teller an und dann mich, seufzte tief und erlaubte mir aus Ehrfurcht vor meinem Leid, hinauszugehen. »Nachher isst du aber vernünftig.«

Und ich, respektvoller Sohn, der ich war, bedankte ich mich bei ihr und ging zur Tür.

Wer behauptete, es seien die Mörder, die stets an den Ort ihrer Tat zurückkehrten? Innerhalb von fünf Minuten stand ich auf der Terrasse des Güzelyayla, wo ich wenige Tage zuvor beinahe zum Opfer geworden wäre. Ich stieg über die Trümmer des Taubenschlags, die noch immer so dalagen, wie ich sie verlassen hatte, trat an den Rand der Terrasse und kletterte auf das Geländer. Die Sonne ging gerade unter. Ein weiterer Tag voller Lügen, Betrug und Intrigen neigte sich dem Ende zu. Ein Schritt ins Leere, und ich könnte einen Schlussstrich ziehen unter all dieses Elend, dachte ich mit einem unbestimmten Gefühl des Wohlempfindens. Überlegungen über die Konsequenzen eines solchen Schritts stürmten auf mich ein. Ich schloss meine Augen und vertrieb sie alle aus meinem Kopf. Das war keine Entscheidung, die man wohlkalkuliert traf. Unwillkürlich musste ich kichern. Ich lachte schallend auf dem Gipfel der Erde. Und ich wusste, dass der Tod hinter meinem Rücken auch über mich lachte.

Wenn über den Preis für meine Seele nicht gefeilscht wird, dann deshalb, weil der Teufel keinen Kuruş für mich geben würde, denn ich, Alper Kamu, bin nichts anderes als eine protzige Lüge, ein verfluchter Stempel, den man dem düsteren Schicksal der Menschheit aufgedrückt hat.

* * *

Wo Bewegung ist, da ist Licht, und wo Licht ist, ist unweigerlich auch Schatten. Wenn auch Leben nur mit Licht möglich ist, so verbirgt sich der Sinn des Lebens in den Schatten. In ihnen seht ihr die totgeborenen Kinder der Zeit. Worte, Schweigen, Lieder, Klageschreie, Schwüre, Verrat, Gelächter, Tränen, Freuden,

Enttäuschungen und Gesichter … Vor allem Gesichter. Ihr wisst, wovon ich spreche. Alle Lieben zerfallen zu Asche, alle Väter sterben, alle Geschichten gehen zu Ende. Einer muss an den Trümmern wachen, und deswegen werden alle Kinder groß, nur eines nicht.

Wer seinen Schatten verliert, wird selbst zum Schatten.